威 尔 斯 科 幻 小 说 集

H. G. WELLS

THE FIRST MEN IN THE MOON

月球上的第一批来客

大连理工大学出版社
Dalian University of Technology Press

图书在版编目（CIP）数据

月球上的第一批来客 ／（英）赫伯特·乔治·威尔斯
(H. G. Wells) 著；庆学先，杨元元译. 一大连：大
连理工大学出版社，2018.9（2021.5重印）

（重读经典·科幻大师作品集／许钧，吴文智主编.
威尔斯科幻小说集）

ISBN 978-7-5685-1422-4

Ⅰ．①月… Ⅱ．①赫… ②庆… ③杨… Ⅲ．①科学幻
想小说－英国－现代 Ⅳ．① I561.45

中国版本图书馆 CIP 数据核字（2018）第 084813 号

月球上的第一批来客
YUEQIU SHANG DE DI-YI PI LAIKE

大连理工大学出版社出版

地址：大连市软件园路 80 号　　　邮政编码：116023
发行：0411-84708842　邮购：0411-84708943　传真：0411-84701466
E-mail:dutp@dutp.cn　　　URL:http://dutp.dlut.edu.cn
天津冠豪恒胜业印刷有限公司印刷　　大连理工大学出版社发行

幅面尺寸：130mm×185mm　　印张：8.875　　　字数：174 千字
2018 年 9 月第 1 版　　　　2021 年 5 月第 3 次印刷
责任编辑：于建辉　田中原　　　　责任校对：李宏艳
封面设计：奇景创意

ISBN 978-7-5685-1422-4　　　　定价：32.00 元

目录

生命因阅读经典更精彩

——《重读经典·科幻大师作品集》序

　　记得在三年前，有几位记者朋友来我家，说要看我的藏书。我和他们说，我的书不是拿来藏的，是用来读的。书架是开敞式的，架上的每一本书都像我的朋友，我都触摸过，阅读过，与之交流过，大部分书上还留下了我写下的或长或短的心得与体会。我喜欢读哲学，因为哲学探究人何以为人；我也喜欢读历史，因为历史阐明人何以成其为人；我更喜欢读文学，因为文学给人启迪，指明人何以丰富人生。昆德拉在《不能承受的生命之轻》中有一句话，说人生"没有草图"。无论精彩与否，人生都只有一次，不能重来。那么，如何了解人生，领悟人生，创造人生，让有限的人生活出无限的精彩呢？

　　回望走过的人生之路，我发现自己命中与书有缘：读书，教书，译书，编书，写书，评书。人生之精彩，各有各的理解与领悟，况且在技术高度发展的今天，人生在现实世界与虚拟世界中仿佛拥有了丰富的双重性，导向了无限的疆域。我的生命之花的确因书而绽放。我爱书，尤其爱经典。经典不应该是供奉在殿堂里的"圣经"，而应在阅读、理解与阐释中敞开生命之源。经典是读出来的，常读常新，在阅读与阐释中生成永恒的生命之流。

因为爱经典，所以我读经典，译经典。我译过雨果的《海上劳工》，巴尔扎克的《贝姨》与《邦斯舅舅》，参加翻译过普鲁斯特的《追忆似水年华》，还翻译过已然成为经典的当代作家昆德拉的《不能承受的生命之轻》与诺贝尔奖得主勒·克莱齐奥的《沙漠》与《诉讼笔录》。我还组织翻译"法国文学经典译丛"，主编法国浪漫主义大师《夏多布里昂精选集》以及已经进入法国文学殿堂的著名作家杜拉斯十五卷本的《杜拉斯文集》。在经典的阅读与翻译中，我得到了双重收获：一是经典滋养着我的人生；二是通过我的翻译与阐释，也在参与经典的创造。为此，我说过一句话：阅读参与创造，翻译成就经典。

正是基于这样的认识，我和老朋友吴文智先生经过多次交流，商定依托我主持的中华译学馆，组织全国优秀的翻译力量，译介一套《科幻大师作品集》，向广大读者倾心推荐威尔斯、凡尔纳、阿西莫夫等科幻文学大家的作品，一起重读科幻文学经典，让科学与幻想互动，拓展我们的想象世界，丰富我们的现实人生。有学者评论说："科幻历来有两大经典主题，一为星际旅行，一为生命智能。前者以宇宙为舞台，拓展人类生存空间的广度；后者以人为核心，探索生命自身生存的意义。"循着这两大主线，我们也许可以更好地把握科幻文学的发展脉络，但在不同的科幻大师的笔下，会呈现出异样的精彩与深刻。我一直觉得，只要人类有梦想，文学就不会死。重读科幻文学经典，放飞想象，拓展生命的空间，相信你的人生会闪现出属于你的精彩光芒。

许　钧

2018 年春

现代科幻文学的奠基者

——赫伯特·乔治·威尔斯

　　自 1818 年《弗兰肯斯坦》[1] 问世以来，科幻文学已经整整走过了 200 个年头。200 年来，科幻文学从由浪漫主义催生的科学传奇逐步转变为由现实主义启发的现代科幻文学。作为将科幻文学由浪漫主义过渡至现实主义的一代大师，赫伯特·乔治·威尔斯自创作以来便在其别具一格的作品中融入对社会与科学的深刻思考，因而无论是在主流文学领域还是在科幻文学领域，都有着令人惊叹的成就与地位。在主流文学领域，威尔斯曾先后四次获得诺贝尔文学奖提名，与阿诺德·贝内特、约翰·高尔斯华绥并称作"20 世纪英国现实主义文学三杰"。在科幻文学领域，威尔

1 1818年，英国作家玛丽·雪莱出版了《弗兰肯斯坦》，该书被誉为第一部科幻小说。

斯被称为"科幻小说界的莎士比亚",与儒勒·凡尔纳并称作"科幻大师中最闪亮的双子星"。

一

走进威尔斯

1866 年 9 月 21 日,威尔斯出生于伦敦城外东南部的肯特郡。父亲约瑟夫是一位园丁,同时也是一名职业板球手,后靠经营一家小店为生;母亲莎拉是一家名为"上花园"宅邸里贵妇人的女佣。父母低微的社会地位和童年清贫的生活使威尔斯深切体会到底层社会的艰辛。

7 岁那年,威尔斯意外跌断了胫骨。在养病期间,他在酷爱阅读的父亲的影响下养成了阅读的习惯。同年,威尔斯进入小学学习,阅读的兴趣伴随着他进入接下来的学生时代。10 岁时他开始对写小说、画插画产生了浓厚的兴趣。

1877 年,他的父亲在一次意外事故中成了跛子。这次事故产生的高额医药费使一家人的生活变得愈发艰难,家庭的收入越来越不足以支付孩子们的读书费用。两年后,13 岁的威尔斯便早早进入社会谋生。

1880—1881 年,威尔斯先后做过布店伙计、药店学徒、信差和小学助教，但都没做多久就被辞退。被辞退后，威尔斯便来"上花园"投靠母亲。而他就是利用在"上花园"这短短的接触上层社会的时间，琢磨出了使用望远镜观测天体的方法，并通过宅邸丰富的藏书，阅读了诸如伏尔泰的散文、斯威夫特的《格列佛游记》以及柏拉图的《理想国》等对其后来思想及文学创作具有启发作用的名家名著。在这期间，威尔斯还接受了不系统的教育，在一所中学寄读，以高于同龄人的禀赋学习了各种基础科学知识。

1883 年，在最后一次做学徒后没多久，威尔斯想重回校园当助教。他曾经寄读的那所中学的校长很欣赏威尔斯，主动给他提供了职位。在当助教期间，威尔斯既是教员又是学生。在校长的热心协助下，他仅仅用了两年时间，便修习了文学、数学、地质学、无机化学、物理学、天文学、人类生理学、植物生理学等学科，不但通过了考试，还获得了奖学金。

就在优异的成绩换来奖学金的回报时，英国教育部门下发了一则通告：集合各地科学教员，统一组织到科学师范学校（后来的英国皇家科学院）的"教师训练班"进行培训，以提高其素质。当时这所学校恰好有一定的免费生名额，且每人每星期还能得到生活补助。对于一直在贫困中挣扎的威尔斯来说，这是一次从底层社会翻身的契机。

1884 年，18 岁的威尔斯顺利进入科学师范学校学习。这一年最令他兴奋的是他的生物学教师由大名鼎鼎的"达尔文斗士"托马斯·赫胥黎担任。在自传中，威尔斯曾饱含钦佩地回忆道：

"他用一种清晰而坚定的声音讲解着，不慌不忙，也不踌躇，不时转身在后边黑板上画些图解。在他继续讲之前，常常要把手指间的粉笔灰拂得干干净净，他是颇有洁癖的……由赫胥黎任教的生物学课程，在性质上是纯粹而精确地属于科学的。他除了充实、研究、完成在他范围内的知识以外，没有其他（如经济利益上的）目的……"[1]

然而，之后两年所修的物理学、地质学课程，由于教师授课的枯燥乏味，威尔斯的学习热情消耗殆尽，他将这种热情逐步转移到了创作上。在一次学生辩论会上，威尔斯偶然听到一个关于四维时空的宇宙理论的新观念，这对于当时的物理学宇宙观可谓一种新见解。他把握住了这种思想，在将其作为《时间机器》的理论设定基础之前，尝试着写了一篇题为《刚性宇宙》的思辨性论文。在大学期间，他还创办并主编了名为《科学学派杂志》的刊物。在1887年的学年测验中，他因地质学成绩不及格，没能在当年拿到学位，只好放弃学业回去教书。在教书期间，威尔斯曾试图锻炼瘦弱的身体，却伤病不断。他在一次足球比赛中遭到撞击，导致肾破碎和肺出血，被迫辞去了教职。在接下来的一段时间，威尔斯静心休养，并全身心投入写作。

1888年，受纳撒尼尔·霍桑的作品《红字》的影响，威尔斯在《科学学派杂志》上连载了一部名为《时空长河中的寻金羊毛者》的小说，这就是他的成名作《时间机器》的前身。

1　H.G.Wells.韦尔斯自传.方土人，林淡秋，译.上海：光明书局，1933.

1890 年，威尔斯通过了伦敦大学的考试，被授予理学学士学位。随后，他开始在大学函授学院教书，并尝试着给期刊与报纸投稿。他的《独特之物的重新发现》一文很快经由一个名叫弗兰克·赫里斯的编辑发表到了《半月评》上。威尔斯深受鼓舞，于是乘胜追击，将《刚性宇宙》一文寄出，并很快被赫里斯主动约见。赫里斯言辞激烈地表达了对《刚性宇宙》所涉及的四维时空理论的费解，并将论文底稿就此销毁。直到 1894 年，当赫里斯成为《星期六评论》主编后才回忆起那篇稿件的价值，又悔不当初地向威尔斯约稿，并使其成为期刊的长期撰稿人之一。

这一阶段的威尔斯除了教师的身份外，还成了伦敦的一名记者。他担任的是类似今天公共知识分子的角色，对各领域的问题发表看法，甚至对通灵术也有见解。[1] 可以感受到的是，那时的他力图通过独到的理解力将科学知识加以通俗化表达，通过敏锐的察觉将社会问题予以深刻化呈现。

1893 年起，在做新闻记者的同时，威尔斯开始在伦敦各类刊物上发表短篇小说、评论以及各类主题的文章。这一年，威尔斯在工作的压力下又一次咳血，不得不在病床上休养数周。他最终决定放弃教学工作，专攻写作。

1895 年，威尔斯开始在《新评论》上连载《时间机器》，并于同年结集出版。《时间机器》为威尔斯赢得了巨大的声誉，他也以此为起点，创作出了一系列脍炙人口的科幻小说。

---

1 江晓原. 科学外史 II. 上海：复旦大学出版社，2014.

威尔斯十分关注社会问题，并于 1903 年受邀加入费边社，参与英国的社会主义改良运动，与萧伯纳等人结为好友。但最终因政见分歧而分道扬镳。

在第一次世界大战期间，威尔斯参与了国际联盟活动，前往各国访问并宣扬"世界国"理念，他的采访文章常常引起世界性的轰动。在第一次世界大战后，威尔斯用一年时间编写出了 100 多万字的《世界史纲》，这部历史著作一经问世，便使威尔斯名气大增，它的销量无论在当时还是在以后的数十年都位列前茅。[1]

诚如布赖恩·奥尔迪斯[2]所言："到了 30 年代，小说家威尔斯让位于世界名人威尔斯。他成了一个大名人，忙于规划一个更好的世界。他同高尔基交谈，与乔治·萧伯纳斗嘴，飞往白宫与罗斯福会谈，或者飞往克林姆林宫与斯大林会谈。"

1939 年，73 岁的威尔斯给自己写了一句简短的墓志铭："上帝将要毁灭人类——我警告过你们。"这句墓志铭深刻地反映了他对人类未来、科学未来的关注和担忧，也表明他的科幻小说具有警示灾难的意义。

即便是到了将要踏上人生归途时，威尔斯仍旧热心于公共事务。1946 年 8 月 13 日，威尔斯在伦敦病逝，享年 79 岁。

个人之于宇宙犹如一粟之于沧海。威尔斯知道，无论走访多少国家，途经多少城市，结交多少名人，其所能带来的影响、留

---

1 赫伯特·乔治·威尔斯.世界史纲.吴文藻，冰心，费孝通，译.南京:译林出版社，2015.
2 布赖恩·奥尔迪斯（1925—2017），英国著名科幻作家。

下的印迹与书籍传播的力量相比都将是微不足道的。书籍作为那个时代的最佳思想载体，有着无可比拟的延展性，而思想对于人类塑造文明、改变周遭环境的启迪无疑引领着我们一路走到了今天。

二

解读威尔斯

在威尔斯所处的时代，第二次工业革命如火如荼，社会生产力突飞猛进，划时代发明目不暇接，引发了人类社会各方面的空前变革。在科学技术和生产力发展的同时，国际形势风云变幻，帝国主义殖民地扩张与争夺空前激烈，维多利亚晚期的英国社会阶级分化严重，劳资冲突不断加剧。在这一时代背景下，威尔斯以其广博的自然科学知识、深刻的思想性、超凡的预见性及卓越的想象力，创作出了一部部引人入胜的科学传奇，开创了"时间旅行""外星人入侵""反乌托邦"等一系列题材的范式，并在作品中融入了富有预见性的观点和对人类社会深刻的洞察。

本套丛书选取了威尔斯最具代表性的中长篇科幻小说和短篇小说。这些中长篇科幻小说有科幻史上里程碑式的经典，也包括一些稍显冷门但仍然很具代表性的作品。其中，有广为流传的科幻经典《时间机器》和《隐身人》，也有知名度极高、曾在美国引起巨大恐慌的《世界大战》，还有被多次改编成电影的《莫罗博士岛》和《神食》，更有启发了"反乌托邦小说三部曲"的《昏睡百年》和影响了C.S.刘易斯"空间三部曲"的《月球上的第一批来客》，以及预言了原子弹的《获得自由的世界》、预言了"空中战争"的《大空战》、与《世界大战》有着千丝万缕联系的《新人来自火星》、威尔斯的第一部乌托邦小说《彗星来临》和寄托了威尔斯后期乌托邦理想的《神秘世界的人》。威尔斯的中长篇科幻小说读者并不陌生，一直被认为是现代科幻小说的先驱之作；而他的另一类短篇小说名篇，如《水晶蛋》《盲人乡》等则知者较少，但在他的整个创作中有着特殊的意义。下面按威尔斯创作这些作品的时间顺序做以介绍。

《时间机器》(1895)是威尔斯最早获得成功的一部科幻小说。威尔斯利用早在《刚性宇宙》就已阐述的观点，借"时间旅行者"之口解释了四维时空的概念，探讨时间旅行的可能性。故事的主人公"时间旅行者"发明了一部"时间机器"，乘上它就能够自由驰骋于过去和未来的世界。当他乘着机器来到公元802701年时，发现人类已分化为两个人种：一种是住在颓败宫殿中悠闲优雅、娇小柔弱的艾洛伊人；另一种是生活在地下的面目狰狞、终日劳动的莫洛克人。不劳而获的生活使艾洛伊人的体力和智力明显退化，而莫洛克人白天为艾洛伊人制造生活的必需品，夜晚却到地面上到处捕食他们。"时间旅行者"还来到了几百万年之后，那时人类已经灭绝，沙滩上只有巨蟹、蝴蝶、日食等复古图景。善于科学思辨的威尔斯对当时高度工业资本化而极度缺乏人文关怀的英伦社会有着丰富的阅历。他自幼就对斯威夫特的讽刺小说如痴如醉，因而在《时间机器》中继承了《格列佛游记》的衣钵，以斯威夫特式的辛辣讽喻风格，尖锐地揭示了艾洛伊人与莫洛克人的畸形共生关系，并从进化论的角度出发，将人类历史演进中所要面对的冷酷现实与阶级暴力予以生动的体现，为社会分工最终演化为某种或然存在的恶性循环做出警示。

《莫罗博士岛》（1896）讲述了一个名叫莫罗的科学家，在一个无名的小岛上对各种动物进行活体解剖和器官移植，将其改造成兽人。这些兽人能直立行走，能讲话，具备人的某些特性，并且能够进行一些人类活动。莫罗试图对兽人进行肉体和精神的双重控制，却惨遭失败，最后和助手双双被兽人杀死。《莫罗博士岛》从古老神话传说与当时争议颇大的活体解剖实验中汲取灵感，结合威尔斯师从赫胥黎的经历以及对达尔文进化论的认识，从生物学角度构想出了"兽人合体"与"动物人化"的可能性。小说借由疯狂科学家莫罗的所作所为警示读者，却也为当今跨物种器官移植的动物培育技术提供了一个新的方向。

《隐身人》（1897）描写了穷困的研究员格里芬怀着极大的热情发明了一种隐身术，把自己变成了来去无踪的隐身人。这种"超能力"使他渐渐迷失了自我，企图依靠此发明建立一个"恐怖王朝"，使自己成为凌驾于社会之上的超人。最终隐身人在与人们的对抗中，跌入了犯罪的深渊，走向了毁灭的末路。《隐身人》异常大胆地想象了存在一种理论上可以改变身体折射率的药物，人服下后可以实现真正意义上的肉身隐形。如今隐形技术广泛地运用在军事上，却不是真正意义上的可见光波段隐形。而一种具有负折射率的人工合成材料——超颖材料——已经能够在微观条件下实现可见光波段的隐形。《隐身人》这部小说在某种程度上暗示了隐藏于社会之外的边缘人群的潜在矛盾，也从另一面揭示了受制于社会陈规约束的常人在脱离社会约束后可能带来的社会威胁，为社会忽视边缘人群提供了警示。

当《莫罗博士岛》和《隐身人》这两部作品将自玛丽·雪莱的《弗兰肯斯坦》以来塑造的"疯狂科学家"形象再度演绎时，我们会发现威尔斯笔下的两位科学家已然抛弃了弗兰肯斯坦还曾仅存的关乎伦理道德的愧疚之情，反而像斯蒂文森的《化身博士》里的海德先生一般，成为脱离社会约束的法外之徒。威尔斯或许从来都不会质疑科技的力量，却一度对科技力量之外所涉及的道德挑战与社会问题感到焦虑，并尽其所能地对个体获得科技力量后可能带来的负面影响做出令人赞叹的预想与反思。

《世界大战》（1898）据说源于威尔斯与兄长弗兰克的一次对话，这次对话中两兄弟讨论到了19世纪装备先进的英国殖民者对塔斯马尼亚土著实行种族屠杀这一话题。当时，弗兰克在讨论中设想了当天外来客如英国殖民者一般对待地球人类的情境，令威尔斯印象深刻，此后便将其通过《世界大战》呈现给世人。

故事中，入侵者并非敌国，而是地球以外的火星人。火星人被叙述成狰狞的怪物，且依靠吸食人类的血液为生。这些怪物在英国进行大肆破坏，而威尔斯却从一个寻常之极的市民视角，以荒芜萧索的笔触营造了一种凄凉的绝望，在平淡与挣扎中呈现世界由人间堕入地狱的恐怖末日……故事的结尾将末日的转折交给了为人所忽略的细微之物，着实耐人寻味，令人眼界大开。威尔斯所设想的突袭地球的火星人所使用的物理武器"热线"，尤似几十年后才实现的激光武器，而激光的理论基础——受激发射理论——在《世界大战》出版将近 20 年后的 1917 年，才由爱因斯坦发表的论文《关于辐射的量子理论》正式提出。

《昏睡百年》（1899）讲述的是主人公格雷汉姆在长期失眠后终于昏睡过去，醒来时却发现自己已然身处两百年后的世界。存款复利的神秘增长使他牢牢控制了世界经济，从而"莫名其妙"地成为世界之主，且有 12 名受托人以他的名义组成管理团体。管理团体对格雷汉姆的苏醒毫无准备，以至于为了维护统治地位，试图隐瞒和控制格雷汉姆的行动。然而东窗事发，格雷汉姆最终还是成为反抗管理团体统治的人民领袖，与管理团体决一死战。而对抗管理会的革命者实际上也是为了私利在利用他。故事的结局，作为首领的格雷汉姆亲自驾机阻击敌军——"尽管他不敢向下看，但骤然意识到大地已近在咫尺。"这是一部出彩的作品，其近乎反乌托邦的故事架构相当引人入胜。反乌托邦文学作为社会科幻小说中备受重视的子类型，以其颠覆人性长久以来对乌托邦的美好幻想而见长。在反乌托邦科幻小说中，极端化的政治、经济、宗教等意识形态是常见的社会背景，而《昏睡百年》虽然用了一个谈不上严肃的"长眠苏醒"设定，却能将两百年后的社会体系置于一个初看合理却极其恐怖的意识形态中预演。

《月球上的第一批来客》（1901）或许可以称为威尔斯版的《真实的故事》[1]。故事幻想了一位天才科学家卡沃尔研制出了一种"反重力"金属，在制成飞行舱后卡沃尔携朋友柏德福进行了登月实验。两位冒险者在成功登月后遭遇月球人追捕的惊险遭遇，展现了威尔斯天马行空的丰富想象力。小说中对于月球表面奇幻景色的描写与半个多世纪后人类真正登上月球时发回的照片也不无相似之处。威尔斯笔下的月球人是一种近似蚂蚁的"虫族"生物，它们十分脆弱，不堪一击。小说意在通过月球人的蜂巢思维剖析维多利亚时代的社会分工，将抹杀个人自由的管理体制进行戏剧化表达。

《神食》（1904）乍看之下很容易被误认作《莫罗博士岛》和《隐身人》的延续，从而被认为是对科技盲目发展和滥用的警示寓言作品，实则不然。故事讲述的是两位科学家发明了一种新的营养品"神食"，这种营养品能让食用者生长加速且变得巨大：鸡吃了后大得能食人，黄蜂和老鼠吃了后也能大得攻击人，婴儿

---

1 卢奇安的这部作品对威尔斯影响匪浅。卢奇安，又译琉善，古希腊讽刺散文作家、无神论者，其主要代表作品是讽刺散文《真实的故事》。在《真实的故事》中，主人公越过大西洋去旅行，经历了一连串令人难以置信的历险，如乘船时意外被吹到月球，之后还遭遇了太阳与月球军队争夺金星的战役等。

吃了后则很快长成巨婴乃至巨人。然而就在读者眼看着故事中的世界即将陷入一场恐怖的危机、人类社会将可能被斯威夫特笔下的"巨人国"所取代之时，威尔斯却笔锋一转，描绘起被排挤的巨人。这些巨人在人类的压迫下组成了一种"新人类"团体，为了突破传统人类的各种约束壁垒，最终决定奋起反抗，为自由而战。这种剧情上的转变与威尔斯那段时间世界观的转变是有联系的。在威尔斯看来，人类社会的矛盾冲突不是纯粹的利益之争，更不是简单的正邪对立、善恶分明，归根到底还是人性本质中的排异心理与人类社会日益演化形成的阶级隔离屏障作祟，这就使得吃下"神食"的巨人成了原始人类社会"党同伐异"的对象。而威尔斯则借巨人的抗争打通了这种社会阶级隔离屏障，意欲唤起人类在形成文明后所具有的同理心，从而实现某种意义上的阶级融合。"新人类"的存在将逐步消解人类的阶级隔阂，这样一场自由之战也将预示着人类在通过"神食"诱发人体改良后，将迎来一个或然存在的乌托邦。

《彗星来临》（1906）以一种散文式的记述，缓步推进着一个看似俗套的三角恋故事，却在关键节点上通过一条漫不经心的暗线将一次情杀危机反转，而故事也最终走向了一个充满光明、友爱等良善品质的乌托邦。故事背景是一颗彗星即将接近地球的消息不断在剧情中跟进，而情节上讲述的则是一位四处碰壁的主人公，在接连的失败与对刚刚分手不久的女友立即寻获归宿的妒意之下，决定谋杀前女友及其情夫。但就在下手的当晚，一颗彗星的尾巴扫过地球，通过与空气中的氮气反应产生"绿色烟雾"，给予世间人心以光明、友爱等良善品质。于是，世界变成了乌托邦，故事变成了大团圆。在《彗星来临》中，威尔斯最终想要表达的主旨，可以说就是在《神食》中还未到来的乌托邦图景。这种乌托邦式的理想社会在小说中最显著的一点即男、女主人公在彗星来临后消除私欲的过程。而在更深层次，威尔斯真正想要探索的还是一种破除传统道德束缚、打破阶级壁垒的美好新世界。

《大空战》（1908）一方面受莱特兄弟于1903年首次试飞成功后，各国精英对战场制空权思考的影响；另一方面又显然受到了M.P.希尔的小说《黄祸》（1898）以及1905年日俄战争的影响。故事讲述了身处社会中下阶层的主角意外卷入了德国空袭美国的战争，随之引发了一场飞艇对飞艇、飞机战飞机的世界性战争，整个世界陷入了空战。这样的战争最终无疑会把世界拖入万劫不复的末日之境，《大空战》中关于"废土世界"的结局书写与《时间机器》一般开放悲凉。《大空战》为我们呈现了另一种与《世界大战》相悖的末日殊途。具有敏锐洞察力的威尔斯再度通过小人物的视角预想出他想象的空中战场，并以其出色的社会寓言性指代了某种群体或团体在获得科技力量后对平民的威胁。

《获得自由的世界》（1914）以当时拉姆齐、卢瑟福、弗雷德里克·索迪等科学家的理论与发现为指导，并从索迪的《镭的介绍》（1908）一书中获取灵感，设想了一个人类广泛使用核能后的未来图景。威尔斯充分预见了核能产生后人类将其运用在武器上的可能性，并开创性地使用了"原子弹"一词来给故事中的一种能够加速核物质衰变、引发连锁反应的持续性燃烧弹式核武器命名，而故事中的"原子弹"也正如现实中一般，给世界带来了极大的震慑性后果。在小说后半段，当人类即将因滥用核武器而走向无可挽回的深渊时，威尔斯又借由一位具有远见卓识的政治家在各大国家中积极斡旋，最终让故事中那个硝烟四起的世界获得了自由。《获得自由的世界》以其在预想核武器的使用及应对核管控等方面的先见之明而显得格外不同寻常，但这部作品在展现威尔斯极为敏锐的洞察力的同时，也充满了对反战思想及世界主义的说教。这种立足于技术官僚与权威主义的乌托邦构想，几乎成为威尔斯中后期幻想作品的核心思想，这些小说也逐渐成为一种传播这类思想的说教工具。当然，尽管小说中那些饱含感染力的说教不可避免地削弱了阅读观感，但读者依然可以追寻到它的时代意义。

《神秘世界的人》（1923）可以看作威尔斯在积极投身反对战争、维护人权的国际联盟建设事业后，对重建人类文明满怀信心的蓝皮书。在《神秘世界的人》中，威尔斯将其中后期日渐成型的乌托邦蓝图描绘得细致考究。这部作品再次借助《时间机器》的四维时空理论设定，讲述了一位旅行者因为神秘世界的一次物质空间循环实验意外，莫名进入了一个被称为"乌托邦"的神秘星球。在这个"乌托邦"中，威尔斯通过旅行者的所见所闻，将这个神秘星球的美妙境况和盘托出，向世人展现一个曾经与人类面对过相同灾害与命运的世界，是如何依托技术官僚的运作，发展出属于他们的高度发达的技术文明，以及仍在不断完善建设的"动态"乌托邦的。《神秘世界的人》所描绘的这种"动态"乌托邦，无疑给同样存在诸多社会问题的世人提供了一种建设理想社会的参考。小说中对于人类科技发展带来的物质财富的激增所引发的生态灾害及人口爆炸等社会问题提供了理论指导，也深刻反映了威尔斯重视心理教育、关注生态环保等理念。

《新人来自火星》（1937）再次展现了《世界大战》中火星人的先进技术。《世界大战》中的火星人以激进暴力的方式对人类进行"革命式"入侵，而《新人来自火星》中的火星人则以渐进温和的手段对人类进行"改良式"渗透，从对社会变革角度的思考来看，简直与威尔斯一直身体力行的政治改良思想如出一辙。作品间接描述了一种来自火星人的长期外部干预。火星人通过发射宇宙射线的形式诱导地球人实现改良性质的突变，将人类转化为智力超群且足以构建地球乌托邦的新人类。主人公在听闻火星人发射宇宙射线对人类影响的坊间传闻后，对即将降生的孩子可能产生的变异感到不安。直到他最终发现，自己早已是被改良的新人类，而新世界的秩序与乌托邦未来，由他们这些伟大的新人类联合起来方能重塑。有评论家认为，这部充满超人式设定的作品在欧洲法西斯主义盛行时期，"不合时宜"地表露出了威尔斯对权威主义的改良幻想。倘若仔细观察作品中极富隐喻色彩的预言与文字，读者也能从另一角度感受到威尔斯真诚而严肃地探讨摆脱现实世界纷乱秩序的努力。

像众多科幻名家一样，威尔斯在进行中长篇科幻小说创作之前，也是通过在各类刊物上发表短篇小说积累写作经验的。从1893年起，威尔斯发表了一系列短篇幻想作品，其中最具野心的早期作品是在《蓓尔美尔街公报》发表的短篇——《公元100万年之人》（1893）。这篇小说大胆地描述了一种在自然选择下最终重塑的人类：一种因为太阳冷却后被迫撤离到地下的生物，他们有着硕大的头颅、巨大的眼睛、纤细的双手，躯干部分则占其中的一小部分，这种人类只能永久沉浸在营养液。这种新人类的设定很容易令人联想起《时间机器》里生活在地上的艾洛伊人与生活在地下的莫洛克人的部分特征，从而奠定了威尔斯在创作初期对于人类异化或演化主题探索时频频涌现的社会寓言特质。其他作品还有《飞人现世》（1893）、《人的灭绝》（1894）、《浅游太阳》（1894）等，其中《浅游太阳》讨论了硅基生命的可能性。他早期集中出版的短篇小说集《失窃的细菌与其他事件》（1895）中收录的《失窃的细菌》《奇兰花开》《怪物大闹天文台》等作品在惊险程度上虽然不如前述短篇，却也对后世作品产生了一定的影响，如克拉克的短篇作品《扭捏的兰花》就提到了《奇兰花开》。

19世纪末，威尔斯在短篇主题创作上的想象愈发大胆。这在其1895年以后的短篇《手术刀下》（1896）、《天外来客撞击地球》（1897）、《一个石器时代的故事》（1897）、《水晶蛋》（1897）、《能够创造奇迹的人》（1898）中足以见得。《天外来客撞击地球》

讲述的是不明天体向地球逼近的灾难故事。值得注意的是，类似的情节在《彗星来临》亦有体现，相信两者之间在创作上也联系匪浅。在《水晶蛋》中，威尔斯通过一种"以小见大""以平凡见证奇迹"的叙事策略，将科幻小说中揭示未知世界时的惊奇感，在与之形成鲜明反差的平凡现实中进行演绎，并从中下阶层的小人物视角出发，见证"水晶蛋"中诡异神秘的世界。

到了 20 世纪，威尔斯的短篇幻想作品同样不乏佳作。《新时间加速剂》（1901）以一种漫不经心的方式对科技新发明可能带来的社会问题进行了探讨。《盲人乡》（1904）被许多西方评论家认为是威尔斯最好的短篇小说。尽管这篇小说并不描述未来，而是描述遥远的山谷，但它具备了科幻小说的全部要素，使读者动摇对传统的信心，并引发人们去思考事物的本来面貌。[1]《墙上之门》（1911）以主人公的成长为线索，通过对比在"梦幻花园"内、外的成长过程，揭示了工业革命对现代文明生活方式的影响。

威尔斯把科学幻想和人类的发展结合起来，以深切的忧患意识关注人类未来和科学未来。其远见卓识的抗争意识与精雕细琢的艺术追求，又体现了其不囿于特定时空的超越精神。威尔斯的科幻小说体现了在所处时代对人类未来的想象与思考，其思想源于维多利亚时代的历史环境与文化土壤，因而有一定的局限性。我们应该从其生活的时代出发，取其精华，对所涉及的政治性、思想性内容进行辩证的思考与择弃。

1　詹姆斯·冈恩.过眼云烟：英国科幻小说.北京：北京大学出版社，2008.

三

重读威尔斯

经典作品是那些你经常听人家说"我正在重读……"而不是"我正在读……"的书。即使我们初读也好像是在重温以前读过的东西，每次重读都好像初读那样会带来发现。我们越是道听途说，以为懂了，当实际读时，就越是觉得它们独特、意想不到和新颖。[1] 威尔斯的科幻小说就是这样的经典。科幻小说作为一种与科技发展有密切联系的文学类型，犹如一架人类的望远镜，遥望着浩瀚的天河，对科技发展带来的种种可能性，对社会的潜在影响进行提问、预测、探讨与思辨——这亦是现代科幻小说的核心精神。而这一精神的源头正是威尔斯。

威尔斯所处的时代正值人类历史的转折点。他出生的那一年，德国工程师西门子发明了世界上第一台大功率发电机，标志着人类进入了电气时代；他逝世的那一年，世界上第一台电子计算机诞生，掀开了信息时代的序幕。其人生横跨的两次工业革命颠覆性地改变了人类文明的发展进程，科技、政治、经济的变迁使得世界发生着难以想象的变化。正是在这种时代背景下，威尔斯对科技前景和社会现实进行了可信的分析与预测，对当时的诸多问

---

1 伊塔洛·卡尔维诺.为什么读经典.黄灿然，李桂蜜，译.南京：译林出版社，2012.

题都有深入的探究与思考。他一方面肯定科学技术的巨大作用，另一方面也意识到当科技被枉顾伦理道德之辈利用时，人类将会为此付出惨痛的代价。除了创作针砭时弊、充满寓言色彩的作品外，胸怀社会改良理想的威尔斯还身体力行地参与政治活动。尽管威尔斯的作品及其对社会问题的思考具有一定的历史局限性，但无疑对那个时代产生了深远的影响。

正是这种特殊的生平背景，以及艺术想象、科学警示、社会批评相结合的创作手法，使得威尔斯的作品具有深刻的思想性和恒久的生命力。在100多年后的今天，人类文明又一次面临重大拐点，随着以人工智能为核心的"第四次工业革命"的到来，各项重大技术创新即将在全球范围内掀起波澜壮阔、势不可挡的巨变[1]。作为曾经变革浪潮的亲历者和预言者，威尔斯在作品所展现出的预见性和对科技、社会问题的思索，在照亮那个时代的同时，也冥冥中关照了人类未来相似的发展境遇。也因此，时至今日，我们依然需要去聆听这位科幻先知的思想，去感受现代科幻小说发轫阶段所寄托的希望与沉思，去体会在激荡的洪流中一个知识分子的理想与信念。

或许，当1895年威尔斯写出《时间机器》的那一刻，他便真的发明了一台"时间机器"，并乘着它到达了未来，带回了警示的讯息。后世的科幻作家无不踏着这位前辈的脚印，乘坐这台机器，开启了一次又一次抵达未来的旅程，捎回一封又一封来自

1　施瓦布. 第四次工业革命. 北京：中信出版社，2016.

未来的信，谱写了科幻 200 年间一段又一段波澜壮阔、气象万千的乐章。如今，与未知同行的这一代人，或许很渴望也有一台这样的"时间机器"，以便到达未来一探究竟，用更有远见的视野指导今天的生活。若真是这样，拜访这些乘坐过"时间机器"的科幻作家或许是一个不错的方法。当然，最应该拜访的当然是那个发明了"时间机器"的人。他是社会科幻的领路人，更是现代科幻的奠基者，他是 H.G. 威尔斯。

《科幻世界》 陈 俊
2018 年夏

第一章

柏德福先生在利姆[1]遇见卡沃尔先生

我坐在葡萄树的树荫下写作，头顶上是意大利南方湛蓝的天空，内心不禁有些惊奇之感：我参与卡沃尔为人称颂的历险实属偶然，别人也会有这样的机缘巧合。我卷入其中，当时自以为彻底摆脱了种种烦心事。我去了利姆，因为我认为那是世界上最安静的地方。"不管怎样，"我说，"我在这里会找到平静和工作的机会。"

结果我完成了这本书。纵然有数不清的小计划，命运的变化才是最终的安排。或许可以在这里提一下，最近我的一些生意接连失利。我现在过上了殷实富足的生活，倒也乐于承认过去的困窘。甚至可以承认，我遭遇的灾难在一定程度上是自作自受。也许我在某些方面具有一定的才能，却没有经商的才能。我那时候

---

1 利姆（Lympne 或 Lymn），英国东南部的一个村子，离福克斯通港口不远。

1

年轻，正由于年轻而染上诸多为人不齿的习惯，自以为善于经商便是其一。我的年纪不大，不过我的经历已经抹杀了我心中的一些青春活力。至于这些经历是否激发出我内心的智慧，是一个更加令人质疑的问题。

由于投机谋利我才搬到肯特郡的利姆，至于细节就没有必要详加叙述了。如今做生意要有强烈的冒险精神。我冒过险。这种事情必然有得有失，对我而言却是最终在不情不愿之间失去得太多。甚至在我变得一无所有之时，有一位脾气暴躁的债权人仍然认为理应对我恶意相向。也许你见过别人怒气冲冲，也许你只是有所感受。他逼得我走投无路。最后，除了动笔写剧本以外，似乎别无选择，除非我想应聘一份职员的差事，靠卖苦力维持生活。我有一定的想象力，还有典雅的品位，于是决意在惨遭厄运前与之拼死搏斗。我不但自信有能力经商，而且当时一直认为自己有能力写出一个很好的剧本。我相信这样劝慰自己没有什么稀奇之处。我知道除了守法经商之外，无论做什么都没有发财致富的可能。我很可能就是有偏见。的确，我习惯于把未曾动笔的剧本看作便捷的财富小储备，以备困难时急用。困难的日子到了，我便开工了。

我很快发现写剧本需要的时间超出了我的预计，起初我只考虑花上十天的时间。因为写作需要一个临时住所，于是我来到了利姆。我自以为幸运，租到了那幢平房。我订了为期三年的租约，置办了几件家具。创作剧本时，我自己烧饭。我的烹调手艺一定会让邦德太太惊愕不已，可是味道还是有的。我有咖啡壶、煮鸡蛋的蒸锅、烧土豆的炖锅，还有煎香肠和咸肉的煎锅——有了这些简单的器具就能过上舒适的生活。人不能老是贪图奢华的生活，总是可以选择简朴的生活。此外，我赊了一只能装十八加仑啤酒的木桶，找了一位可靠的面包师，让他每天过来一趟。虽然生活也许没有锡巴里斯[1]的格调，但是我经历过更苦的日子。我有点对不住面包师，他的确是一位非常正直的好人，我倒是希望对他心存愧疚。

如果有人想要找个清静的地方，那么利姆正合适。利姆在肯特郡的黏土地带。我的平房位于海边一个古老的悬崖边，看得见对面海边低洼平坦的罗姆尼沼泽。在气候极其潮湿的时候，到这个地方的路几乎不通，我听说邮差遇到比较泥泞的路段，有时要在脚上绑上木板才能趟过去。我倒从来没有见过这样的情景，可我完全想象得出。目前村子只有几幢大小房屋，房屋的门外挂着粗大的桦木扫帚，用来清除烂泥巴，由此你大概对这个地区的土质有所了解。要不是对往事存有渐渐模糊的记忆，我简直会怀疑竟有利姆这个地方。利姆在罗马时代是英格兰的大港口，时称利曼内斯港，现在海水则在四英里开外。陡峭的山脚下，到处都是巨石和大片的古罗马砖砌建筑。古老的华特林大道像一支箭从这里直插北方，有些路面仍然铺着石头。我曾经站在山上思考这一切，古罗马的军舰和军团、俘虏和官吏、妇女和商人，像我一样的投机商，全都汇聚成喧闹的人流进出港口。如今只有杂草丛

---

1 锡巴里斯（Sybaris），古希腊城市，在今意大利南部，曾以富饶和奢侈闻名，毁于公元前 510 年。

生的山坡上的几堆瓦砾、一两只羊，还有孑然一身的我！从前的港口现在是一片又一片的沼泽，绕上一个大弯是远处的邓杰内斯角[1]，随处可见点缀其间的树丛和中世纪古老城镇的教堂塔楼，这些教堂塔楼正在追随利曼内斯港而逐渐消失。

沼泽地的风光的确是我所见过的最美的景色之一。我估计邓杰内斯角在十五英里开外，像漂在海上的木筏。再往西，黑斯廷斯附近的群山沐浴在落日的余晖下。群山有时轮廓清晰，仿佛近在眼前；有时却又显得模糊矮小，经常在气候变化时无影无踪。近前的沼泽地上，波光粼粼的沟渠和运河纵横交错。

从我伏案工作处的窗户望出去，山峰的轮廓尽收眼底。正是透过这扇窗户，我第一次看见了卡沃尔。我当时正在苦思冥想，构思我的剧本，聚精会神地应付这件费力的工作，他自然引起了我的注意。

太阳已经下山了，宁静的天空呈现出绿中带黄的色彩。在这样的背景下，他一袭黑衣出现了——矮小的身影，最古怪不过了。

他又矮又胖，拖着两条细腿，动作有些笨拙。他头戴板球帽，上身穿着大衣，下身穿着骑自行车时穿的灯笼裤，脚上套着长筒袜。他认为这套行头适合他这个奇才。我不知道他为什么这样穿戴，因为他从来不骑自行车，也从来不打板球。他碰巧是这样一身打扮，具体原因我不清楚。他挥着双手，摆着胳膊，摇头晃脑，嘴里吱呜作响。他吱呜个不停，有点像过了电似的。你从来没有

---

[1] 邓杰内斯角（Dungeness），英格兰肯特郡瑞埃东南十英里处的一个岬角，建有一座灯塔。

听到过这样的吱呜声。他时不时清清嗓子，声音太奇特了。

那天下了雨，由于小路太滑，他的步子更僵硬了。他走到一个面对太阳的地方，停下脚步，掏出怀表，迟疑了一下。他先是一阵手舞足蹈，接着转身往回走，显得那么匆忙。他不再打手势，而是迈着大步，让他相对较大的双脚物尽其用。我记得他的双脚因为粘着烂泥而显得出奇的大。

这事发生在我迁居此地的第一天。我当时的创作精力达到了最高峰，我只是认为这事让我分神，竟然为此浪费了五分钟，实在让人心烦。我继续写剧本。那个幽灵第二天傍晚又出现了，太准时了。第三天傍晚也是如此。确实，只要不下雨，每天傍晚都如此。这样一来，专心写剧本实在太难了。"该死的家伙，"我说，"别人会以为他在学演木偶戏！"我狠狠骂了他好几个晚上。后来我不再感到烦恼，而是觉得惊异和好奇。他究竟为什么要这样做？第十四天傍晚，我再也忍不住了。他一出现，我就推开落地窗，穿过回廊，径直朝着他必定停下脚步的地点走去。

等我走到他面前时，他掏出了怀表。他那胖圆红润的脸上长着一双红褐色的眼睛——以前我看见他的时候，他的身体背着光，没看清楚。在他转身时，我说："等一下，先生。"

他盯着我。"等一下，"他说，"行。也许你希望跟我聊的时间久一些，这要求不算过分——你要我等的一下已经过了——陪陪我嫌麻烦吗？"

"一点也不嫌麻烦。"我说，随即走到他的身旁。

"我的习惯是有规律的。我的交际时间——是有限的。"

"我想，这是你锻炼的时间？"

"是。我到这儿来欣赏日落。"

"你不是来欣赏日落的。"

"先生？"

"你从来没有看过日落。"

"从来没有看过？"

"没有。我已经观察了你十三个傍晚，你一次也没有看过日落——一次也没有。"

他皱起了眉头，好像遇到了难题。

"呃，我喜欢这阳光、这空气，我沿着这条小路散步，穿过那道大门。"他扭过头，"绕过——"

"你不是这样的。你从来没有这样。你尽瞎说，那边没有路。比如今天晚上——"

"噢！今天晚上！让我想一想。啊！我刚才看了一下怀表，发现我出来的时间比规定的半小时多了三分钟，确定没有时间再绕一圈了，于是转身……"

"你总是这样。"

他看着我，若有所思："现在想想，也许我确实是这样。你刚才想跟我说什么？"

"噢，就这事！"

"就这事？"

"是。你为什么这样做？每天傍晚你都来鼓噪……"

"鼓噪？"

"像这样。"我模仿着他的吱鸣声。他看着我，显然这种吱鸣声引起了他的反感。"我真这样？"他问。

"每一个该死的傍晚都这样。"

"我一点不知道。"

他停下来，严肃地看着我。"可能是我已经养成了这个习惯？"

"呃，就像这样。是不是？"

他用大拇指和食指向下揪自己的下嘴唇，眼睛盯着脚边的泥坑。

"我想的事太多，"他说。"你想知道为什么？呃，先生，我可以向你保证，我不仅不知道为什么这样做，而且也不知道我以前做过什么。想一想，如你所说，我从未去过那块地方……这些事打扰了你？"

出于某种原因，我开始对他起了怜悯之心。"没有打扰，"我说，"不过你想一想，要是你在写剧本会怎么样！"

"我想不出来。"

"呃，想一想你做事需要全神贯注。"

"啊！那当然。"他说，随即陷入沉思。他露出苦恼的神情，于是我对他起了更大的怜悯之心。不管怎么说，质问一个素不相识的人为什么在一条公共的小路上嘴巴吱鸣作响，确实有点咄咄逼人。

"你知道，"他有气无力地说，"这是一种习惯。"

"嗯，我看出来了。"

"我一定改掉这个习惯。"

"如果让你为难的话，就算了。话又说回来，与我无关——这也是一种自由。"

"没什么，先生，"他说，"没什么。太感谢你了。我一定不会再做这样的事情了。以后不会再做了。我可以再麻烦你一次吗？那种声音？"

"有点像这样，"我说，"吱呜呜，吱呜呜。真的，你知道……"

"太感激你了。事实上，我知道我越来越心不在焉，简直到了荒唐可笑的地步。你说得完全在理，先生——完全在理。真的，我感激你。这种事情不会再发生了。现在，先生，我不该带你走这么远的路。"

"希望我的鲁莽行为……"

"没有，先生，一点也没有。"

我们对视了一会儿。我脱帽致礼，向他道了晚安。他手忙脚乱回了礼。我们就此分手了。

我走到栅栏门前回头看着他离去的背影。他的举止变化太明显了，他似乎深一脚浅一脚、身形颓丧，与先前手舞足蹈、嘴巴吱呜作响相比反差太大。他的行为虽然荒诞不经，却也让人觉得可怜。我望着他走出我的视野，随后转身走进平房，继续写剧本，衷心希望我能集中精力继续工作。

第二天傍晚没有看见他，第三天傍晚也没有看见他。可是他却时常浮现在我的脑海里。我突发奇想，作为一个多愁善感的喜剧人物，他也许会对我构思的剧本情节有所帮助。第四天，他来拜访我了。

我对他找我的原因一时迷惑不解。他不苟言笑，先是跟我谈些无关紧要的话题，突然转入了正题。他想买下我的平房。

"你知道，"他说，"我一点也不怪你，但你破坏了一种习惯，打乱了我的日常作息。这么多年来，我散步一直从这里经过，不是一年两年了。我肯定哼哼过……你却让这一切都变得不可能了！"

我建议他去其他地方散步。

"不行。没有其他地方。只有这个地方。我已经打听过了。现在——每天下午四点钟——我就没有地方散步了。"

"我亲爱的先生，如果这事对你这么重要——"

"至关重要！你知道，我——我是科研人员——我正在从事一项科学研究。我住在……"他停下来，好像在想着什么。"就在那边，"他说，突然用手一指。他的动作太危险了，手指差点碰到我的眼睛。"你看，就在树林那边，上面有白烟囱的房子。我的情形不同寻常——不同寻常。我正要完成一项非常重要的实验，我向你保证，有史以来最重要的实验之一。我需要持续思考，保证大脑劳逸结合。下午是我思维最活跃的时间！大脑不断涌现新的想法——新的观点。"

"那你为什么不照常来呢？"

"完全不一样。我会局促不安。我会想到你在写剧本——一脸怒气地望着我——而不是思考我的工作。不行！我一定要买下平房。"

我陷入了思考。在把我的决定告诉别人之前，我自然要对事情进行通盘的考虑。总的来说，那些日子我时刻准备做生意，变卖东西总是让我心动。可是这平房不是我的，即使我以高价卖给他，如果目前的房主听说了这笔交易，那我断然交不了货。买卖做不成是其一。其二，我，唉——没有还清债务。这笔交易显然需要慎重处理。此外，他可能正在进行某个重要的发明，这也使我感兴趣。我灵机一动，想多了解他的研究。我倒没有什么不可告人的计谋，只想大致有个了解，借此在写作之余放松一下。于是我开始试探他的反应。

他十分乐意提供信息。的确，他一旦开了口，谈话就成了他的个人独白。他说话翻来覆去，似乎在心里憋了许久。他谈了将近一个小时，我必须承认我听得很吃力。自始至终，他的言语之中带有自满的情绪。一个人从事自己选择的工作，却又认为不为他人重视，就会有这样的感觉。从这第一次的谈话中，我对他的工作了解甚少。他说的有一半是我完全陌生的专业术语，他用自己欣然称之为初等数学的内容解释了一两个论点，用绘图铅笔在信封上计算，他这样让人不懂装懂都难。"是，"我说，"是。说下去！"我仍然竭力劝说自己，他绝不是一个胡发明、瞎创造的怪人，虽然他看起来像个怪人，但是他有一种力量，让人不大相信他是那样的人。不论他做什么，从机械理论上讲都是可行的。他给我介绍了他的实验室，以及他的三位助手——原本是打零工的木匠，后来接受了他的训练。从实验室到专利局办理申请现在显然只是一步之遥。他邀请我去参观。我欣然接受了邀请。我慎之又慎，说了一两句，以示接受邀请。买房一事自然束之高阁。

最后他起身告辞，对拜访的时间太长致以歉意。他说谈论自己的工作是一种享受，只是机会太难得了。他不常遇到像我这样聪明的听众，也很少同专职的科学家往来。

"太多的琐事，"他解释道，"太多的阴谋！真的，尤其在一个人有了一个新颖而可行的想法的时候。我不想为人刻薄，但是——"

我这个人相信冲动。我向他提出了一个也许算是轻率的建议。你要记得，我独居一处，在利姆写了十四天的剧本，仍然对破坏他的散步习惯而内疚。我说："为什么不以此作为你的新习惯，以代替被我打破的旧习惯？至少在解决平房问题之前，我们这样做。你需要在心中反复思考你的工作。你每天下午总是一边散步，一边思考。不幸的是，这个习惯结束了，你无法调整到以前的状态。为什么不来向我谈谈你的工作？把我当作一堵墙，朝上面抛掷你的想法，然后再接住。我显然知之甚少，无法剽窃你的想法，我也不认识什么科学家。"

我停下来。他正在考虑。他对于这一建议显然有兴趣。"不过我怕打扰你。"他说。

"你认为我太笨吗？"

"噢，不，但是专业术语……"

"不管怎样，今天下午你让我产生了极大的兴趣。"

"这当然对我有很大的帮助。理清思路的最好办法莫过于解释一番。迄今为止——"

"我亲爱的先生，别再说了。"

"你真的可以腾出时间来？"

"涉猎一下别人的工作是最好的休息。"我对此深信不疑。

这事谈妥了。他在回廊的台阶上转过身："你已经帮了我一个大忙。"

我"嗯？"了一声，以示不解。

"你完全治好了我那个可笑的习惯，我嘴巴不再吱呜呜了。"他解释道。

我想我当时说了乐意为他效劳，接着他就转身走了。

我们的谈话肯定触动了他的思维，他立即恢复了以前的行为。他开始像以前那样挥动胳膊。低弱的"吱呜"声随着微风传到我的耳边……

呃，这毕竟不关我的事……

他第二天来了，第三天也来了，给我做了两次物理学讲座，我们俩皆大欢喜。他谈到了"以太""力管""万有引力"以及诸如此类的东西。从他的神情来看，他的思路极为清晰。我坐在折叠椅上，嘴里说着"是""说下去""我听得懂"，好让他讲下去。虽然他讲的内容非常深奥，但是我认为他从没怀疑过我听懂了。虽然我有时怀疑自己是不是在认真听，但是不管怎样，我抛开该死的剧本，身心得到了休息。他谈的内容有时让我有茅塞顿开之感，正当我以为把握了要领时，却又发现自己浑然不知。我有时什么都听不进去，干脆自暴自弃，静心安坐，与他四目相对，想着把他写成滑稽剧的中心人物。放弃其他素材，不一定是更好的安排。转念一想，我也许会听懂一点。

我很快找了一个去他家的机会。他家房子宽敞，装修随意。除了三位助手以外，家中没有仆人，他的饮食和生活具有哲人一般的简朴特色。他不喝酒，只吃素，遵守所有合理的清规戒律。一看见他的设备，我心头诸多的疑问就随之消失了。从顶楼到地窖都收拾得井井有条，在一个偏僻的村庄竟然能找到这样一个令人称奇的小地方。一楼的房间摆放着工作台和仪器，面包房和锅炉房安装了巨大的熔炉，发电机放在地窖里，花园里有一个贮气罐。他以一个生活太孤单的人所特有的坦诚和热情，向我展示了这一切。他的隐居生活使他现在信心满满，而我有幸成为第一位获取他信任的人。

三位助手不愧为"手艺人"这个阶层可靠的代表人物，虽然不算聪明，做事却也认真，而且强壮、礼貌、肯干。其中一人叫斯帕古斯，以前是水手，负责做饭并承揽所有金属活；第二个人叫吉布斯，负责细木工；第三个人以前是打零活的园丁，现在负责各种杂活。他们完全是体力劳动者。全部的脑力劳动由卡沃尔承担。我对卡沃尔的研究有一个模糊的印象，对他们的工作却是漠然置之。

现在谈谈我打探卡沃尔研究一事的性质。虽说不幸，但是这里确有一个天大的难题。我不是科学家，假如我用卡沃尔先生那种非常科学的语言来说明他的实验预设的目标，恐怕不仅会把读者搞糊涂，连我自己也会被搞糊涂。我肯定会错误迭出，招致国内正在学习数学和物理的学生嘲弄。因此，我想最好不要冒充内行，还是用自己不准确的语言来说明我的印象。

卡沃尔先生的研究对象是一种应该能够"阻断各种形式的辐射能"的物质。他使用了另外一个单词，可是我给忘了，不过"阻断"能够表达这个意思。他让我理解"辐射能"像光和热，或像一年多以来常常谈到的伦琴射线[1]，或像马可尼电波[2]，或像万有引力。他说所有这些都是从一个中心点辐射出来、作用于一定距离之外的物体上，因而产生了"辐射能"。几乎所有物质都能阻断此种或彼种辐射能。例如，玻璃虽然透光，但是不大导热，所以可以做火炉栏；明矾虽然透光，但是完全隔热。另外，碘溶解在二硫化碳中，溶液虽然完全不透光，但是非常导热。碘溶液能够遮挡火不让你看见，却能让你感受火的全部热量。金属不仅阻断光和

1 伦琴射线又称 X 射线，是频率高于紫外线的电磁波，具有很强的穿透性能。德国物理学家威廉·康拉德·伦琴（Wilhelm Conrad Röntgen, 1845—1923）在 1895 年发现了伦琴射线，1901 年成为诺贝尔物理学奖首位获得者。
2 伽利尔摩·马可尼（Guglielmo Marconi, 1874—1937），意大利无线电工程师、企业家、实用无线电报通信的创始人。

热，也阻断电的传导。碘溶液和玻璃却几乎对电的传导没有任何的阻拦。诸如此类。

现在所有已知的物质都"传导"万有引力。你可以用不同的屏障阻断太阳的光、热和电，或者阻断地球的温暖。你可以用金属薄板遮挡马可尼射线。尽管如此，却没有一样东西能够阻断太阳或者地球的万有引力。很难说为什么没有这种物质。卡沃尔不明白为什么这种物质不能存在，我当然也无法告诉他其中的原因。我从来没有想过是否可能有这种物质。他把写在纸上的演算公式给我看，告诉我这种物质不仅可能存在，而且一定具备某些特性。毫无疑问，开尔文勋爵[1]、洛奇教授[2]、卡尔·皮尔逊教授[3]或任何一位大科学家都会明白他的演算，而我却不得要领。这是惊人的推论。我当时既惊奇又头痛，在这里却转述不了。"是，"我只得说，"是，说下去！"闲言少叙，他相信或许能用一种复杂的合金和别的什么新东西，制造出一种能够阻断万有引力的物质。我猜这种新东西是一种新元素，叫作氦[4]。这种氦是装在密封的石钵里，从伦敦寄来的。虽然一直有人怀疑这个细节，但是我几乎可以肯定，他从伦敦给自己寄送的石钵封装的东西就是氦。那肯定是一种稀薄的气体类东西。要是我当时记了笔记该多好……

1 威廉·汤姆孙（William Thomson, 1824—1907），英国数学家和物理学家，创立了热力学绝对温标（即开尔文温标），研究海底电报理论，有多项海底电缆方面的发明。1892年受封为勋爵。
2 奥利奥·约瑟夫·洛奇（Oliver Joseph Lodge, 1851—1940），英国物理学家。1894年，洛奇组装了一台接收机，接收到55米开外的莫尔斯电码。
3 卡尔·皮尔逊（Karl Pearson, 1857—1936），英国数学家。对生物统计学、气象学、社会达尔文主义理论和优生学做出了重大贡献。被誉为现代统计科学的创立者。
4 1900年左右，氦（Helium）确实是一种神奇的新元素。

15

话又说回来，我当时怎么能够预见记笔记的必要性呢？

任何一个稍具想象力的人都会理解，这种物质存在的可能性非同寻常，对我揣摩卡沃尔的话语竟有一知半解多少会有些同情，因为他使用的词语实在深奥晦涩，的确让人感到莫大的宽慰！过了一段时间我才确信正确理解了他的意思。我慎之又慎，尽量不提问题，以防让他判断出我对他每天的讲解误解的程度。本书的读者不会完全同情我，因为我的介绍干巴巴的，据此无法认同我的观点，即那种神奇的物质肯定能造出来。

去过一趟他家以后，我就不记得自己曾在剧本上连续工作过一个小时。我的想象力用在了别的事情上。那玩意似乎蕴藏着无穷无尽的可能性。无论从哪一方面考虑，我都想到奇迹的创造和变革的推动。例如，如果想举起一件物体，不管有多重，只消在下面放一块这种物质，一根稻草就能把它举起来。我第一个自然的冲动是把这个原理用于枪炮和铁甲舰，以及一切的作战物资和手段。由此推广到水上航运、陆上运输、建筑和所能想到的人类一切产业。我有了一个机会，千年一遇的机会，进入了诞生这个新时代的产房。确实是一个新纪元，毫无夸张的成分。我开始想入非非，越想越多，越想越远。胡思乱想之中，我看到自己再次成为一位商人。我看到自己拥有一家母公司和多家子公司，入职申请纷沓而至，"瑞恩"和"托拉斯"[1]不断涌现，特许状和授权

---

1 "瑞恩"和"托拉斯"指垄断性的经济组织。据恩格斯在《卡尔·马克思的小册子"关于自由贸易的演说"的序言》（《马克思恩格斯全集》第21卷）一文，"瑞恩"和"托拉斯"是"道地的美国组织"。恩格斯预言，美国正在取消保护关税制度，以符合资本主义生产规律的垄断性经济组织推行自由贸易，未来肯定会主导世界经济。

书传至各地，直到出现一个庞大无比的卡沃尔公司，一统世界。

而我就置身其中！

我立刻确定了我的方针。我知道我在孤注一掷，但我当场就跳了起来。

"我们绝对在完成一项最伟大的发明，"我说，突出强调了"我们"。"如果你不让我参加，除非用枪杀了我。我明天就过去，成为你的第四位助手。"

虽然他好像对我的热情感到惊讶，但是没有一点怀疑或敌意。相反，他倒是自视较低。他以怀疑的目光看着我。"你真的认为——"他说，"你的剧本！你的剧本怎么办？"

"不管剧本了！"我叫道，"我亲爱的先生，你不知道自己掌握了什么吗？你不知道自己要做什么吗？"

听上去只是反问，其实是质问。他视而不见。我起初无法相信。他真的连一点概念也没有！这个让人称奇的矮子一直从事纯粹的理论研究！他说这是世界上"最重要的"研究课题时，只是表示他提出了许多理论，解决了许多难题。他像一台制造枪炮的机器，竟然没有考虑如何开发即将完成的发明。这是一种可能存在的物质，他会把它制造出来！就像法国人说的那样：如此而已。

除此而外，他幼稚得很！如果他制造出来，那么这种物质就会以卡沃尔素或卡沃尔精这个名字传于后世。他会成为皇家学会会员，他会成为科学界的名人，他的肖像会刊登在《自然》[1]杂志上，

---

1 《自然》（*Nature*），创刊于 1869 年 11 月，是一份跨学科的科学期刊，科学界重要的期刊之一。

诸如此类的事情会接连发生。他只看到这些东西！如果不是我碰巧出现，他会向世人公布这一惊人的发明，好像他发现了一种新的小虫子。他的发明会被束之高阁，没人理睬。就像一些科学家，发明成功了，公之于众了，便没有了下文。

意识到这一点，我赶紧担任宣讲的角色，这一回是卡沃尔说"说下去！"我跳起来，在房间里踱来踱去，像一个二十岁的小伙子，打着手势。我试图让他明白自己在这事上的义务和责任，也就是我们在这事上的义务和责任。我向他保证，我们创造的财富也许足以推动我们希望的社会改革，我们也许会占有和支配整个世界。我向他介绍了有关公司和专利方面的知识，以及经营当中必须保守秘密的原因。这些事情搞得他晕头转向，就像他的数学搞得我晕头转向一样。他那红润的小脸显出困惑的表情。虽然他结结巴巴，说了一通对财富不感兴趣的话，但是我对此置之不理。他必须发财，再怎么结结巴巴都没有用。我让他明白我是怎样一个人，并且我有丰富的从商经验。我没有告诉他我当时资不抵债，因为那只是暂时的情况。虽然我认为自己确实穷得叮当响，但是别人也欠我钱。我们不知不觉就达成了一致意见，决定成立一个卡沃尔垄断组织。这个项目就是在不知不觉中敲定的。他负责制造那种物质，我负责推销发展。

我就像一条水蛭，紧紧咬住"我们"这个词——对我来说，没有"你"和"我"之分。

虽然他认为我所谈到的利润可以作为研究资金使用，但是这个问题当然必须留待以后解决。"行，"我叫道，"行。"我反复强调，关键在于把那个东西造出来。

我喊道："这个物质，任何一个家庭，任何一家工厂，任何一个军事要塞，任何一艘船舶都离不开——甚至比专利药品的使用更加普遍！这种物质没有排异特性，潜在的用途有上万种，万分之一的用途就会让我们发财致富，卡沃尔，富到做梦都想不到的地步！"

"对！"他说，"我开始明白了。真是奇妙得很，谈一谈就谈出了新观点！"

"碰巧你谈话找对了人！"

他说："我想没有人绝对厌恶巨额的财富。当然，还有一件事——"

他停住了。我一动不动地站着。

"你知道，我们有可能最终造不出来！也许只是理论上有这个可能，实际上却行不通。或许在制造的时候，我们会遇到一些小麻烦！"

"碰到麻烦，我们就解决。"我说。

第二章

第一次制造卡沃尔素

就制造的实际过程来说，卡沃尔的担心毫无根据。1899 年 10 月 14 日，这种令人难以置信的物质被制造出来了。

说也奇怪，最终的生成纯属偶然，卡沃尔对于这一结果没有丝毫准备。他把好几种金属和其他一些东西——我现在多想知道具体是什么成分！——混合在一起，打算把混合物搁上一个星期，让它慢慢冷却。除非他计算有误，否则这种东西的温度降到 60 华氏度便会进入合成的最后阶段。在卡沃尔不知情的情况下，为看守熔炉一事碰巧发生了争吵。以前照看熔炉的吉布斯突然要让当过园丁的人接过这差事，理由是煤是从地下挖出来的土，因此添煤不是细木工分内的职责。干过零活的园丁则辩解，煤不管怎样都是金属或者矿石之类的东西，再说他已经当了大厨。斯帕古斯坚持要吉布斯去添煤，因为他是个细木工，谁都知道煤是木头的化石。结果，吉布斯不给熔炉添煤，其余的人更是不管不问，而卡沃尔则一门心思忙着解决有关卡沃尔飞行器的某些有趣的难题（忽略了空气阻力和一两个其他要点），没有察觉出了什么岔子。他准备前往我居住的平房，一边喝下午茶，一边谈话。正当他穿过田野时，他的发明早产了。

当时的情景历历在目。水正好烧开了，一切准备就绪。听到他的"吱鸣"声，我走到外面的回廊上。在秋季落日的衬托下，他那矮小而灵活的身形是一团黑影。右边，他家房子的烟囱恰好从一簇绚丽多彩的树丛中露出一角，远处是淡蓝色的威尔顿群山，左边是烟雾蒙蒙的沼泽地，广阔而又宁静。接着——

烟囱猛然冲向天空，腾空而起时碎成一串砖块。屋顶和各种各样的家具紧随其后。接着一团巨大的白色火焰越过它们。房屋周围的树木摇摆旋转，断成碎片并冲向火焰。一声雷鸣般的轰响震得我双耳生疼，我的一只耳朵因此失聪。我周围的窗户竟然在不知不觉中被震得粉碎。

我在回廊上朝着卡沃尔家的方向走了三步，风就吹了过来。

我上衣的下摆霎时间翻到我的头上，我当时正大步向前，身不由己走向卡沃尔。正在这时，发明家被呼啸的狂风抓住，他打着转儿，接着飞向空中。我看见我家房子的一截烟囱砸在离我不到六码的地上，弹起二十英尺，于是急忙奔向事发中心。卡沃尔踢腿摆臂，径直摔下来。他在地上打了几个滚，挣扎着站起来，却又被狂风卷起，迅疾向前扔出去，最后消失在他家周围摇摆扭动的树木之间。

一团烟雾和灰烬，一块蓝色的闪光物质直冲云霄。一大块篱笆从我身边飞过，侧着下坠，平倒在地上。最糟糕的事情随之结束了。空气的震荡迅速减弱，最终只是变成一股强风。我再一次意识到我能张口呼吸了，双脚仍在自己的身上。我背着风尽力站稳身体，这才有些回过神来。

在那一瞬间，整个世界的面貌都改变了。宁静的落日已经消失，乌云翻腾的天空一片黑暗，万物在狂风中倒伏摇晃。我回头扫了一眼，看看我家平房的主体结构是否依然存在，接着脚步蹒跚地朝卡沃尔消失的树丛走去。透过树叶剥落的高大枝干，看得见他那燃烧的房屋闪着火焰。

我跑进了矮树林，从一棵树跑到另一棵树，挨着树干找了好一会儿，却没有找到他。接着，在一堆断裂的树枝和抵着一段花园围墙的篱笆中间，我发现有个东西在动。我跑了过去，没等跑到跟前，发现一个褐色的身形抖落身上的杂物，直起两条泥腿，垂下流血的双手，中间部位挂着一些衣服的碎片迎风飘动。

我一时没有认出这一团泥块是什么，接着才看出是卡沃尔。他在打滚的时候沾了一身的烂泥。他顶着风往前走，一边走，一边擦拭眼里和嘴里的泥土。

他伸出一只泥手，脚步蹒跚地向我迈了一步。他的脸因激动而抽搐，小块的泥土不断从上面掉下。他看上去像个受伤的可怜人，与常人没有什么两样，因而他的话让我大为惊讶。"祝我，"

他上气不接下气地说，"祝我！"

"祝贺你！"我说，"我的天！为什么？"

"我成功了。"

"你成功了。到底是什么引起了爆炸？"

突然，一阵大风吹来，我没有听清他说的话。我明白他是说这根本不是爆炸。大风向我袭来，将我与他撞在一起，于是我们并肩站在一起。

"使点劲儿，回——我的平房，"我冲着他的耳朵吼道。他没有听清我的话，而是嚷着什么"三位殉难者——科学"，还喊了什么"不太好"。他当时以为他的三名助手死在那阵旋风中，因而大为伤感。所幸这不是事实。原来他一动身前往我的平房，他们三人就去了利姆的那家酒馆，要了一些小点心，讨论看管熔炉的问题。

我又建议回到我的平房去，这一回他听懂了。我们挽着手臂一起走，最后总算进了家，尽管房子只剩下了屋顶。我们各自找了一张单人沙发坐下，好一会儿才喘过气。所有窗户玻璃都被震碎了，一些轻便的家具凌乱不堪，好在没有造成不可弥补的损失。厨房门侥幸经受住了压力，所有餐具和炊具都完好无损。煤油炉还有火，我重新烧水泡茶。茶泡好以后，我要求卡沃尔给我做出解释。

"完全正确，"他坚持说，"完全正确。我成功了，造出来了。"

"可是……"我反驳道，"那好！哼，周围二十英里内没有剩下干草堆，也没有剩下完好的篱笆或茅草屋顶……"

"没关系的——真的。我当然没有预见到会有这个小乱子。我当时专心考虑另一个难题，我这个人容易忽略实际的次要问题。不过没关系——"

"我亲爱的先生，"我大声说道，"难道你不明白你造成了数千英镑的损失吗？"

"这事由你来处理。我当然不是一个务实的人，可你没想到人们会视之为一场龙卷风吗？"

"但是爆炸……"

"不是爆炸。太简单不过了。我说过，我容易忽略这些小事情。这是嘴巴吱呜呜的毛病在更大程度上的体现。不经意之间，我竟然造出了这种物质，这个卡沃尔素，在一块又薄又宽的平板上……"

他顿了一下："你十分清楚这东西能够阻断万有引力，隔绝物体之间的相互引力吗？"

"是，"我说，"是。"

"嗯，只要温度一达到60华氏度，制造过程就完成了。上方的空气，上方的部分屋顶、天花板和地板都失去了重力。我想你知道——现在人人皆知——空气和其他东西一样，也是有重力的，空气施压于地球表面的所有物体，从四面八方施压，每平方英寸的压力达到十四磅半。"

"这我知道，"我说，"说下去。"

"这我也知道，"他说，"只是这一点向你表明了，除非你运用知识，否则知识就毫无用处。在我们的卡沃尔素上方，情况不再是这样，上方的空气不再产生任何压力，而周围的空气，不是卡沃尔素上方的空气，却以每平方英寸十四磅半的压力向突然失重的空气施加压力。啊！你开始明白了！卡沃尔素周围的空气以不可抵挡的力量挤压上方的空气。卡沃尔素上方的空气被迫剧烈上升，挤入的空气却立即失重了，不再产生任何压力，跟着上升，于是炸穿了天花板，掀掉了屋顶……"

"你想一想，"他说，"这就构成了一个大气喷泉，像大气层中的一个烟囱。如果卡沃尔素本身的结构是稳定的，那么它被吸进这个烟囱以后，你想会发生什么事情呢？"

我想了想，说："我看空气会往上冲，越过那块该死的物质。"

"完全正确，"他说，"一个巨大的喷泉——"

"喷入太空！我的天！呃，吸走地球上的所有空气！抢走全世界的空气！毁灭全人类！就那么一小块东西！"

"虽然不完全是吸入太空，"卡沃尔说，"但是实际上也差不多。这种物质会像剥香蕉皮一样，剥离全世界的空气，将它抛至几千英里开外。空气当然会再落下来——不过是落在一个业已窒息的世界上！照我们的观点来看，空气回来不见得好多少！"

我瞪大眼睛。先前只是赞叹不已，没有想到这样的结果与我的期望完全背道而驰。"你现在打算怎么办？"我问。

"首先，要是可以借到一把园丁铲，我就刮掉一些身上沾的泥巴。然后，要是可以借用一下你家的设施，我想洗个澡。洗完澡后，我们再闲聊一会儿。我认为明智的做法是——"他把一只泥手搭在我的胳膊上，"这事你知我知，不要向别人提起。我知道我造成的损失很大，甚至很可能毁坏了乡下的多处住宅。从另一方面看，我没有能力赔偿我所造成的损失，如果这事的真相传出去了，只会招致别人的怨恨，妨碍我的工作。你知道，谁也不能预知一切，我正在忙于理论研究，我不赞同哪怕拿出片刻的时间去考虑实际的问题。以后再说，先是有了你这个务实的人加入进来，然后酝酿卡沃尔素的制造——应该用酝酿这个词，对不对？等到你所有的愿望都实现了，我们可以赔偿这些人的损失。现在不行——现在不行。人们现在正好对气象学有意见，如果没有其他解释，他们会以为刮了龙卷风。公众也许会发起捐款，我的房子被烧毁了，我应该获得一笔数目相当可观的补偿款，这对我们的研究工作极有帮助。如果大家知道了这事因我而起，公众捐款就没有了，每个人都会生气。事实上，我不会再有安心工作的机会了。我的三名助手生死不明，这倒是小事一桩。如果他们死了，也不是什么大损失。他们的热情胜于能力，这起早产事件多半是因为他们玩忽职守，没有好好照看熔炉。如果他们没有死，我怀疑凭他们的智商根本解释不清。他们会接受龙卷风的说法。我的房子暂时不宜居住，在此期间我可以住在你家，腾出没有出租的一个房间……"

他停下来看着我。

我仔细思忖，他是一个前途不可限量的人，不能把他当作一个普通客人那样招待。

我站起身来，说道："也许我们最好先去找一把铲子。"然后领着他走向一片狼藉的温室。

他洗澡的时候，我独自把整件事思考了一番。我显然没有料到同卡沃尔先生的交往会有麻烦。虽然他心不在焉的毛病没有导致一场毁灭全人类的灾难，但是严重的祸端随时都有可能发生。另一方面，我年纪不大，处境艰难，刚好有冒险的兴致，或许到头来会有一些好处。我彻底拿定了主意，这件事情我至少参股一半。幸而我有一幢平房，我解释过了，我签了三年的租约，不用维修房子。我的家具不多，都是匆忙之间购买的，没有付款，买了保险，与别人没有一点瓜葛。我最后决定继续跟着他干，有始有终。

情况的变化确实很大。虽然我不再怀疑制造这种物质的可能性是巨大的，但是我开始怀疑它是否适合用来制造大炮和生产专利皮靴。我们立即着手重建他的实验室，继续我们的实验。在谈到下一步如何制造这种物质时，卡沃尔与以前不同，说话比较顾及我的水平。

"我们当然能再造出来，"他喜滋滋地说，我没料到他会这么高兴，"我们当然能再造出来。我们也许碰上一个难题，但是我们已经彻底解决了理论问题。如果能够避免毁坏我们这颗小小的行星，我们肯定会避免。但是——一定有危险！一定会有。实验室的工作总是有危险的！作为一个务实的人，你必须参与进来。至于我，我似乎觉得我们可以侧面加工，大大降低厚度。具体我不知道。我隐约想到了另外一种制造方法。我解释不了。太奇怪了，我顶着狂风在烂泥里打滚，怀疑这项冒险的事业是否就此终结，这时突然想到我本来就应该采取这个方法。"

　　即使我出手相助，我们还是遇到了一些小小的困难。与此同时，我们继续重建实验室。在我们有把握决定第二次实验的准确形式和方法之前，需要做的事情太多了。唯一的麻烦是三名工人罢工，他们反对我当工头。虽然延误了两天，但是在这一问题上我们还是达成了一致。

第三章
球形罐的制造

卡沃尔对我讲了制造球形罐的想法，当时的情景我记得十分清楚。虽然他以前有些模糊的想法，但是当时好像突然灵光一现。我们正往平房走，准备回去喝茶，半路上他突然停止了嘴巴的吱鸣声，大喊："对了！这就解决了！某种形式的卷帘。"

"解决了什么？"我问。

"太空——随便什么地方！月球！"

"你什么意思？"

"什么意思？嗯——必须是一个球形罐！就是这意思！"

我感到莫名其妙，一时间任他自言自语。当时我对他的喃喃自语丝毫不得要领。他喝过茶后，倒是向我解释清楚了。

"就像这样，"他说，"上次我把阻断引力的东西放进一个平槽，上面有一个盖子，起固定的作用。那东西一冷却，制造过程就完成了，于是便有震天动地的变化，盖子上方的东西失去重力，空气往上喷射，房屋往上喷射。如果那东西没有喷射到空中，我真不知道会有什么事情发生！假定这物质未加固定，完全可以自由飞向天空，那会怎样？"

"它会立刻升空！"

"完全正确。不会比大炮开火造成的动静更大。"

"这又有什么用？"

"我要与它一起升空！"

我放下茶杯，瞪着他。

"设想一下，"他解释道，"建造一个球形罐，足够装下两个人，加上他们的行李。球形罐用钢制成，内衬一层厚玻璃，装有适量的固体空气、压缩食品和蒸馏器等。外面的钢壳涂抹一层——"

"卡沃尔素？"

"是。"

"你怎么进去？"

"这个问题类似包汤团。"

"是，我知道。怎么进去？"

"这太容易了。只需安装一个密封的人孔就行了。当然，设计有点复杂，必须有个阀门，遇到需要向外扔东西的时候，不会过多损耗空气。"

"就像儒勒·凡尔纳[1]的《环绕月球》描述的设备一样？"

---

1 儒勒·凡尔纳 (Jules Verne，1828—1905)，19世纪法国科幻作家。作品有《格兰特船长的儿女》《海底两万里》《环绕月球》《神秘岛》《八十天环游地球》等。

但是卡沃尔从来不读小说。

"我开始明白了，"我慢吞吞地说，"你可以在卡沃尔素加热时钻进去，紧锁在里面。卡沃尔素一旦冷却下来，你就会直接飞起来，不再受引力的影响——"

"突然飞起来。"

"你会直线上升——"我突然停下来，"怎样才能防止那东西进入太空后永远直线上升呢？"我问，"不管到什么地方你都不安全，即使到了又怎么回来呢？"

"我刚才考虑到了，"卡沃尔说，"我说解决了就是指这事。内层的玻璃球形罐除人孔外全密封，整体密封，钢质球形罐分段制造，每一段可以像卷帘一样卷起来。卷帘可以使用弹簧轻松控制，熔在玻璃里的铂丝电线通过电流控制卷帘的开和关。所有这些只是细节问题。你看，除了厚实的卷筒以外，涂抹卡沃尔素的球形罐外层包括窗户或卷帘，随你怎么叫。呃，关上这些窗户或卷帘，光、热、引力和任何辐射能都无法进入球形罐。如你所说，球形罐直线飞入太空。打开一扇窗户的卷帘，设想一下打开一扇窗户的卷帘会是怎样的情景！那么，碰巧面对窗户的任何重物就会立即吸引我们——"

我坐着不动，思忖话中的含义。

"明白没有？"他说。

"噢，明白了。"

"实际上，我们可以在空中随意改变航向。对准某个物体就被吸引过去。"

"噢，是。这一点讲清楚了。只是——"

"怎么啦？"

"我不大明白我们这样做是为了什么！其实只是飞出这个世界，然后再返回。"

"那当然！比如说，可以到月球上去。"

"就算到了那里又怎样！你会发现什么呢？"

"我们会看到——噢！考虑一下我们将会获取的新知识。"

"那里有空气吗？"

"可能有。"

"虽然想法挺好，"我说，"但是我觉得搞得太大了。上月球！我宁肯先去小一点的星球。"

"那不行，因为供气困难。"

"为什么不运用弹簧卷帘的原理——把卡沃尔卷帘装进坚固的钢质窗框——以减轻重力？"

"那样行不通，"他坚持说道，"话又说回来，进入外层空间不比去南北极探险更危险。去南北极探险大有人在。"

"商人不会去。再说，他们去南北极探险能拿到钱。如果出了事，会有人组织募捐活动。但是这事——不为了什么，自己就飞出了这个世界。"

"这叫寻宝。"

"你只能这么说……也许会有人把它写成书。"我说。

"我毫不怀疑会在那里找到矿藏。"卡沃尔说。

"比如？"

"噢！硫黄、矿石，也许有金子，可能会有新元素。"

"想一想运费，"我说，"你知道你不是一个务实的人。月球远在二十五万英里开外。"

"在我看来，无论是多重的物品，如果装进卡沃尔太空舱，不管运到什么地方都花不了多少钱。"

我没想到这一点。"买家免交运费，对不对？"

"我们不是只去月球。"

"什么意思？"

"可以去火星。通透的大气层，新奇的环境，轻松愉快的感觉。到那里去也许挺好。"

"火星上有空气吗？"

"噢，有！"

"你似乎想在那里开办疗养院。顺便问一句，火星有多远？"

"要是你的旅行线路贴近太阳，目前的距离是两亿英里。"卡沃尔漫不经心地说。我的想象力又活跃起来。"不管怎样，"我说，"这些事情有点名堂。旅行——"

我猛然想到一种非同寻常的可能性。突然间，我似乎看见卡沃尔飞船和豪华球形罐穿梭于整个太阳系。我的脑海浮现出"优先购买权"这个词——星际优先购买权。我想起西班牙过去对美洲黄金的垄断。好像并不限于这个星球或是那个星球，而是包括所有星球。我盯着卡沃尔红润的脸庞，想象力突然跳跃舞动起来。我站起身，一边踱来踱去，一边滔滔不绝。

"我开始明白了，"我说，"我开始明白了。"我一直抱着怀疑的态度，现在却是满腔热忱。这种转变似乎太快了。"这太棒了！"我喊道，"太妙了！我做梦都不曾想到竟有这样的事。"

我一旦不再持反对意见，他压抑许久的兴奋立即迸发出来。他也起身来回踱步。他一边挥手比画，一边大喊大叫。我们好像获得了灵感。我们有了灵感。

"我们会解决！"对于我偶尔提出的某个难题，他这样答复，"我们很快就会解决。我们今天晚上就开始画模型。"

"我们现在就动手。"我应声答道，于是我们急忙赶往实验室，立即着手这项工作。

那一整夜，我像个置身于仙境的孩子。我们一直工作到黎明，我们一直开着电灯，没有留意天亮。我现在还记得那些草图的确切模样。我打线着色，卡沃尔则绘画——虽然每一个线条都有涂抹，画得潦草，但是出奇的精确。一个通宵下来，我们下了钢质卷帘和钢架的订单。一个星期之内，我们完成了玻璃球形罐的设计。我们放弃了每天下午的闲谈，完全打破了日常的生活规律。我们夜以继日地工作，只是又饿又累的时候才去吃饭、睡觉。我们的热情甚至感染了三位助手，尽管他们不清楚制造球形罐的用途。那些日子里，吉布斯这个家伙放弃了走路的习惯，无论到哪里都是一路小跑，哪怕从房间的这一头到另一头。

球形罐逐渐成形了。12月过去了，然后是1月——我拿上扫帚，花了一天的时间在雪地里清扫了从平房到实验室的小路——再然后是2月和3月。到了3月底，眼看就要完工了。1月，来了一队马匹，卸下一只巨大的货箱。厚厚的玻璃球形罐就绪了，安放在支起的起重机下，准备吊进钢壳。钢壳其实不是一个球形罐，而是一个多面体，每个小平面都安装了一个卷帘。2月，全部钢杆和卷帘运来了，球形罐的下半部拧上了螺栓。3月，卡沃尔素制出了半成品，制造这种金属涂料历经两道工序。我们已经把一多半的金属涂料抹在钢杆和卷帘上。对于依据卡沃尔最初的灵感所确定的原则，我们在执行计划时一丝不苟，实在令人称奇。拧紧了球形罐的螺栓，球形罐就算完工了。他提议拆除临时实验室简陋的顶棚，在周围搭建一座熔炉。先往球形罐上涂卡沃尔素，然后加热涂料。涂料在流动的氮气中呈现暗红色，卡沃尔素制造的最后阶段随之完成。

我们接着必须讨论和决定携带什么补给——压缩食品、浓缩养料、储备氧气的钢瓶、一台清除空气中的碳酸和废物并用过氧化钠制氧的装置，以及水压冷凝器，等等。我记得这些东西在角落里堆成一小堆，分装在罐头、卷筒和箱子里，丝毫没有多余的东西。

那段时间忙得不可开交，根本没有思考的机会。有一天，在我们快要忙完时，我感到心情有些异样。整个早晨我都在砌熔炉，累得精疲力竭，瘫坐在那堆东西旁边。似乎一切了无生趣，让人难以置信。

"喂，卡沃尔，"我说，"这一切到底是为了什么？"

他微微一笑，说："现在要做的就是动身了。"

"月球，"我想了起来，"你想得到什么？我认为月球是一个死寂的世界。"

他耸了耸肩膀。

"我们去看看。"

"我们去吗？"我说，茫然凝视前方。

"你累了，"他说，"你今天下午最好去散散步。"

"不，"我固执地说，"我要砌完砖。"

我砌完砖，结果一夜无眠。我以前从未经历过这样的夜晚。虽然生意失败前我有过难熬的时候，但是与辗转反侧、无法入睡的痛苦相比，最难熬的时候我都能美美睡上一觉。对于我们打算做的事情，我突然感到了莫大的恐慌。

我不记得在那天晚上以前是否考虑过我们在冒险。这些危险现在看来像围攻布拉格的鬼怪[1]一样恐怖，当时却将我围在中央。我们要做的事情太怪诞了，太神秘了，我对此不知所措。我好像从美梦中醒来，结果陷入最可怕的境地。我瞪大眼睛躺着，球形罐显得更加外强中干，卡沃尔显得更加虚幻古怪，整个计划每时每刻都显得更加疯狂。

我下了床，到处转悠，然后坐在窗前遥望漫无边际的太空。

---

1 出自美国诗人亨利·沃兹沃斯·朗费罗（Henry Wadsworth Longfellow, 1807—1882）的诗篇《被围困的城市》。在诗中，鬼怪彻夜围困捷克首都布拉格，清晨的祈祷钟响起以后，鬼怪却逃之夭夭。

星星之间是虚空和深不可测的黑暗！我竭力回忆自己在读杂书时了解的零星的天文学知识，但是记忆太模糊了，提供不了我们所期望的知识点。最后我回到床上，迷糊了几次，倒不如说是做了几次噩梦。我在梦中不断下跌，一直跌进了天空的深渊。

我让正在吃早饭的卡沃尔大吃一惊，因为我直截了当地对他说："我不和你一起乘坐球形罐。"

他连声抗议。我则一脸愠怒，态度坚决。"这事太疯狂了，"我说，"我不去。这事太疯狂了。"

我不愿意跟他一起去实验室。我心烦意乱，在平房里转了一阵，然后拿起帽子和手杖独自出门。我不知道要去哪里。碰巧这是一个阳光明媚的早晨：和风习习，天空蔚蓝，到处是早春的嫩绿，成群的鸟儿放声歌唱。我去了厄尔汉姆[1]附近的一家小酒馆，点了牛肉和啤酒当午餐。与老板谈论天气的时候，我说："放着这样的日子不过、竟要离开这个世界的人是十足的傻瓜！"老板听了吓了一跳。

"我听到这事也会这么说！"老板说道。我发现至少有一个可怜虫对这个世界无所留恋，因为人们相互残杀。我继续往前走，思想有了新的变化。

下午，我找到一个阳光灿烂的地方美美睡了一觉，然后兴冲冲上了路。我来到坎特伯雷附近，进了一家貌似舒适的小店。墙上的藤蔓鲜艳夺目，店主是一位衣着整洁的老妇人，看上去挺顺眼。我发现身上带的钱刚好够支付房费，于是决定晚上住下。她

---

1 厄尔汉姆（Elham），利姆东北七英里处的一个村子，距离坎特伯雷十一英里。

很健谈，于是我了解到她有很多独特之处，其中一点是她从来没去过伦敦。"我最远只去过坎特伯雷，"她说，"我不像你们那样到处跑。"

"你愿意去月球旅行吗？"我大声问道。

"我从来不赞成乘气球，"她说，显然以为这是一次极为平常的出游，"我不愿意上去——永远也不愿意。"

这让我感到滑稽。吃过晚饭，我坐在旅馆门口的长凳上，跟两个工人闲聊烧砖、汽车和去年的板球赛。天上挂着一轮淡淡的新月，像远处的高山一样泛着蓝色，隐约可见，正在追随太阳向西坠落。

第二天，我回到了卡沃尔跟前。"我来了，"我说，"我有点不舒服，没什么。"

那是我仅有的一次对我们的计划存有严重的疑虑。纯粹是神经过敏！在此之后我对工作更加认真了，每天出去散步一小时。最后，除了熔炉没有加热以外，我们的工作全部结束了。

第四章
在球形罐内部

我坐在人孔的边上，低头看着球形罐黑乎乎的内部。"进去。"卡沃尔说。现场只有我们两个人。傍晚时分，太阳已经落山了，暮色中的大地一片宁静。

我把另一条腿也伸进去，顺着光滑的玻璃滑到球形罐的底部，转身从卡沃尔的手里接过食品罐头和其他行李。球形罐的内部很暖和，温度计指在 80 华氏度。因为辐射对温度影响不大，或者没有影响，所以我们穿着拖鞋和单薄的法兰绒衣服。不过我们带了一包厚厚的羊毛衣服和几条毛毯，以备急需。

在卡沃尔的指导下，我把包裹、氧气瓶和其他东西随意放在脚边。我们很快就把所有东西都搬了进来。他围着拆了顶棚的小屋转了一会儿，检查有没有被忽略的地方，随后跟着我爬了进去。我注意到他手里拿着什么东西。

"你拿的什么？"我问。

"你没有带什么阅读的东西？"

"我的天哪！没有！"

"我忘了告诉你。这次航行存在不确定的因素，我们也许——我们也许旅行几个星期！"

"不过——"

"我们会飘浮在球形罐里，无所事事。"

"我要是早知道就好了——"

他透过人孔往外窥视。"你看，"他说，"那里有个东西！"

"来得及吗？"

"还有一个小时。"

我赶紧出去找。我找到了一本过期的《珍闻》[1]，不知是哪位工人带来的杂志。在角落稍远处，我看到一份撕破的《劳埃德新闻报》[2]。我带着这些东西赶紧钻回球形罐。"你拿的是什么书？"我问。

我拿过书一看，原来是《莎士比亚全集》。

他的脸略微泛红。"我接受的教育全是科学方面的……"他歉意地说。

"从来没有读过他的作品吗？"

"从来没有。"

---

1 《珍闻》（Tit-Bits），英国的一份周报，1881 年创刊。这份周报率先刊出英国版《月球上的第一批来客》。

2 《劳埃德新闻报》（Lloyd's News），又名《劳埃德周报》，创刊于 1842 年，英国最早的一份周报。

"你知道，他有点知识——非正规的知识。"

"我正是听人这么说的。"卡沃尔说。

我帮助他拧紧人孔的玻璃盖，然后他按下一个电钮，关上外层对应的卷帘。那束椭圆形的暮色消失了。我们陷入了黑暗。一时间谁都没有说话。虽然球形罐不隔音，但是一点声音也听不到。我想到启动球形罐时会有震动，到时候连个扶手都没有。我还想到带把椅子会舒服一些。

"我们为什么没带椅子？"我问。

"我都安排好了，"卡沃尔说，"我们不需要椅子。"

"为什么？"

"你会明白的。"他说，带着拒绝与人交谈的语气。

我不再说话了。我突然清醒过来，我真傻，竟然会置身于球形罐之中！事已至此，我竟然问自己是否来得及退出。我早就知道球形罐外面的世界是冰冷的，无法生存。最近几个星期，我一直靠着卡沃尔的资助生活。不管怎么说，这个世界像外太空一样冰冷，像外太空一样让我无法生存。要不是担心让他看出我的怯懦，我相信即便在那个时候我也会叫他放我出去。在这个问题上我一再犹豫，感到越来越烦躁和恼怒，时间就这样过去了。

突然，传来一阵轻轻的震动，像隔壁有人开香槟，伴着一声轻微的呼啸。我一时感到万分紧张，瞬间以为我的双脚带着数吨重的压力往下坠。这种感受只持续了极短的时间。

受此刺激我立即行动起来。"卡沃尔！"我冲着黑暗说道，"我太紧张了。我不想——"

我停下来。他没有回答。

"真该死!"我喊道,"我真傻!我在这里干什么?我不去了,卡沃尔。这事太冒险了。我要出去。"

"你出不去了。"他说。

"出不去?我们一会儿走着看!"

过了大约十秒钟他才作答。"我们现在争吵已经太晚了,柏德福,"他说,"刚才一阵轻轻的震动是启动。我们已经起飞了,正像一颗子弹飞速射向太空。"

"我——"我说,不管发生什么事似乎都无关紧要了。我一时似乎目瞪口呆,无话可说了。好像以前我从来没有听过要离开这个世界似的。接着我感到身上起了一种莫名的变化。那是一种缥缈的感觉,一种虚无的感觉。与此同时,我的大脑有一种奇怪的感觉,像中风了似的,耳朵回响血管怦怦跳动的声音。虽然这些感觉没有随着时间的推移而减弱,但是我最终习惯了这一切,不再感到不方便。

我听到了"咔哒"一声,一盏小小的辉光灯亮了。

我看见卡沃尔的脸,感觉跟我的脸一样苍白。我们默默注视对方。他身后的玻璃漆黑而透明,他看上去像飘浮在空中。

"哎,我们不干不行了。"我终于说道。

"是,"他说,"我们不干不行了。"

"别动弹,"见我挥手有所表示,他大声喊道,"你要放松肌肉——就像躺在床上一样。我们置身于自己的小宇宙中。看看那些东西!"

他指着散放在球形罐底部毛毯上的箱子和包裹。我大吃一惊，它们正飘浮在空中，距离球形罐的内壁近一英尺。接着我看到卡沃尔的身影，他不再依靠在玻璃上。我把手伸到背后，发现我也同样悬在空中，离开了玻璃。

虽然我没有喊出声，也没有打手势，但是恐惧向我袭来。感觉像被什么东西一把抓起来，悬空吊着——不知道是什么东西。只要伸手触摸一下玻璃，我就快速动起来。虽然我知道这是怎么回事，但是仍然不禁感到害怕。我们已经隔断了外界的一切引力——只能感受到球形罐内部物体的引力作用。所有未被固定在玻璃上的物体都在下降，下降的速度缓慢，因为我们的质量变轻了。下降的物体移向我们这个小世界的重力中心，这个中心似乎在球形罐的中央，由于我比卡沃尔重一些，因而离我近一些。

"我们必须转过身，"卡沃尔说，"背对背飘浮，让那些东西在我们俩之间飘浮。"

这样在太空中随意飘浮，感觉极其怪异，简直难以想象。起初不仅感觉怪异，而且让人恐惧。但恐惧过去了，一点也不觉得难受，反而感到特别安逸。的确，就我所知，地球上最接近的感受是躺在一张又厚又软的羽绒床上。但是那种彻底的解脱和自由的感受，在地球上是体验不到的!我没有想过这样的事情。我以为起飞时会有剧烈的震动，会有高速飞行时的眩晕感觉——仿佛我的灵魂脱离了肉体。这不像一次旅行的开始，而像一个梦境的开始。

第五章

到月球去

卡沃尔很快熄了灯。他说我们储藏的电能不太多，应当节省下来供读书用。有一段时间，我也不知道是长是短，球形罐内一片漆黑。

我忽然冒出一个问题。"我们怎样定位？"我说，"我们往什么方向飞？"

"我们直线飞离地球，月亮接近下弦，我们大致朝着月球飞行。我要打开一扇卷帘——"

"咔哒"一声，外层一扇窗户的卷帘打开了。虽然外面的天空和球形罐内部一样漆黑，但是数不清的星星仍然照亮了敞开的窗户的外形。

只从地球上看过星空的人想象不出，揭下空气半明半暗的面纱，星空会是什么景象。我们在地球上看到的星星只是零星的幸存者，它们的星光穿透了朦胧的大气层。如今我才终于领悟到日月星辰的含义！

虽然我们马上就要看到更加奇异的东西，但是没有空气、布满星团的天空是怎样的情景！我认为这是一生当中最难忘的记忆之一。

随着"咔哒"一声，小窗户消失了；旁边另一扇窗户的卷帘"砰"的打开，随即又关上；接着第三扇窗户的卷帘打开了。下弦月闪着耀眼的光辉，我不得不暂时闭上眼睛。

有好一阵子，我只能盯着卡沃尔和我周围闪着白光的物品，好让眼睛重新适应光照，然后才转向炽白的光亮。

打开四扇窗户的卷帘，目的是让月球的引力作用于球形罐内所有物体。我发现自己不再自由飘浮在空中了，而是双脚踩在朝向月球的玻璃上。毛毯和补给箱子也慢慢沿着玻璃向下移动，不久停了下来，挡住了一部分视线。对我来说，看月亮时当然好像往"下"看。在地球上，"下"的意思是朝向地球，也就是物体降落的方向，而"上"则是与之相反的方向。引力现在朝向月球，正好背向我们的地球。据我所知，地球位于我们的上方。当然了，如果关上所有卡沃尔卷帘，那么"下"是朝向球形罐的中心，而"上"则是朝向球形罐的外壁。

阳光向上照到人的身上很奇怪，在地球上根本没有这样的体验。在地球上，阳光从上往下照射，或者往下斜射，这里的阳光却从我们的脚下往上照射。要看我们的影子，我们必须抬头才看得见。

站在厚玻璃上，透过几十万英里的空间往下看月亮，我起初感到有些眩晕，但这种难受的感觉很快过去了。接着——眼前展现出壮观的景象！

如果在温暖的夏夜躺在地上，从翘起的两脚之间观看月亮，那么读者可以最大限度地想象这一情景。出于某种原因，可能是没有空气的缘故，月亮明亮得多，似乎比在地球上看上去要大得多。月球的表面一览无遗。由于我们不是透过空气观看月球，因而月球的轮廓明亮而又清晰。月球既不发亮也没有晕环，布满天空的星团将它围住，描出未发光区域的轮廓。我站着从双脚之间凝视月球，从我们动身那一刻起时常觉得不太现实的想法再次浮现在我的心头——带着十倍的信念。

"卡沃尔，"我说，"这事让我感到奇怪。我们将来那些经营的公司，开发矿产？"

"嗯？"

"我在这里看不见。"

"对，"卡沃尔说，"过一会儿你就不想了。"

"我看我这人生来就能辨别是非。可是，这个——我一时竟然对世界的存在半信半疑。"

"那份《劳埃德新闻报》对你也许有帮助。"

我瞪大眼睛看了一会儿报纸，将它举到面前，发现这样读报非常轻松。我看到一栏普通的小广告，"一位资产雄厚的先生愿意提供贷款。"我读出了声。我认识那位先生。接着看到一个怪人要出售一辆卡特威牌自行车，"很新，原价十五镑，现在只卖五镑。"一位穷困的女士打算贱卖一批吃鱼用的刀叉，"一件结婚礼物"。毫无疑问，甚至在我看报的时候，某个天真的家伙正在仔细察看那些刀叉，另一个人得意扬扬地骑着那辆自行车，还有一个轻信的人正在咨询那位仁慈的富人借款事宜。我大笑起来，任由报纸从手中飘落。

"从地球上能看到我们吗？"我问。

"什么？"

"我认识一个对天文学颇感兴趣的人。我突然想到，如果我的朋友碰巧正在通过天文望远镜观察，那一定相当奇怪。"

"用倍数最高的天文望远镜才能在地球上看到我们，即便看到了，我们也只是小黑点儿而已。"

我凝视着月球，一时没有说话。

"肯定有一个世界，"我说，"这种感觉不知比在地球上强烈多少倍。人们也许——"

"人们！"他大声叫道，"不！别提了！把自己当作一个极限旅行家，正在探索太空的荒凉地区。看！"

他挥手指着下面耀眼的白光。"那是死的——死的！众多的死火山、熔岩构成的荒野、崩塌的残雪、冻结的碳酸、凝结的空气，到处是山崩的缝隙、裂口和深坑。什么动静都没有。人类用天文望远镜对这个星球进行系统的观察已经有二百多年了。你认为他们看到了多少变化？"

"什么也没看到。"

"他们找到了两处无可争辩的山崩痕迹、一处可疑的地裂、一种略呈周期性的颜色变化，如此而已。"

"我甚至不知道他们的观测有这样的收获。"

"噢，是。至于说到人类——"

"顺便问一下，"我问，"倍数最高的天文望远镜能看到月球上多小的东西？"

"能够看到一座相当规模的教堂。当然能够看到城镇、建筑或者任何类似人类手工制品的东西。那里也许有昆虫，例如蚂蚁之类的生物，到了夜晚可以藏进深穴，或者有一些新的生物，地球上找不到类似的生物。如果我们在那里发现了生命，可能性最大的生物是昆虫。想一想条件的差异！生命必须要适应环境，这里的一天等于地球的十四天[1]。晴空无云、烈日炎炎的十四天过后是同样漫长的夜晚，在冰冷而明亮的星星下，气温越来越冷。夜晚肯定寒冷，冷到极限，绝对零度，零下273摄氏度，低于地球的冰点。无论那里有什么生命，夜晚都必须冬眠，白天再起来活动。"

他陷入沉思。"可以设想一种蠕虫之类的东西，"他说，"吸入固体的空气，就像蚯蚓吞食泥土一样，或者是皮厚的怪物。"

"顺便问一下，"我问，"我们为什么不带枪？"

1　月球环绕太阳的公转周期是27.321 66天，地球上的一天为24小时，故月球的一天相当于地球的27.321 66天，即大约655小时。

他没有回答这个问题，而是提出了总结性的意见："不行，我们非去一趟不可。到了那里再说。"

我想起了一些事情。"当然，无论怎样，那里有我的矿藏，"我说，"不管情况如何。"

他立即告诉我，他希望略微改变一下航程，好让地球拖住我们一段时间。他要把面对地球方向的卷帘打开三十秒。他警告我说，这样会让我头晕。他建议我伸手撑住玻璃，以防摔倒。我听从了他的建议，伸出脚，踩着捆在一起的食品罐头和空气，防止它们砸到我的身上。接着"咔哒"一声，卷帘打开了。我笨手笨脚地摔了一跤，双手和脸朝下。从我张开的黑色手指中间，我在一瞬间看到了我们的地球母亲——下层天空的一颗行星。

我们离地球仍然很近，又大又圆的地球填满了整个天穹。卡沃尔告诉我大约相距八百英里，但是明显可以看出整个世界是一个圆球。在我们的下方，暮色下的陆地模糊不清，但是往西边看，灰色的大西洋浩浩荡荡，在白昼逝去之时像熔化的银子一样闪亮。我想我辨认出了法国、西班牙和英国南部笼罩淡淡云雾的海岸线。接着"咔哒"一声，卷帘再次被关上了，我发现自己处于极度慌乱的状态，在平滑的玻璃上慢慢滑动。

当我最终恢复理智时，月球似乎毫无疑问处在"下方"，在我的脚下，而地球却在水平线之上某个位置——自从世间有了万物以来，在我和我的同伴看来，地球一直位于"下方"。

因为没有多少事需要做，加上我们基本上失去了重力，必须要做的事情轻而易举，所以起飞之后过了将近六个小时（根据卡沃尔的计时器计算），我们都没有想到需要吃东西。我对时间的流逝感到惊奇，尽管我当时几乎对什么都不满。卡沃尔检查了吸收碳酸和水的仪器，宣布仪器处于令人满意的状态，并且我们消耗的氧气极少。我们一时无话可谈，且无事可做，于是竟然感到瞌睡来了。我们把毯子铺在球形罐的底部，遮挡住大部分月光，互道了晚安，几乎立即就睡着了。

我们就这样时而睡觉，时而聊天，有时看一会儿书，有时吃点儿东西，尽管我们没有强烈的食欲[1]。大部分时间里，我们处于一种似睡非睡的静止状态。我们朝着月球下落，无声、平稳、疾速，一段时间既没有黑夜也没有白天。

---

1 我们在球形罐里一点食欲也没有，不吃的时候也不觉得非吃不可，这真是一件怪事。起初我们勉强吃了一点，随后就彻底禁食了。我们带去的压缩食品竟然没有吃完百分之一。我们呼出的碳酸含量也低得不正常。究竟是什么原因，我完全无法解释。——原注

第六章
登陆月球

我记得有一天，卡沃尔突然打开了六扇卷帘，晃得我睁不开眼睛，于是我对他大喊大叫。视野之内尽是月球，像一把白晃晃的大弯刀，黑暗的阴影在刀刃上留下砍削的缺口。黑暗形如弯曲的海岸，像潮水一般渐退，于是隐没的崇山峻岭沐浴在日光下。我想读者见过月球的图画或照片，不用我来描绘月球表面的总体特征。环形山脉巍峨雄伟，地球上的任何山脉都难以与之相比。白天闪亮发光的顶峰，粗糙深沉的山体阴影，杂乱的灰色平原、山脊、丘陵和小环形山，这一切最终告别了耀眼的光明，转而进入神秘的黑暗。我们正在这个世界的上空飞行，距离山脊和峰顶几乎不到一百英里。我们现在看到了地球上从没有人看到的景象。在日光的照射下，轮廓粗糙的岩石、平原的峡谷和环形山底在渐浓的迷雾中变得灰白而模糊，表面闪光的白色区域破裂成团状和块状，然后再次破裂、变小直至消失，区域呈现棕褐混杂暗黄的色调四下扩散。

我们当时没有多少时间观看。我们遇到了途中真正的危险。在环绕月球飞行时，我们必须逐渐靠近，放慢速度，寻找机会，直到最后才敢在月球的表面降落。

这个时刻要求卡沃尔倾尽全力，我虽然着急却只能无所事事。我似乎总是要退让一边，别妨碍他。他在球形罐里跳来跳去，在地球上不可能这么敏捷。在生死攸关的最后几个小时里，他老是开关卡沃尔卷帘，一边计算，一边借助辉光灯察看天文钟。很长一段时间里，所有卷帘都关闭了，我们默不作声，悬在黑暗中，任凭球形罐在太空中疾驶。

他摸到了卷帘的开关，突然打开了四扇窗户的卷帘。我摇摇晃晃，捂住了眼睛。我的脚下射出耀眼的阳光，让我难以适应。我浑身是汗，灼热难忍，什么也看不见。接着卷帘"砰"的一声又关上了，我感到眼前一黑，头晕目眩。随后我又飘浮在无垠寂静的黑暗中。

卡沃尔打开了电灯，提议用毯子把所有行李捆在一起，防止降落时相互碰撞。捆行李时，窗户的卷帘全都关着，这样我们的物品就能自然而然地堆积在球形罐的中央。这也太奇妙了。我们俩无拘无束，在球形罐中飘浮，扯拉绳子捆包裹。发挥一下你们的想象！不上不下，每动一下都会引发意料不到的动作。我一会儿被卡沃尔全力挤在玻璃上，一会儿在空中无助地踢来踢去。灯光一会儿在头上，一会儿又在脚下。一会儿卡沃尔的双脚在我的眼前晃动，一会儿我们俩呈十字交叉。我们最终把物品捆成一个又大又软的包裹，留下两条带有头孔的毛毯，套上去能裹住身子。

卡沃尔打开一扇朝向月球窗户的卷帘，转瞬又合上，我们借此机会看见自己朝着一条雄伟的中央环形山脉下降。环形山脉的周围是众多较小的环形山，大致组成一个十字形状。卡沃尔接着又打开了球形罐另外一扇窗户的卷帘，面对灼热炫目的太阳。我想他是在利用太阳的引力刹车。"裹上毯子。"他一边喊着，一边从我身边冲过去。我一时莫名其妙。

我从脚下抽出毯子裹在身上，包住脑袋和眼睛。他突然又关上了所有卷帘，迅速打开和关闭一扇卷帘，然后突然打开所有卷帘，每扇卷帘都安全卷进钢质滚筒。突然一阵震动，我们随即不停翻滚，与玻璃和大行李包相撞。我们抓住对方。在球形罐的外面，一种白色的物体抛散开来，我们似乎正从一个雪坡上滚下去……

翻滚，抓紧，碰撞，抓紧，碰撞，翻滚……

"砰"的一声，我的半截身子被埋在行李包下。一时间寂静无声。接着我听见卡沃尔的喘气声和哼哼声，还听到一扇窗户的卷帘在窗框里啪嗒作响。我用力推开毯子包裹的行李，从下面钻出来。透过打开卷帘的窗户，我们刚好看见无数星星布满漆黑的星空。

我们还活着。我们掉进了大环形山中，躺在峭壁黑暗的阴影里。

我们坐起来喘了口气，摸着四肢的瘀伤。对于这样粗暴的接待，我们俩都没有非常清楚的预判。我忍痛站起来。"好了，"我说，"看看月球的地貌！可是——太黑了，卡沃尔！"

玻璃上结满了露珠，我一边说话一边用毯子擦。"离天亮大约还有半小时，"他说，"我们必须等待。"

简直什么也看不清，只能看见我们置身于一个钢质球形罐里。我用毯子擦玻璃，结果越擦越脏。我刚擦了玻璃，重新凝结的湿气就与逐渐增多的绒毛混在一起，使玻璃再次模糊了。我当然不该用毛毯擦。在使劲擦玻璃时，我在潮湿的玻璃上滑了一跤，撞上包裹里伸出的氧气瓶，结果碰伤了小腿。

这事真叫人生气——简直荒唐。我们刚刚抵达月球，不知道会见到什么奇观，看到的却是球形罐的灰色内壁流着水珠。

"真该死！"我说，"与其这样，我们倒不如待在家里！"我蹲在包裹上，浑身发抖，顺手把毯子裹得更紧了。

湿气迅速变成闪亮的叶状白霜。"你能够着电暖器吗？"卡沃尔说道，"对——黑色的按钮。要不我们会冻僵的。"

我没等他说第二遍就按下按钮。"呃，"我说，"现在我们怎么办？"

"等待。"他说。

"等待？"

"当然。我们必须等到罐内的气温回升，那时候玻璃会变得透明。在此之前我们什么都做不了。这里还是夜晚，我们必须等待白天的来临。你不觉得饿吗？"

我一时没有答话，只是坐着发愁。我不情愿地掉过头，不再注视被擦脏的玻璃，而是盯着他的脸。"是，"我说，"我饿了。反正我觉得非常失望。我本来希望——我不知道我本来希望什么，但是绝不是这样的结果。"

我冷静下来，重新理了一下裹在身上的毯子，又在大包裹上坐了下来，吃了在月球上的第一顿饭。我想我没有吃完——我忘记了。不久，起初是块状的区域，接着迅速汇成大片的区域，于是玻璃明亮了，遮挡月球的那层雾蒙蒙的纱巾从我们的眼前揭开了。

我们窥视球形罐外面的月球地貌。

第七章

月球上的日出

  我们首先看到了最荒芜、最凄凉的景色。我们位于一个宏大的露天竞技场，一个辽阔的圆形平原，一个巨大的环形山的底部。我们的四周是陡如悬崖的峭壁。看不见的太阳从西边照射过来，阳光一直照到峭壁的底部，照亮了淡褐和灰白两色混杂的岩石组成的陡壁，也照亮了各处积雪的斜坡和沟壑。这个地方距离我们也许有十几英里，不过因为最初没有空气的阻碍，眼前的景色耀眼夺目，细微之处都栩栩如生。在缀满星星的黑幕下，这一切都显得那么清晰闪亮。在我们这些地球人看来，浩瀚的太空像闪光的天鹅绒窗帘。

  在星空中，东边的峭壁起初只是没有星光的镶边。没有蔷薇色的霞光，也没有悄悄爬升的鱼肚白色，来昭示白昼的开始。只有日华，只有黄道光，一团巨大的圆锥形发光迷雾，上端靠近灿烂的晨星，警示我们太阳快要出来了。

我们周围的光亮被西边的峭壁折射出去，照亮了一个起伏不平的广阔平原——原来寒冷而灰暗的地方。灰暗的色调越往东越深，直到灰色融入东边峭壁阴影的漆黑之处。众多圆形的灰色山峰、幽灵般的圆丘和翻腾起伏看似白雪的物质绵延不绝，隐没在远处。我们这才注意到环形山岩壁离我们有多远。这些圆丘看起来像积雪。我当时以为就是积雪。其实不是——它们是冻成了土丘的空气！

最初的情况就是这样。接着，突然间，月球的白昼就到了，让人不胜惊奇。

阳光已经爬下峭壁，触接底部飞舞的雪堆，然后肆意妄为，大步迈向我们。远处的峭壁仿佛在移动、颤抖，一股灰色的水蒸气在阳光的照射下从环形山的底部"拔地而起"，旋涡、气团和飘荡的灰色烟雾越来越浓，越来越广，越来越密，西边的平原最终遍地雾气腾腾，就像一块潮湿的手帕举在火前，西边的峭壁在折射的阳光下只是耀眼的光团。

"那是空气，"卡沃尔说道，"那一定是空气，否则不会一碰到阳光就这样升起，以这样的速度——"

他往上打量。"看！"他说。

"什么？"我问。

"天上。已经开始了。黑色之上——略带蓝色。看！星星好像变大了。那些小星星，我们在太空中看到的那些朦胧的星云，它们全都隐藏起来了！"

白天向我们走来，步伐迅速而坚定。一个接一个的灰色山峰洒满了阳光，转而喷吐着白色的浓雾。我们的西边只剩下一团升腾的白雾——不断推进上升的云雾。远处的峭壁越来越远，在旋涡中忽隐忽现，变幻莫测，最终消失在迷雾之中。

推进的雾气越来越近，像西南风吹动的云影一样疾速。我们的四周升起了一团薄雾，预示着太阳即将升起。

卡沃尔抓住我的手臂。"怎么啦？"我说。

"看！日出！太阳！"

他一把将我转过去，同时用手指向东边的峭壁。峭壁的顶端正在跃出四周的雾气，不比黑暗的天空明亮多少。奇异的淡红色块状物似鲜红的火焰翻腾跳跃，凸显了峭壁的轮廓。我觉得这一定是旋转上升的蒸汽遇到了阳光，因而在天空的衬托下形成了舞动的火焰。事实上，我看到的是日珥——太阳四周的火冠。由于大气层的遮盖，在地球上人永远也看不见。

接着——太阳！

一道灿烂的光芒出现了，步伐坚定，势不可当。一道细细的耀眼的光亮变成一个圆，转而变成一张弓，接着变成了一根光芒四射的君主节杖，似一根长矛，向我们掷出一股热浪。

我的眼睛似乎被刺伤了！我大叫一声，赶紧转过身来，摸索包裹下面的毯子。

伴随热浪传来一种声响。离开地球以来，第一次听到来自外界的声音，嗖嗖沙沙，原来是白昼到来搅动大气的声响。这样的声响和光亮传来之时，球形罐倾斜了。我们头昏眼花，扶着对方无助地摇晃。球形罐再一次倾斜了，嗖嗖声更响了。我已经闭上了眼睛，正在笨手笨脚地扯着毯子把头包起来。在球形罐第二次倾斜时，我就摔倒了。我倒在大包裹上，睁开眼睛瞥了一下玻璃外面的空气。空气在奔跑、沸腾，像在雪里插进一根白热的铁棒。因为突然接触到了阳光，所以本来是固体的空气变成了糨糊、泥浆和半融化的雪泥，嗖嗖作响，挥发成了气体。

球形罐又是一阵更加剧烈的旋转，我们抓住了对方，随即天旋地转。我们上下翻滚，然后我手脚着地。月球的黎明控制了我们，旨在向我们这些渺小的人类表明月球能够对我们胡作非为。

我又向外瞥了一眼，阵阵的水蒸气裹挟着地上半融化的雪泥腾空，滑落，流淌，滑落。我们陷入了黑暗。我倒了下去，卡沃尔的膝盖抵着我的胸膛。他随后好像从我身边飞开，我则仰面躺着，瞪大眼睛往上看，一时喘不过气来。一团正在融化的气体形如峭壁，从上而下砸向我们，把我们埋了起来，然后蒸发沸腾，离开了我们。我看见气泡在头顶上方的玻璃上跳跃。我听见卡沃尔有气无力地叫喊。

在融化的空气中，数次巨大的塌方击中我们。我们一边急火火地告诫对方，一边滚下一个斜坡，越滚越快，跳过了裂缝，弹离了石堆，越滚越快，一直往西，滚进了炽白沸腾的月球白昼之中。

我们抓住对方一起旋转，翻滚。行李包跳到我们身上，猛击我们。我们冲撞对方，我们抓住对方，我们被震开——我们的头撞在一起，整个宇宙迸出耀眼夺目的火舌和星光！要是在地球上，我们一定十几次把对方撞得粉身碎骨了，幸亏在月球上，我们的体重只有在地球上的六分之一，我们的身体倒下时没有大碍。我记得当时有一种极其恶心的感觉，仿佛我的大脑在头颅里上下错位，接着——

我感觉脸上有东西在动，耳朵有点发痒。随后我发现自己戴着蓝色的眼镜，月球表面的强光有所削弱。卡沃尔俯身看着我，我看到他的脸朝下，他也戴着彩色眼镜。他呼吸不均匀，嘴唇擦破的伤口正在流血。"好些了吗？"他说，随即用手背擦血。

似乎所有东西都摇晃了好一阵，其实只是我头晕的缘故。我感觉他关闭了球形罐外层的几扇卷帘，以免我受到太阳的直射。我意识到我们的周围非常明亮。

"天哪！"我喘着粗气说道，"可是这——"

我伸长脖子去看，感觉球形罐外面闪着耀眼的强光，与我们的第一印象迥然不同，不再是漆黑一团。"我失去知觉多久了？"我问道。"我不知道。计时器摔坏了。有一会儿……我的好伙计！我刚才害怕……"

我躺了一会儿，琢磨他说的话。我看见他的脸上仍有动情的痕迹。我一时没有说话，伸出一只手，出于好奇地抚摸我的伤处，然后打量他的脸，看看有没有同样的伤处。我的右手背部伤得最厉害，皮被擦掉了，肉露在外面。我的前额磕破了，流血了。他递给我一小杯滋补药。药是他带上球形罐的，我忘了叫什么名字。过了一会儿，我觉得好些了。我小心翼翼地伸展四肢，不久便能交谈了。

"不会就这样完了。"我说，好像刚才什么事情也没有发生。

"对！不会完！"

他陷入思考，双手下垂，悬在膝盖上方。他先是透过玻璃朝外看，然后瞪着我。"我的天哪！"他说，"完不了！"

"出什么事了？"我顿了一下，随后问道，"我们跳到了热带地区吗？"

"不出我所料。空气已经蒸发了，如果那是空气的话。不管怎样，它已经蒸发了，月球的表面正显露出来。我们靠在一个岩石堆上。到处可见光秃秃的土地。奇怪的土壤！"

他突然想到没有必要解释。他帮我坐起来，我可以亲眼看一看了。

第八章
月球的早晨

黑白两种无情的颜色构成了月球的景色，现在这种强烈的对比已经完全消失了。阳光染上淡淡的琥珀色，环形山岩壁的阴影呈深紫色。东边的黑色雾障仍然缩成一团，躲避初升的太阳，西边的天空却蔚蓝清澈。我开始意识到我失去知觉有很长时间了。

我们不再处于真空之中，大气已经在我们周围升起。各种物体显露了轮廓，变得鲜明而又繁杂。随处可见堆积的白色物质投射的阴影，白色物质是白雪，不再是空气。极寒地带的景观完全消失了。浅褐色的不毛之地起伏不平，在阳光下绵延不绝。雪堆的边缘是临时形成的小池塘和水洼，在这片不毛之地上唯有它们有动静。虽然阳光布满了球形罐上部的三分之二，并将气候变成了盛夏，但是我们的脚仍然在阴影中，因为球形罐躺在一个雪堆上。

斜坡上到处可见树枝形状的东西，在斜坡背阴处呈条状未融化的积雪映衬下显得抢眼。树枝干枯扭曲，颜色如同下面铁锈色的岩石。树枝立即激发了我们的思绪。树枝！在一个没有生命的世界里？等我的眼睛更加适应了环境，我开始观察这种东西的质地，结果发现地面上几乎铺满了一种纤维组织，像在松树的树荫下发现的褐色松针铺成的地毯。

"卡沃尔！"我说。

"嗯？"

"这里现在也许是一个没有生命的世界——但是曾经……"

有个东西引起了我的注意。除了这些针状物，我还发现了许多又圆又小的东西。我似乎看见其中一个动了一下。

"卡沃尔？"我低声说道。

"什么？"

我没有马上回答。我瞪大眼睛，半信半疑，一时间不敢相信自己的眼睛。我喊了一声，只是没有喊出声。我抓住他的手臂，用手一指。"看！"我这才叫出声，"那里！对！还有那里！"

他顺着我指的方向看去。"呃？"他说。

我该怎样形容我所看到的东西呢？虽然小得难以描述，却又似乎那样神奇，那样富有感情。我说过这些圆形的东西隐没在类似树枝的乱丛中，这些椭圆的小东西也许会被当作小石子。现在第一个动了，另一个也动了，滚了一下，然后裂开了，每一个都从裂缝中露出一条黄绿色的细线，探出来迎接炽热的旭日。一阵寂静之后，第三个也动了，裂开了！

"这是种子。"卡沃尔说。我接着听到他低声说道："生命！"

"生命！"我们立刻想到这次漫长的旅行没有白费力气，我们到的地方不是一个草木不生的矿山，而是一个有生命、运动的世界。我们认真观察。我记得我不断用袖子揩擦面前的玻璃，生怕玻璃有一点模糊。

我们只能看清楚那片土地的中心区域。在中心区域的周边，死去的须根和种子因玻璃的曲率而放大变形。我们已经看够了！在洒满阳光的斜坡上，这些神奇的棕色小东西，既像种子荚又像水果壳，一个接一个地开裂，张开热切的嘴巴，吸收初升太阳的连绵不绝的光和热。

每时每刻都有更多这样的种子开裂，同时先前开裂的种子越长越大，撑破了外壳，然后进入生长的第二阶段。这些奇妙的种子坚定不移，敏捷而又从容，向下将细根插入土壤，向上把模样古怪、看似小包裹的幼芽甩向空中。没过多长时间，这种小植物就立在灿烂的阳光下，布满了整个斜坡。

它们没有站立多久。看似包裹的幼芽膨胀绷紧，"砰"的一下裂开，伸出一个花冠，里面裹着又小又尖的花蕊，边上是一圈带刺的浅棕色小叶子。叶子长得很快，我们甚至看得出叶子在变长。叶子的生长变化比任何动物都慢，却比我所见过的任何植物都快。我该怎样向你说明生长的过程？甚至我们在一旁观看时，叶尖就在向前抽条。棕色的外壳以同样的速度枯萎并被吸收。你曾经在大冷天把温度表放在温暖的手中并注视纤细的水银柱往上爬吗？月球上的这些植物就是这样生长的。

好像过了几分钟，先发幼芽的植物长出了根茎，甚至长出了第二圈叶子。杂乱的斜坡不久前似乎毫无生命的迹象，现在却长满了叶子尖尖的橄榄绿矮草，它们带着生长的活力左右摇摆。

我转过身。看！东边一块岩石的上沿，一片类似的植物简直以相同的速度生长，黑压压的植物在耀眼的阳光下摇摆弯曲。更远处是一丛植物的侧影，像仙人掌似的枝节横生，看得出植物在膨胀，像充气气球一样膨胀。

我在西边也发现了另一种像这样膨胀的东西，正从灌木丛里冒出来。这里的阳光照着它光滑的一面，我能看见它是鲜艳的橘红色，眼看着在长高。如果掉过头，过一会儿再转回来，它的轮廓就有了变化。它伸出粗短密集的枝杈，不一会儿就有几英尺高，形如珊瑚树。地球上的马勃菌生长得很快，有时一夜之间直径膨胀一英尺，但生长速度根本无法与之相比。不过，马勃菌在生长时受到的引力是月球引力的六倍。在我们看不见的远处，峡谷和平地上长出一种尖硬、多肉、带刺的植物，在赋予生机的阳光下窜上礁石和闪光的石岗，匆忙利用短暂的白昼开花结果，再次长出种子，然后死亡。这种生长真是奇迹。你一定要想象上帝创造万物时的情景，在刚刚创造的地球上，生长的树木和植物遮盖了荒凉的地表。

想象一下！想象一下黎明的情景！冻结空气的化冻，土壤的搅动与苏醒，植物的默然生长，以及多肉带刺植物的神奇生长。想想这一切在强烈的阳光照射下发生，而地球上最强的阳光与之相比都显得暗淡无光。在这片生机勃勃的丛林中，凡是背阴处都有略带蓝色的残雪。要想全面把握我们所见的景象，你必须要记住我们是透过一块弯曲的厚玻璃观看这一切的，像通过透镜一样，所见的景物全都变了形，只有图像中心部分是清晰的、异常明亮的，而四周则被放大了，变得不真切了。

第九章
寻宝开始

　　我们决定不再观望了。我们转过身看着对方，眼里流露出同样的想法和同样的疑问。既然这些植物能够生长，这里就一定有空气，不管多么稀薄，而且应该是我们能够呼吸的空气。

　　"打开人孔？"我问。

　　"对，"卡沃尔说，"看看到底是不是空气！"

　　"只消一会儿，"我说，"这些植物就会长得和我们一样高。假如——不管怎样，假如——你肯定吗？你怎么知道那是空气？那也许是氮气——甚至也许是碳酸气！"

　　"这简单。"他说，随即动手去证明。他从包裹里拿出一大张弄皱的纸，把它点燃，迅速从人孔的阀门扔出去。我向前弯下身子，透过厚玻璃向下窥视外面的情况，这小小的火焰是重要的证明！

纸掉下去，轻轻落在雪地上。淡红色的火焰消失了，一时间似乎熄灭了。接着我看见一个蓝色的小火舌在纸边抖动、爬行和蔓延！

除了接触积雪的地方以外，整张纸悄然烧焦了，缩成一团，冒出一缕缭绕的青烟。我不再怀疑了，月球上的大气不是纯氧就是空气，只要不过于稀薄，就可以维持我们外来人的生命。我们也许可以出去——并且生存下去！

我跨坐在人孔上，准备将它拧开，可是卡沃尔制止了我。"先来一点预防措施。"他说。他指出，虽然外面的大气中肯定含有氧气，但是如果空气太稀薄，我们仍有可能受伤。他提醒我注意高山病，升空太快经常会造成高空气球乘员的身体出血。他花了一些时间，调制了一种令人作呕的饮料，坚持让我也喝一些。我喝了，感觉有点麻木，除此之外倒也没有别的反应。随后他才准许我拧开人孔。

我打开人孔的玻璃内阀后，球形罐内浓度较大的空气开始从螺丝缝向外泄漏，像水壶在水快要烧开时一样咝咝作响，于是他要我停下来。外面的气压显然比球形罐内小得多。究竟小多少，我们也不清楚。

我坐下来，双手抓紧内阀，准备再把它关上。尽管我们怀着莫大的希望，还是害怕月球上的空气太稀薄了。卡沃尔坐了下来，打开身边的一只压缩氧气瓶，恢复球形罐内的气压。我们一声不响地看着对方，然后又望着外面奇异的植物，它们摇摆长大，快速而又悄然。刺耳的咝咝声仍在持续。

我耳朵里的血管开始震动，卡沃尔的举手投足发出的声响越来越小。我发觉一切都变得如此安静，因为空气越来越稀薄了。

随着球形罐内的空气通过螺丝的缝隙咝咝泄漏出去，里面的湿气凝结成了小小的雾团。

很快，我就感到呼吸特别急促，在置身于月球外大气层时我们一直有这样的感觉。我们的耳朵、指甲和喉咙相当不舒服，不过这种感觉很快就消失了。

我随后感到眩晕，恶心，顿时勇气全无。我把人孔上的盖子拧紧了半圈，赶忙向卡沃尔说明了我的感觉。他倒是比我更自信。他向我答复的声音似乎极其微弱、遥远，因为稀薄的空气妨碍了声音的传播。他劝我喝一口白兰地，随即率先垂范。我喝了一口，立刻感觉好了一些。我又把人孔的内阀拧了回去。我耳朵的震动声越来越大，接着我所说的空气外泄的咝咝声停了。我一时拿不准空气是不是停止外泄了。

"呃？"卡沃尔怪声怪气地说。

"呃？"我说。

"我们继续吗？"

我想了想，说："没有别的什么？"

"你受得了就行。"

我没有回答，径直继续松螺丝。我掀开了圆盖，小心翼翼地把它放在包裹上。稀薄而陌生的空气涌进了球形罐，一两片雪花飘了进来，转瞬即逝。我跪下身来，然后坐在人孔的旁边向外张望。下面就是月球上未曾被人踩踏的雪地，离我的脸不到一码远。

过了一会儿，我们四目相对。

"你的肺不太难受吧？"卡沃尔说。

"不难受，"我说，"我受得了。"

他伸手拿过毯子，套在头上，裹住身体。他坐在人孔的旁边，放下双脚，直到距离月球的雪地只有六英寸才停下来。他迟疑了一下，接着向前纵身一跳，越过他与月球之间几英寸的距离，站在人类从未到过的月球土地上。

他迈步向前，玻璃的边缘折射出他的身影，看上去很古怪。他站了一会儿，这边看看，那边瞧瞧，然后缩起身子跳起来。

虽然玻璃透视的形象是扭曲的，但是我当时还是觉得那一跳太远了。他纵身一跳就落在远处，似乎在二三十英尺开外。他高高在上，站在一堆岩石上冲我挥手。也许他在叫喊——不过我听不见。他究竟为什么跳那么远？我感觉刚刚像看了一场新的魔术表演。

我迷惑不解，随即也钻出了人孔。我直起身子。我前面的雪堆刚好倒塌了，变成了一条沟。我迈开一步，跳了过去。

我发现自己在空中飞行，眼看就要到卡沃尔站立的岩石跟前了。我惊恐万分，赶紧伸手抓住岩石，将它抱住。

我喘着粗气，苦笑一声，全然晕头转向。卡沃尔弯下身，尖声尖气地告诫我要当心。

我忘记了月球的体积只有地球体积的八分之一，直径只有地球直径的四分之一，我的体重只有在地球上时的六分之一。这个情况现在一定要记住。

"我们现在脱离了地球母亲的引力。"他说。

我小心翼翼地爬上岩石的顶端，像风湿病患者那样步步留神。在炽热的阳光下，我站到他的身旁。球形罐躺在我们身后渐渐缩小的雪堆上，离我们有三十英尺远。

视线所及之处，在构成环形山底部的乱石上，开始长出茂密的灌木，如同我们周围的灌木。品种各异的灌木生长迅速，似乎爬满了岩石，既有大片的仙人掌，又有红紫两色的苔藓。

除了底部以外，峭壁显然没有生长什么植物。那些扶壁、阶丘和平台起初没有引起我们太大的注意。透过随风飘荡的雾气，我们看见四周的峭壁在几英里开外，我们似乎位于环形山的中央地带。虽然空气稀薄，但是也起了一阵风。风速快，风力弱，感觉冷得要命，几乎没有气压。风似乎围着环形山吹，从峭壁背面下方笼罩浓雾的暗处吹向炎热明亮的阳面。观看东边的迷雾很困难，我们必须眯起眼睛，手搭凉棚，因为静止的太阳闪耀的光芒太刺眼了。

"似乎空寂无人，"卡沃尔说，"绝对是一个荒凉的地方。"

我又向四周看了看，仍然抱着一线希望，希望看到这里存在某种类人的迹象，比如建筑的尖顶、住宅或机器。可是不管往哪里看，到处都是乱石堆成的山峰、笔直挺拔的灌木和不断膨胀的仙人掌，这一切似乎直接击碎了我的希望。

"看起来这些植物独占了这个地方，"我说，"我看不出存在其他生物的迹象。"

"没有昆虫——没有鸟雀——什么也没有！没有一丝一毫动物生存的迹象。假如有的话——夜间怎么办？……没有。只有这些植物。"

我手搭凉棚，说："就像梦中的景象。这些东西不像地球上生长的植物，倒像我们想象的植物，生长在海底的岩石之间。看那边！我们也许想象那是蜥蜴变成的植物。还有这么炽热的阳光！"

"现在只是大清早。"卡沃尔说。

他叹了口气，看了看四周。"这不是适合人类生活的世界，"他说，"在某种程度上，这地方倒是有点吸引力。"

他沉默了一会儿，接着若有所思，嘴巴吱呜作响。

我被轻微的触碰吓了一跳，这才发现一片薄薄的青色苔藓掉到了我的鞋上。我冲着苔藓就是一脚，苔藓坠地碎成了粉末，每一个微粒却又开始生长。

我听到卡沃尔尖叫一声，原来他被灌木的尖刺扎了一下。

他犹豫不决，眼睛在我们周围的岩石中搜寻。突然，一道粉红的光芒爬上凹凸不平的岩柱。这种粉红非常奇特，其实是洋红略带青色。

"看！"我说，转身却发现卡沃尔不见了。

我一时怔怔地站着，随后匆忙迈出一步，打算在岩石边上寻找。他的失踪让我惊慌失措，竟然忘记了我们在月球上。我在地球上一步的距离是一码，在月球上一步的距离却有六码远——超出岩石的边缘至少五码。我一时感觉像做了噩梦，一再往下坠落。在地球上坠落第一秒的距离是十六英尺，在月球上却只有两英尺，因为人的体重只有地球上的六分之一。我掉了下去，而不是跳了下去，落在十码开外的地方。似乎过了很长的时间，我想有五六秒钟，我在空中飘荡，像一根羽毛似的往下坠落，掉进了一个齐膝深的雪堆里。雪堆位于峡谷的底部，上面是蓝灰和粉白纹理相间的岩石。

我向四周张望。"卡沃尔！"我大声喊道，但是不见卡沃尔的身影。

"卡沃尔！"我的喊声更大了，岩石响起了回声。

我转身拼命地爬上岩石的顶端。

"卡沃尔！"我大喊，听上去像一只迷途的羔羊在呼喊。

球形罐也不见了，我一时感到一种可怕的孤独。

我随后看见了他。他又是大笑又是挥手，以引起我的注意。他站在一块光秃秃的岩石上，离我有二三十码远。我听不见他的声音，但是明白他挥手叫我"跳"。我迟疑不决，因为距离好像太远了。转念一想，我一定比卡沃尔跳得远。

我退后一步，振作精神，用力往前一跳。我似乎直接跳入空中，看样子永远都不会掉下来。

这个过程既可怕又愉快，像噩梦一样疯狂。我发觉这一跳确实太猛了。我飞过了卡沃尔的头顶，眼看就要掉入长着针叶植物的峡谷。我惊叫一声，张开了双手，伸直了双腿。

我撞上一株巨大的蘑菇，将它撞得粉碎，橙色的孢子四下播撒，我全身沾满了橙色的粉末。我打了一个滚，嘴里哇呀乱叫。我稳住身体，笑得喘不过气来。

我发现卡沃尔的小圆脸从一个尖刺树篱上露出。他喊了几声，似乎在询问什么，声音越来越弱。"嗯？"我想大喊，可是喘不上气，喊不出来。他小心翼翼地穿过灌木丛，向我走来。

"我们要当心！"他说，"我们对月球的了解太少，它会让我们自取灭亡。"

他把我扶起来。"你用力过猛了。"他一边说，一边用手拍掉我衣服上的橙色物体。

我站了起来，神情漠然，大口喘气，任由他拍掉我膝盖和胳膊肘上的胶状物，听他解释我遭受不幸的原因。"我们不是很适应这里的引力，我们的肌肉几乎没有受过训练。等你喘过气来，我们必须练习一下。"

我从手上拔出两三根小刺，然后在一块圆石上坐了一会儿。我的肌肉在打战，我感到灰心丧气，在地球上初学自行车第一次摔跤时便有这样的感觉。

卡沃尔突然想到，我刚才先是置身于强烈的阳光下，而峡谷里却是冷空气，冷热交替可能会使我发烧。于是，我们又爬回到阳光下。我只有几处擦伤，这一跤没有让我严重受伤。在卡沃尔的建议下，我们四下观望，为我下一次跳跃寻找一块容易落脚的安全之地。我们选中了离我们大约十码远的一块石板，中间隔着一小簇橄榄绿的针叶植物。

"想着往那里跳！"卡沃尔说，指着离我的脚趾大约四英尺的地方，看他的神情像教练。我这一跳没有遇到困难，而卡沃尔落地时却相差大约一英尺，结果尝到了灌木针叶的滋味，我必须承认我为此有些得意。"你看，总得小心为上。"他一边说，一边拔出身上的针叶。这样一来，他就不再是我的老师了。在月球上行走，他和我同样都是初学者而已。

我们选择了一种更容易的跳法，跳时没有遇到困难，然后又跳回来。这么来回跳了几次，我们的肌肉就适应了新的标准。要不是亲身体验，我永远都不会相信这么快就适应了。的确没用多长时间，跳了不到三十次，我们就有把握判断跳多远要花多大的力气了，几乎像在地球上一样自如。

在这段时间里，我们周围的月球植物一直在生长，越长越高，越长越密，越长越纠缠不清，每时每刻都变得更加粗壮、更加高大。这些植物当中包括针叶植物、绿色的仙人掌群、蘑菇和多肉的苔藓植物等，形状最怪的植物是辐射状的和弯曲状的植物。我们的心思在跳跃上，一时没有关注这些植物的肆意生长。

我们狂喜不已。我想部分原因是我们感觉摆脱了球形罐的拘束，主要原因则是空气稀薄而清新，我确信比地球上空气的含氧量高得多。虽然周围的一切呈现出奇怪的特征，但是我却像一个伦敦人初次进入深山老林一样,感受着冒险探奇的滋味。面对这个完全陌生的世界,我觉得我们两个人都没想到过害怕。

我们一心想着成就一番事业。我们选择了一个长满苔藓的小丘,大约在十五码开外。我们一前一后,干净利索地跳上小丘的顶端。"好!"我们相互叫好。"好!"卡沃尔迈出三步,跳向二十码开外一处心仪的雪坡。我站了一会儿,在神秘而浩渺的月球背景下,他那跳跃的身影——脏兮兮的板球帽、直立的头发、圆圆的小身板、两只胳膊和裹着紧身灯笼裤的双腿——让人觉得怪得很。我一阵哈哈大笑,然后起跳去追他。扑通一声,我落在了他的身边。

我们跨出几大步,又跳了三四下,最后在一个长满苔藓的山谷中坐下。我们感到肺部疼痛,于是按住两肋,调整呼吸,同时以欣赏的目光看着对方。卡沃尔气喘吁吁,说着什么"奇异的感觉"。有个想法随后涌上了我的心头,这个想法当时似乎没有特别可怕之处,只是触景生情而自然想到的一个问题。

"顺便说一下,"我说,"我们的球形罐到底在哪里?"

卡沃尔看着我,"呃?"

我猛然明白了我们之间谈话的全部含意。

"卡沃尔!"我叫了起来,一只手按住他的胳膊,"球形罐在哪里?"

第十章
月球上的迷路人

卡沃尔像我一样，神情有点沮丧。他站起身，瞪着四周一个劲儿往上生长的灌木，我们已然被困在中间。他迟疑不决，用一只手捂住嘴巴，说话突然没有了自信。"我想，"他慢声说道，"我们把它……丢在某个地方……大约在那一带。"

他拿不定主意，用手画了一个弧形。

"我不能肯定。"他的神情更加沮丧。"不管怎样，"他两眼盯着我说，"不会太远。"

我们俩站了起来，莫名其妙地乱喊一气，眼睛在四周盘根交错、浓密茂盛的丛林中搜寻。

在我们周围，笔直的灌木、膨胀的仙人掌和蔓延的苔藓在阳光照耀的斜坡上生长和摇摆，阴影留存的地方仍有残雪。无论东西南北，到处都是同样不为人知的植物。这些枝繁叶茂的植物掩

77

盖了球形罐，那是我们的家、我们仅有的补给储藏、我们逃离这个植物昼生夜死的神奇荒原并重返地球的唯一希望。

"我想不管怎样，"他说，突然用手一指，"球形罐也许在那边。"

"不对，"我说，"我们已经转了一个弯。看！这里有我的脚印。这东西显然偏东，更偏东。不对！球形罐准是在那边。"

"我想，"卡沃尔说，"太阳一直在我的右边。"

"在我看来，"我说，"每跳一次，我的影子都在我的前面飞。"

我们瞪着对方。环形山的面积之大超出了我们的想象，不断生长的灌木已经让人寸步难行。

"我的天！我们真是傻瓜！"

"显然我们必须找到球形罐，"卡沃尔说，"必须尽快找到。阳光越来越强了。好在空气不太干燥，否则我们早就热昏过去了。还有……我饿了。"

我瞪着他。我没有想过这个情况。我立即有了感觉——一种迫切的需求。"是，"我说，加强了语气，"我也饿了。"

他毅然决然地站了起来，说："我们当然必须找到球形罐。"

我们尽量镇静自若，巡视了环形山底部不计其数的岩石和灌木。我们各自默默算计，在炎热和饥饿压垮我们之前有几分把握找到球形罐。

"距离这里不会超过五十码，"卡沃尔说道，手势迟疑不决，

"唯一的办法是四下搜索，直到找到为止。"

"我们只能这么办，"我说，没有急着去找，"真希望该死的带刺灌木别长得这么快！"

"对，"卡沃尔说，"球形罐躺在一堆雪上。"

我环顾四周，希望能够辨认出靠近球形罐的一些小丘和灌木，结果却是枉然。到处都是同样的情景，让人难以辨别。到处都是蓬勃生长的灌木、不断膨胀的蘑菇和渐渐融化的雪堆，一切都在变化着，势不可当。火辣的太阳照在身上像针扎一般，莫名的饥饿引发的虚弱与无休无止的困惑交织在一起。我们迷惘地站在那儿，迷失在未曾见过的物体中间，这时我们第一次听到月球上的一种声音：不是植物生长的搅动声，不是风的轻微叹息声，也不是我们自身发出的声音。

轰……轰……轰……

声音来自我们的脚下，来自地下。我们的双脚仿佛跟耳朵一样都听见了。单调的共鸣因距离的缘故而变得含糊，因阻隔材料的质地而变得厚实。我想象不出会有什么别的声音更让我们惊讶，或者彻底改变周围物体的性质。这声音浑厚、缓慢、从容，像埋在地下的一口大钟发出的轰鸣。

轰……轰……轰……

这声音蕴含深意，神秘莫测，回响在这一片奇妙的荒漠，使人想到宁静的修道院，想到喧闹的城市不眠的夜晚，想到守夜和等待的时刻，想到生活中一切井然有序和有条不紊的事情！表面上看，什么东西也没有改变；在风中悄然摆动的灌木和仙人掌连绵不绝，一直延伸至远处的岩壁，传递着一种荒芜空寂之感。漆黑、昏暗的天穹一无所有，悬空的太阳熊熊燃烧。透过这一切，神秘的钟声一再响起，似警告，似威胁。

轰……轰……轰……

我们相互询问，声音细微而渐弱。

"是钟声？"

"像钟声！"

"是什么？"

"能是什么？"

"数一数。"卡沃尔的建议为时已晚。他刚说完，那声音就停了。

寂静和寂静带来的阵阵失望再次让人震惊。一时间，竟然让人怀疑到底有没有听到那声音，或者那声音会不会不再响起！我当真听到了什么声音？

我感到卡沃尔抓紧了我的胳膊。他说话的声音低沉，好像害怕惊醒某个沉睡的东西。"我们要待在一起，"他低声说道，"寻找球形罐，我们必须返回球形罐。这事超出了我们的理解范围。"

"我们往哪边走？"

他迟疑了。我们的四周也许存在一些看不见的东西，我们对此深信不疑。到底是什么？到底在什么地方？这一片贫瘠的荒野是冰冷与炎热交替的场所，难道只是某个地下世界的外壳和面具？如果真是这样，那是一个怎样的世界？这个世界在顷刻之间不管向我们展示怎样的居民都不足为怪。

接着，传来了清晰而突兀的铿锵声和格格声，如同晴天霹雳，打破了难耐的沉寂，仿佛突然打开了两扇金属大门。

我们停下了脚步，站立不动，目瞪口呆，孤立无助。卡沃尔悄悄地靠近我。

"我真不明白！"他凑近我的脸小声说道。他随意向天空挥挥手，这个随意的手势透露出更加随意的想法。

"找个地方躲躲！如果有什么来了……"

我往四周看了看，点头表示同意。

我们动身了，悄悄向前移动，尽量不发出一点声音。我们走向一处灌木丛。叮当一声，像锤子砸在锅炉上，我们赶紧加快了脚步。"我们必须爬。"卡沃尔小声说道。

刺刀状植物下层的叶子正在枯萎，上层刚刚长出的叶子已经将它们遮盖，因而我们在穿过茂盛的茎干时身体没有严重受伤。我们没去留意脸上或胳膊上的刺伤。我在灌木丛中停了下来，气喘吁吁地盯着卡沃尔的脸。

"地底下，"他小声说道，"下面。"

"他们可能会出来。"

"我们必须找到球形罐！"

"对，"我说，"可是怎么找？"

"爬行，直到找到为止。"

"要是找不到怎么办？"

"躲起来。看看他们是什么模样。"

"我们要待在一起。"我说。

他思考了一下。

"我们往哪边走？"

"我们只好碰运气了。"

我们东瞧瞧，西看看。接着我们非常小心地在灌木丛中爬行，尽量按照我们的判断绕道前进，每遇到一株摇摆的蘑菇，每听到一点声响，我们就停下来。我们只是一心一意地寻找球形罐。我们太愚蠢了，竟然从里面爬出来。地底下时不时传来震动声、敲击声和莫名其妙的机械声。有一次，我们以为听到了什么声音，轻微的咔嗒声和喧嚣声通过空气传入我们的耳朵。由于害怕，我们不敢找一个制高点观察环形山。过了那么长的时间，我们都没有看到声音浑厚并持续发声的生物。要不是我们饿得头晕嗓子干，那样爬行简直像做梦一样，绝对是不真实的。唯一有点真实的元素是那些声音了。

你可以想象一下！我们的四周是梦幻的丛林，头顶上是无声而又笔直的刺刀状树叶，手和膝盖下面是无声鲜活、洒满阳光的苔藓，一边疯长一边摇摆，就像风从下面吹过，地毯也随之拂动一样。常常会有一个囊状蘑菇在阳光下膨胀开裂，偷偷逼近我们。时而有一些奇形怪状、色彩鲜艳的植物闯入视野。生成这些植物的细胞和我的大拇指一般大小，像五颜六色的玻璃球。所有植物都沐浴在强烈的阳光下。虽然阳光灿烂，蓝黑色的天空却仍有几颗残存的星星在闪耀。奇怪！连石头的形状和质地都令人称奇。太奇怪了。从来没有这样的感觉，每动一下都会让你觉得惊奇。喉咙吸进稀薄的空气，血液犹如波动的潮水在耳朵里流动……砰，砰，砰，砰……

　　不时传来一阵阵的喧闹声、锤击声、机械的铿锵声和震动声，不久——传来了巨兽的咆哮声！

第十一章
月球兽的牧场

我们两个来自地球的落难人，就这样迷失于疯长的月球丛林，迎着向我们袭来的响声战战兢兢地爬行。我们好像爬了很长时间，既没有看到月球人，也没有看到月球兽，尽管我们早已听到月球兽的吼叫声和咕噜声，它们离我们越来越近。我们爬过石谷，越过雪坡，穿过薄如气泡、碰上即破并流出水一样液体的蘑菇，经过像马勃菌类的东西铺成的一条完美的甬路，头顶上是一望无际的灌木。我们搜寻丢失的球形罐，心里感觉更加无助。月球兽有时发出小牛犊般洪亮平淡的叫声，有时发出调门奇高的怒吼，接着又发出喉咙噎了东西似的叫声，似乎这些看不见的生物在边吃边叫。

虽然第一眼只是匆匆的一瞥，没有看真切，但是我们仍然吃了一惊。卡沃尔当时爬在我的前面，他首先注意到它们就在附近。

他停下来，手一挥，叫我也停下来。

灌木丛中的噼啪声和碎裂声好像直接冲向我们。我们蹲下身，努力判断声音的远近和方向，这时却从我们的身后传来了可怕的吼声，近在跟前，声音凶猛，连刺刀状灌木的顶梢都弯了下来，我们可以感觉到呼出的气又热又湿。我们转过身，透过一丛摇曳的树茎，依稀看到月球兽闪亮的侧身，以及天空下隐约显现的长长的脊背线条。

当然，我现在很难说清当时到底看到了什么，因为我的印象被后来的观察所纠正。它给我的第一印象是身体庞大，腰围大约八十英尺，体长大约二百英尺。月球兽呼吸吃力，两侧随着呼吸而一起一伏。我看见月球兽硕大肥胖的身体躺在地上，皮肤发白，带有褶皱，背脊上长有黑斑。我们没有看见月球兽的脚。我想我们至少看到了月球兽几乎无脑的头部侧影，包括它肥大臃肿的脖子、流着口水的杂食性嘴巴、细小的鼻孔和紧闭的眼睛（这种月球兽在阳光下总是闭上眼睛）。月球兽再次开始张口吼叫，于是我们看见一个红色的大洞，并且感受到了从洞里呼出的气息。月球兽接着像船一样倾斜，身体沿着地面向前拖行，揉皱了全身的兽皮，又打了个滚，从我们的身边滚开。月球兽在灌木丛中压出一条路，很快就消失在远处繁茂的树丛里。另一头月球兽出现在距离较远的地方，接着又出现一头。片刻之后，一个月球人进入我们的视线，他好像正赶着这群食草的动物去牧场。一看见月球人，我的手抖个不停，于是赶紧抓住卡沃尔的一只脚。我们纹丝不动，久久窥视，直到他走出视线。

与月球兽相比，月球人像一种渺小的生物，一只蚂蚁而已，身高不到五英尺。他穿着皮革质地的衣服，身体没有一点裸露的地方，不过我们当然对此毫不知情。从外形来看，他是一只体格健硕、毛发直立的动物，很像一只结构复杂的昆虫，闪亮的圆筒形躯体长出了鞭子似的触手和一只叮当作响的胳膊。他的脑袋上戴着一顶多刺的头盔——我们后来才发现，他用尖刺戳那些执拗的月球兽——和一副深色的护目镜，两只镜片分得很开，因而罩在他脸上的金属面具呈现鸟的形状。他的胳膊没有从躯体里伸出来，他裹着保暖护套的短腿在我们地球人看来过于纤细。他们大腿太短，小腿太长，脚太小。

尽管他的衣装看上去很笨重，但是在地球人看来，他向前迈出的步子仍然相当大，他叮当作响的胳膊忙个不停。在他走过的一瞬间，从他走路的姿态看得出他匆匆忙忙，有些恼怒。在他走出我们的视线后不久，我们就听到一头月球兽的吼声突然变成短促尖厉的嚎叫，接着传来脚步加快的窸窣声。嚎叫逐渐减弱，接着停了，好像牧场已经到了。

我们侧耳倾听。月球上安静了一会儿。过了一段时间，我们才继续爬行，寻找丢失的球形罐。

第二次看到月球兽是在离我们不太远的乱石堆上。略微倾斜的岩石平面上长着厚厚的一层带着斑点的绿色植物，像一簇簇茂密的苔藓，月球兽正在啃吃。我们在芦苇中间爬行，一看见它们就赶紧在芦苇边停下，先窥视它们，然后四下张望，以期再次看到月球人。月球兽靠着食物躺下，既像肥大的鼻涕虫，又像油腻的大船。月球兽贪吃吵闹，一边大口吞噬，一边发出像哭泣的声音。月球兽体胖笨重，史密斯菲尔德[1]的牛与之相比都称得上灵巧的典型。月球兽忙着扭动嚼咽的嘴巴，闭着的眼睛和胃口大开的咀嚼声，无异于宣示着享受美食的快乐，这对我们饥饿的身躯却是莫大的刺激。

"猪猡！"卡沃尔喝道，情绪不大寻常。"讨厌的猪猡！"他以愤怒而嫉妒的目光瞪了一眼月球兽，接着穿过灌木丛朝我的右边爬去。我滞后了一会儿，直到确信带有斑点的植物不能成为人类的食品，才继续跟在他的身后爬行，嘴里还咬着一截这样的植物。

不久，又有一个月球人来到附近，于是我们停了下来，对他更加仔细地观察了一番。我们现在看清楚了，月球人的确穿的是衣服，并非甲壳类动物的外壳。除了类似衬衣的东西露出脖子以外，他的装束和我们先前看见的月球人十分相似。他站在一块隆起的岩石上，脑袋转来转去，似乎在观察环形山。我们静静地趴着，生怕一动就会引起他的注意。过了一会儿，他转身走了。

我们又碰到另一群在峡谷吼叫的月球兽，接着经过一处传出机器敲打声的地方，好像某个高大的厂房建在靠近地面的地方。当这些声音还在周围回响时，我们已经抵达一大片开阔地的边缘地带。这片开阔地直径大约是二百码，地面十分平坦。除了从接壤地带漫过一些苔藓以外，这块土地是光秃秃的一片，上面是一

---

1 史密斯菲尔德（Smithfield），伦敦的一个区，以其牛肉市场而著名。

层黄色的粉尘。我们不敢穿过这片开阔地,尽管在上面爬行比在灌木丛中爬行遇到的障碍要少一些。我们爬到这块地上,开始沿着边缘小心地爬行。

下面的声音停了一段时间,除了植物生长的轻微搅动声外,一切都变得寂静无声。突然,响起了一阵喧闹声,比我们先前听到的任何声音都更响,更猛,更近。声音确实是从下面传来的。出于本能,我们尽量伏下身体,准备随时冲进旁边的灌木丛。每一次的敲打和震动似乎都让我们全身颤抖。震动声和敲打声愈来愈大,不规则的颤抖也加剧了,仿佛整个月球都在颠簸跳动。

"躲起来!"卡沃尔低声说,我赶紧掉头朝灌木丛爬去。

正在这时,"砰"的一声,如同一声枪响,接着就出事儿了——这事儿至今仍然在我的梦中萦绕。我掉头去看卡沃尔的脸,同时向前伸出我的手。我什么也没有碰到!我突然跌入一个无底洞。

我的胸口碰到一个坚硬的东西,我发现我的下巴支在洞口,下面是突然洞开、深不见底的深渊,我的手直挺挺地伸向空中。原来这块平坦的圆形地带整个只是一个巨大的盖子,刚好这时盖子从侧面滑进专门的暗槽,从而露出遮盖的洞口。

要不是卡沃尔,我想我一定会身体僵硬,吊在洞沿,张望下面巨大的深渊,直到暗槽的边缘把我推下深渊。卡沃尔没有像我一样吓得动弹不得。盖子刚一打开时,他离暗槽的边缘还有一小段距离。看见我陷入危境,一筹莫展,他伸手抓住我的双腿,把我向后拖。我蜷缩身体,手脚并用,爬离暗槽的边缘,随后摇摇晃晃地站起来，跟着他跑过那块轰鸣和抖动的金属盖板。盖子似乎正在打开，打开的速度越来越快。在我奔跑的时候，前面的灌木闪向两旁。

我刚好来得及跑开。卡沃尔的背部已经消失在直立的灌木丛中，在匆忙追他时，我听到巨大的盖板"咣当"一声卡进暗槽。我们趴着，好一阵子上气不接下气，不敢接近那个深井。

我们最终小心翼翼、一点一点爬到一个可以往下俯瞰的地方。一阵微风吹进竖井，我们四周的灌木随即沙沙作响，摇摇摆摆。我们起初只是看到光滑笔直的洞壁一直隐入深不可测的黑暗。接着，我们渐渐觉察到一些微弱模糊的亮光来回移动。

巨大而神秘的深渊一时吸引了我们的注意力，我们甚至忘了球形罐。过了一段时间，我们的眼睛更加适应了黑暗，于是看到一些微小、模糊、神秘的影子在针尖般大的亮光下移动。我们在窥视时惊奇不已，难以置信。我们简直理解不了，因而说不出话来。我们什么也辨别不了，看到的那些模糊的影子究竟是什么，我们找不到什么线索。

"这会是什么？"我问，"会是什么？"

"这工程……他们准是夜晚住在这些洞穴里，白天才出来。"

"卡沃尔！"我说，"他们会不会——有点像——人类？"

"那不是人。"

"我们可不敢冒险！"

"在找到球形罐前，我们什么都不敢做！"

"在找到球形罐前，我们什么都不能做。"

他哼了一声以示同意，接着准备继续移动。他向四周看了看，叹了口气，指着一个方向。我们在丛林中穿行。我们果断地向前爬行，过了一会儿力气越来越小。不久，在硕大的淡紫色身形中间，我们听到一种踩踏的声音，还有贴近我们的叫声。我们趴在地上，这些声音久久回荡，离得很近。我们这一次什么也没有看到。我想悄声告诉卡沃尔，我饿着肚子再也爬不动了，可是我的嘴巴太干了，没法悄声说话。

"卡沃尔，"我说，"我必须吃点东西。"

他转身看着我，一脸的沮丧。"现在需要坚持。"他说。

"我必须吃点东西，"我说，"看看我的嘴唇！"

"我也已经渴了一段时间了。"

"要是剩下一点积雪就好了！"

"全化了！我们正以每分钟一个纬度的速度从北极奔向热带……"

我咬着手。

"球形罐！"他说，"除了找到球形罐，没有别的办法。"

我们打起精神继续往前爬。我一门心思想着吃，想着夏天的饮料咝咝冒凉气，尤其想喝啤酒。我一直想着我在利姆的地窖里存了一桶啤酒，重达十六加仑。我还想到紧挨在旁边的食品储藏室，特别是牛排腰子馅饼——嫩嫩的牛排，好多的腰子馅，中间是稠浓的肉汁。我饿得直打哈欠。我们来到平地上，上面长满了鲜红多肉的东西，像奇怪的珊瑚状植物。我们爬过去时，一旦碰上这些植物，它们就断开。我注意到破裂面的质地，那该死的东西确实看上去能吃。我随即又觉得味道挺好闻。

我捡起一节闻了闻。

"卡沃尔。"我说，嗓音低沉嘶哑。

他扭头看着我。"别吃。"他说。我放下那一节植物，在这种诱人、多肉的植物中又爬了一会儿。

"卡沃尔，为什么不能吃？"我问。

我听他说了一声"有毒"，但是他没有回头。

我们爬了一段距离之后，我做了决定。

"我要试试。"我说。

他抬手示意阻止我，可是已经迟了。我塞了满满的一嘴。他缩起身体注视着我的脸，他的脸已经变形了，表情怪异。

"味道不错。"我说。

"天哪！"他叫道。

看着我咀嚼，他紧皱眉头，神情介于既想吃又反对，接着突然被食欲所征服，开始咬了几大口。我们一时只顾着吃。

那东西跟地球上的蘑菇没有什么不同，只是质地比较软，吞下去时喉咙热乎乎的。在开始吃的时候我们只是感到一种机械性的满足感，接着血液循环的速度加快了，周身开始发热，嘴唇和手指感到刺痛，脑子里涌现出新奇而不大相干的念头。

"真好，"我说，"好极了！真是收容我们过剩人口的家园！

我们那些可怜的过剩人口。"我又扯下一大把。

月球上竟有这样好吃的食物，这让我充满了乐善好施的满足感。荒谬的欣喜代替了饥饿的沮丧，一直困惑我的恐惧和苦恼荡然无存。我不再把月球看作我最迫切希望逃离的星球了，月球可能是人类躲避贫穷的避难所。我想吃了那种蘑菇以后，我就彻底忘掉了月球人、月球兽、盖板和嘈杂的声音。

我第三次提及"过剩人口"时，卡沃尔以类似的表述以示赞同。虽然我觉得有点头晕，但是我以为这是长时间禁食以后再次进食产生的刺激作用。"你那绝描的新发咸（你那绝妙的新发现），卡沃尔，"我说，"斤此于马林树（仅次于马铃薯）。"

"啥麻意思（什么意思）？"卡沃尔问，"月球的发咸（月球的发现）——斤此于麻林树（仅次于马铃薯）？"

我看着他，对他突然声音嘶哑、发音不清感到惊奇。我随即想到他中毒了，可能是吃了蘑菇的缘故。我又想到他误认为自己发现了月球，其实他没有发现月球，只是到了月球而已。我想按住他的胳膊，向他解释清楚，但是这个问题当时对他的大脑来说太复杂了，表达清楚的难度出乎意料。他做了一番努力，想要理解我的话是什么意思，随后开始谈论自己的某个见解。记得我当时心想，吃了蘑菇后，我的眼神是否和他一样呆滞。

"我们就是这样的银（人），"他郑重地说道，打了一个嗝，"想次（吃）就次（吃），想黑（喝）就黑（喝）。"

他重复了一遍，而我当时的情绪有些敏感，于是决定驳斥他的论调。虽然我说话可能有点跑题了，但是卡沃尔根本就没有认真听。他挣扎着站起来，伸手按着我的头，好稳住自己的身子，这样做太不礼貌了。他站在那里，瞪大眼睛四下张望，毫不害怕月球上的生物。

我试图说明这样做很危险，究竟是什么原因我也不太清楚，但不知怎么的，却把"危险"这两个字与"轻率"混淆起来，而说出来的单词又与这两个单词不沾边，倒更像"有害"。我费了一番周折解释了这些单词的含义，接着继续陈述我的观点。我主要是面对两旁的珊瑚状植物侃侃而谈，它们虽然和我不熟，倒也聚精会神听讲。我觉得有必要立即澄清月球和马铃薯之间的歧义——我跑题了，中间插了一大段，说明精确的定义在辩论中是重中之重。我尽了最大的努力，没有理会我的身体已经感到不舒服。

在某种程度上，我现在记不大清楚了，我当时脑子里又想到了殖民计划。"我们必须兼并月球，"我说，"绝对不能优柔寡断。这是白种人的部分职则（职责）。卡沃尔——我们是——嗝——纵督（总督）！恺撒[1]地国（帝国）也梦想不到。所有报纸都要大登特登。卡沃尔西亚。柏德福西亚。柏德福西亚——嗝——有限公司。我是说——实际上是——无限公司！"

我确实中毒了。

我的论点是想说明我们的到来将给月球带来无穷的利益。我

---

1 盖乌斯·尤利乌斯·恺撒（Gaius Julius Caesar，前102—前44），史称恺撒大帝，罗马共和国末期杰出的军事统帅、政治家，罗马帝国的奠基者。

引用了一个很不靠谱的证据，即哥伦布的到达总的来说对美洲有利。我忘记了我的辩论思路，只是不断重复着"跟克伦布（哥伦布）一样"，借此消磨时光。

从那一刻起，我就记不清食用那可恶的蘑菇有何影响了。我模模糊糊地记得，我们宣称不再容忍任何该死的昆虫，我们决定人类不该在一颗小卫星上不顾羞耻地东躲西藏，我们应该抱来大把的蘑菇把自己武装起来。我不知道当时是不是打算用蘑菇当作投掷的武器。于是，我们不顾刀状灌木的刺痛，走到了阳光下。

几乎在同一时间，我们遇上了月球人。他们六个人排成一列，走过一段满是岩石的地方，一边走一边发出奇异的尖叫和哀号。他们似乎立即发现了我们，像动物一样即刻悄无声息，一动不动，脸对着我们。

我一下子清醒了。

"昆虫，"卡沃尔喃喃地说，"昆虫！他们以为我这个脊椎动物会肚皮贴地到处爬！"

"肚子！"他缓慢地重复，仿佛在玩味其中的侮辱。

他突然怒喝一声，迈出三大步，向月球人跳去。他跳得不怎么样，在空中接连翻了几个筋斗，旋转着飞过他们，接着"哗啦"一声巨响，消失在仙人掌的球胆里。月球人怎样看待这番惊人之举，我猜不出来。但在我看来，他这个"外星人"的举动极其不雅。我似乎记得他们四散逃跑的背影，但不能肯定。对于失忆前最后发生的事情，我的记忆模糊不清。我知道我跨出一步，想去追赶卡沃尔，但是一失足，头朝下倒在岩石堆里。我确信我当时突然发重病。我似乎记得进行过一场剧烈的搏斗，后来被金属钳子缚住……

我下一段清晰的记忆是，我们在距离月球表面很深的地方成了俘虏；我们置身于黑暗之中，四面是怪异烦人的噪声；我们遍体都是刮伤和瘀伤，头痛得要命。

第十二章
月球人的面孔

　　我发现自己缩作一团，坐在喧闹的黑暗中。很长一段时间内，我搞不清楚自己在什么地方，也不明白我怎么会陷入如此的困境。我想起小时候被关进壁橱，接着又想起有一次我生病时睡在一个极其黑暗和吵闹的房间。周边的声音我并不熟悉，而且空气中有一种淡淡的味道，好像马棚里传出的气味。接着，我认定我们还在建造球形罐，不知怎的我进了卡沃尔的地下室。后来我又想起球形罐已经建成了，便认为我一定还在里面，正在太空中穿行。

　　"卡沃尔，"我说，"我们不能打开灯吗？"

　　没有人回答。

　　"卡沃尔！"我执拗地叫道。

　　回答我的是一声呻吟。"我的脑袋！"我听到他说，"我的脑袋！"

　　我想用手按住我疼痛的额头，却发现双手被绑在一起。这让我大吃一惊。我把手抬到嘴边，感觉到金属的冰凉与光滑。我的双手被锁在一起。我想把腿叉开，发现双腿也同样被锁了，而且我被一根粗得多的锁链拦腰紧紧捆在地上。

在我们以往经历的各种怪事中，没有什么比这事更加让我害怕。我一时想悄悄挣脱束缚。"卡沃尔！"我尖声叫道，"为什么锁住我？为什么锁住我的手脚？"

"我没有锁你，"他回答，"是月球人干的。"

月球人！我琢磨了一会儿，逐渐恢复了记忆：积雪的荒野，融化的空气，生长的植物，以及我们在岩石和环形山的植物间以奇怪的方式跳跃和爬行。我们发疯似的寻找球形罐的种种苦恼……最终，我想到遮挡深井的大盖子揭开了！

在苦苦回忆怎样的行动才导致目前的困境时，我头痛难忍。我碰到了难以逾越的记忆障碍，一段顽固的记忆空白。

"卡沃尔！"

"我们在什么地方？"

"我怎么知道？"

"我们死了吗？"

"胡说！"

"那么他们抓住了我们？"

他没有回答，只是咕哝了一声。真是怪事，毒物留下的后遗症似乎使他容易发火。

"你打算怎么办？"

"我怎么知道该怎么办！"

"噢，好吧！"我说，随后默不作声。不久，我便从迷迷糊糊中醒来。

"噢，天哪！"我叫道，"我希望你停止那吱呜声！"

我们又陷入了沉默，耳边传来单调的嘈杂声，低沉的噪声似乎来自街道或工厂。我分辨不出那是什么声音，我的大脑抓住第一个节拍，接着抓住第二个节拍，结果却什么也想不出来。过了很久，我听出一种新的声音，音色更加尖锐，没有同别的声音混在一起，但是在模糊纷杂的声音背景下却显得突出。那是一串相对比较细弱清晰的声音，即敲打声和摩擦声，像常春藤低垂的枝头擦着窗户发出的声音，或者像小鸟在箱子上扑腾的声音。我们侧耳倾听，四处张望，但是黑暗如同天鹅绒帷幕般厚重。接着传来一种声音，像一把上过油的钥匙在锁孔里轻轻转动。接着，在我的面前无边的黑暗中闪出一线亮光。

"看！"卡沃尔说道，声音很轻。

"那是什么？"

"我不知道。"

我们瞪眼凝视。

那一线亮光变成了一道，更宽更白。亮光落在白色的墙上略显浅蓝。亮光的两边不再保持平行，有一边是一个深深的缺口。我想转身告诉卡沃尔，结果却大吃一惊。我看到他的一只耳朵罩在闪耀的亮光下，全身的其余部分却在阴影里。我手脚被捆，只能尽量扭头。

"卡沃尔，"我说，"在后面！"

他的耳朵不见了——亮光照在一只眼睛上！

突然间，吸收亮光的缺口变大了，露出了一个敞开的门洞。门洞外面是天蓝色的远景，门口是一个形状奇异的人形，背对亮光。

虽然我们俩拼命想转过身去，但是转不动，只得坐着，扭头向后打量那个身影。它给我的第一印象是有点像一头笨拙的四脚兽，脑袋低垂。我随后看清那是一个月球人的瘦小身躯，长着两条细小的罗圈腿，脑袋陷在两肩之间。他跟外面的月球人不一样，没有戴头盔，也没有穿外套。

虽然他在我们看来只是一个虚幻的黑影，但是凭直觉，我们发挥自己的想象力，给他非常酷似人类外形的轮廓添加了特征。至少我立刻觉得他有些驼背，额头高，脸长。

他向前走了三步，停了一会儿。他的行动似乎没有一点声音。接着他又往前走。他走路像一只鸟，两只脚一前一后。他走到门洞射来的亮光之外，似乎完全消失在阴影中。

我的眼睛搜寻他一阵，结果找错了地方，转而发现他全身站在亮光下，正面对着我们。只是他根本没有我赋予他的人类特征！

我当然应该想到这一点，但是我没有。这个巨大的意外让我不知所措。似乎那不是一张脸，而是一副面具、一种恐惧、一种畸形，应该立刻予以否认或者加以解释。他没有鼻子，两侧是呆滞外突的一双眼睛——我刚才以为那是耳朵。根本没有耳朵……虽然我竭力想画出这样一颗脑袋，但是我画不出来。他的嘴巴向下弯曲，就像一个瞪眼怒目的人的嘴巴……

脑袋与脖子连接的地方有三处，就像螃蟹腿上短小的关节。四肢的关节我看不见，因为上面裹着绑腿似的带子，这些带子是他们身上的唯一装束。

那东西正在看着我们！

我当时心想，这种绝无可能存在的生物竟然出现在眼前，真是让人抓狂。我猜想他也感到惊奇，理由也许比我们更充足。只是，真该死！他没有表露出来。我们至少知道什么情况才促成两种不相容的动物在此会面。举例来说，如果一个土生土长的伦敦人遇到两个活物——像人一样高大却又完全不像地球上的任何动物——正在海德公园的羊群中飞跑，想一想他会怎么样！他的反应一定和我们一样。

设想一下我们的模样！手脚被捆，浑身又累又脏，胡子有两英寸长，脸上满是擦伤和血污。你一定要想象一下卡沃尔的形象，他下身穿灯笼裤（刺刀状灌木划破了好几处），上身穿雅克呢衬衫，头戴破旧的板球帽，细长的头发乱成一团。他的脸在蓝光下不是发红而是呈深黑色，他的嘴唇和我手上干涸的血迹似乎都是黑色的。我曾跳进黄色的蘑菇，据此可知我的情况可能比他更糟。我们的外套都敞开了，鞋子脱下来放在脚边。我们背对着奇怪的蓝光坐着，窥视着这个也许只有丢勒[1]才能创造出来的怪兽。

---

1 阿尔布雷特·丢勒（Albrecht Dürer, 1471—1528），德国著名的画家和雕刻家。

卡沃尔打破了沉寂，开口说话。他声音嘶哑，于是清清喉咙。外面响起了一阵可怕的吼叫，似乎是一只月球兽遇上了麻烦。一声尖叫之后，一切又恢复了寂静。

　　月球人不久便转过身，摇摇晃晃走进了暗处，站在门口回头看了一会儿，接着关上门。我们再次陷入神秘的黑暗中，耳旁是嗡嗡作响的噪声，就像刚才醒来时一样。

第十三章
卡沃尔先生提出一些建议

有一段时间，我们俩都没有说话。我们经历的事情太多，集中精力考虑所有这一切似乎超出了我的智力范围。

"他们抓住了我们。"我终于说道。

"怪只怪那些蘑菇。"

"唉！要是不吃，我们一定会晕倒、饿死。"

"我们也许就找到球形罐了。"

他的固执令我怫然不悦，我暗自咒骂。有一段时间，我们在沉默中彼此憎恨。我用手指敲打两膝之间的地面，同时活动两腿磨蹭上面的脚镣。不一会儿，我只得又开口说话。

"不管怎样，你对此有什么解释？"我低声下气地问。

"他们是理性的生物——他们有制造能力，也会做事。我们看到的那些亮光……"

他欲言又止，显然对此解释不了。

他再次说话时承认："总而言之，他们毕竟比我们想象的更具人性。我想……"

他停下来，真是让人恼火。

"什么？"

"我想，不管怎样——在任何星球上，只要存在智慧的动物——这种动物的脑壳一定向上，有手，能直立行走……"

他马上转入另一个话题。

"我们下到了一定的深度，"他说，"我的意思是——也许深达两三千英尺，或者更深。"

"为什么？"

"这地方更凉快，我们的说话声也更响亮了，那种渐弱的声音——完全消失了。我们的耳朵和喉咙也没有了那种感觉。"

我本来对此没有在意，现在倒有了这样的感觉。

"这里的空气更浓了。我们到达了一定的深度——在月球深处——甚至深达一英里的地方。"

"我们从来没想到月球的内部竟有一个世界。"

"没想到过。"

"我们怎么会没有想到过呢？"

"我们本该想到过，只是我们习惯于人云亦云。"

他思考了一会儿。

"现在看来，"他说，"这似乎是明摆着的事实。"

"当然！月球肯定有众多的洞穴，洞里有空气，洞穴的中心是海洋。"

"我们知道月球的比重小于地球，我们也知道月球的外表几乎没有空气和水，月球是地球的姐妹星球，如果说月球的构造肯定与地球不同，这种说法没有道理。显然应该判断月球的内层是空心的。不过没有人亲眼见过。当然，开普勒[1]——"

听上去他兴致勃勃，像发现了一连串绝妙的推理。

"对，"他说，"开普勒关于月球的一半朝向地球的理论是正确的。[2]"

"我真希望你能在我们来之前就发现这一点。"我说。

他没有回答，一边想着他的心事，一边自顾自发出柔和的吱鸣声。我的气消了。

"不管怎样，你认为我们的球形罐怎么样了？"我问。

"丢了。"他说，像回答一个无聊的问题。

"在那些植物中？"

"除非被他们发现了。"

"那会怎样？"

---

1 约翰尼斯·开普勒（Johannes Kepler，1571—1630），德国杰出的天文学家、物理学家、数学家，发现了行星运动的三大定律，为牛顿发现万有引力定律和现代光学奠定了基础。

2 月球在绕地球公转的同时也在自转，自转的周期是 27.32166 日，正好是一个恒星月，即公转和自转的周期大致相同，这种现象又称"同步自转"。因此，月球的一面总是朝向地球，另一面永远背对地球。实际上，在地球上最多可以看到 59% 的月面。有些书中用 subvolvani 指朝向地球的月面，privolvani 指背向地球的月面。威尔斯在此宣称开普勒发现了月球的这种自然现象。

"我怎么知道？"

"卡沃尔，"我说，带着一点歇斯底里的愠怒，"我的公司前途光明……"

他没有回答。

"天哪！"我叫道，"想想我们费了多大的劲儿，结果陷入如此的困境！我们来干什么？我们追求什么？月球管我们什么事？我们管月球什么事？我们要求太多，我们尝试太多。我们应当先从小事开始。是你建议到月球上来的！那些卡沃尔素卷帘！我确信我们加以利用是为了造福地球。确信！你当时真的明白我的建议吗？一个钢质的圆筒……"

"胡扯！"卡沃尔说道。

我们不再交谈。

有一段时间，卡沃尔不理睬我，只是断断续续说着什么。

"如果月球人发现了球形罐，"他开口说道，"如果他们发现了……他们拿它怎么办？嗯，这倒是个问题。也许就是这个问题。他们无论如何都搞不懂。如果他们明白那是什么东西，他们早就去地球了。他们会去吗？他们为什么不去？他们会带去什么——他们不会对这样的可能性置之不理。不会的！他们会对它进行检查！他们显然有才智，好钻研。他们会对它进行检查——爬进去——摆弄开关。起飞！……那就意味着我们将在月球上度过余生。奇怪的生物，奇怪的知识……"

"谈到奇怪的知识……"我说，想不出该说些什么。

"听我说，柏德福，"卡沃尔说，"你出于自愿参加了这次探验。"

"你对我说过，管这叫'寻宝'。"

"寻宝总是有危险的。"

"尤其是你寻宝既没有带武器，又没有考虑过各种可能性。"

"我当时只考虑球形罐了。那东西一直在催我们，带上我们就走了。"

"你是说催我。"

"也同样催我。我开始研究分子物理学的时候，怎么知道会到这里来，而不是别的地方？"

"这科学害人不浅，"我叫道，"简直就是魔鬼。中世纪的祭司和迫害狂是对的，近代人都错了。你瞎搞科学——它会送你礼物。你若接受礼物，它就出其不意，让你粉身碎骨。旧的情感和新的武器——现在推翻了你的信仰，推翻了你的社会观念，把你卷到这个荒凉凄苦的地方！"

"不管怎样，你现在跟我吵架也没有用。这些生物——这些月球人，随你怎么叫他们——已经捆住了我们的手脚。不管你发什么脾气，你得忍受这一切……对于我们眼前的遭遇，我们需要冷静处理。"

他顿了一下，似乎需要征得我的同意。我却坐着生闷气。"去你的科学！"我说。

"问题是如何交流。我担心我们使用的手势不同。例如指指点点。除了人和猴子，没有别的动物会指指点点。"

这样的说法在我看来是错误的。"几乎每一种动物，"我叫道，"都会用眼睛或鼻子示意。"

卡沃尔考虑了一下。"是，"他最终说道，"而我们却不是这样。区别就在这里——就在这里！"

"也许……月球人有语言。他们发出的声音好像吹笛子和抽烟斗似的。我不知道我们怎么模仿。这就是他们的语言吗？他们可能有不同的感官、不同的交谈方式。当然，他们有头脑，我们也有头脑，他们和我们肯定有共同之处。谁知道能不能相互沟通呢？"

"这些东西跟我们并非同类，"我说，"他们和我们差别太大，胜过地球上最奇怪的动物和我们的差别。他们是另一类。谈论这些有什么用？"

卡沃尔想了想，说："我不这样看。凡是有思想的动物，他们就一定会有相似之处——即使他们生活在不同的星球上。当然，如果论及本能，我们或者他们也许只不过都是动物……"

"嗯，他们是吗？他们更像用后腿站立的蚂蚁，谁又和蚂蚁进行过什么沟通呢？"

"但是想想那些机器和他们的着装！不，我不同意你的看法，柏德福。差别虽大……"

"大得难以克服。"

"既然有相似之处，就一定能相互沟通。我记得以前读过已故的高尔顿[1]教授写的一篇论文,有关星际之间建立联系的可能性。不幸的是,我当时似乎认为那篇论文对我没有什么用处,就目前的情况来看,恐怕我没有给予应有的关注。可是……现在,让我想想!

"他的观点是从一切精神生活背后的广义真理开始,以此建立一个基础。先从伟大的几何学定理开始。他提议参考欧几里得的一个主要定理,以图例说明我们知道的几何定理。例如,证明等腰三角形底边的两个角相等,假如向下延长两个等腰,那么底边下面的两个角也相等;或者证明直角三角形以斜边所做的正方形面积等于以另外两边所做的两个正方形的面积之和。证明我们掌握了这些知识,就证明我们具有一定的智力……呃,假定我……我可以用蘸水的指头画出这个几何图形,甚至在空中画……"

他沉默不语了。我坐着思考他的话。他希望与这些奇怪的生物交谈,这个希望虽说荒唐,倒也一时引起了我的兴趣。我因愤怒和绝望而精疲力竭,加上浑身疼痛,于是再次支撑不住了。我突然认识到我所做的一切是多么愚蠢。"笨蛋!"我说,"噢,笨蛋,十足的笨蛋……我活在世上似乎就是为了做出如此荒谬的事情。我们为什么要离开地球? 到处乱跳,在月球的环形山寻求专利和特权!……要是我们有点理智,在离开球形罐的地方找来一根棍子系上一块手绢多好!"

---

1 弗朗西斯·高尔顿(Francis Galton, 1822—1911),英国科学家和探险家,达尔文的表弟。受达尔文进化论思想的影响,高尔顿从遗传的角度研究个体差异形成的原因,开创了优生学。

我平息下来，暗自生气。

"显而易见，"卡沃尔若有所思地说，"他们是有智慧的。我们可以假定某些事情。他们没有立即杀死我们，一定有宽恕的想法。宽恕！无论如何也是一种克制。他们可能会和我们交谈，与我们会面。这个房间以及我们瞥见的看守。这些脚镣！这是高度智慧……"

"我向上天起誓，"我叫道，"我真该三思而后行！一次次的冒险。一开始就不顺利，然后事事不顺利。就因为我相信你！我为什么不专心写剧本？那才是我该做的工作。那才是我的世界，那才是我生来要过的生活。我本该完成剧本。我相信……那是一个出色的剧本。情节我都已经构思好了。后来……竟然异想天开！跳上了月球！实际上——我已经抛弃了我的生活！坎特伯雷附近那家旅馆的老妇人都比我有头脑。"

我抬起头，话说了一半就停下来。黑暗又让位于浅蓝色的亮光。门打开了，几个不声不响的月球人走进了房间。我一动不动，注视着他们奇怪的面孔。

我突然不再讨厌怪诞的一切，转而有了兴趣。我发觉走在前面的两个月球人拿着碗。至少我们的大脑能够理解这一基本需要。碗是用某种金属做成的，跟我们的脚镣一样，在浅蓝色的亮光下呈现黑色。每只碗里都装着一些白色的碎块。压抑我的种种莫名的疼痛和不幸一齐涌上心头，变成了饥饿感。我如恶狼般盯着碗。虽然后来好几次梦见这个情景，但是当时似乎觉得是小事一桩，往下递碗给我的胳膊前端不是手，而是一种扁平的拇指，就像大象的鼻尖一样。

碗里的东西质地疏松，褐色偏白——有点像冷冻的蛋白牛奶酥，闻起来略微有点像蘑菇的味道。我们不久前见过从宰杀的月球兽身上切肉，我倾向于相信这肯定是月球兽的肉。

我的双手被镣铐紧锁，只能勉强碰到碗。两个月球人看到我太费劲儿，于是动作熟练地把我手腕上的镣铐松了一扣。他们触角似的手碰到我的皮肤，感觉又软又冷。我立刻吃了一口食物，口感松软，月球上所有有机物似乎都是这样的。吃上去有点像薄面饼，或像回了潮的蛋白甜饼，但是一点也不难吃。我又吃了两口。

"我要——吃的！"说罢，我扯下更大的一块……

一时间，我们全然没有一丝羞涩之感。我们又吃又喝，就像施汤所[1]的流浪汉一样。不管是在此以前，还是在此以后，我从来没有饿到狼吞虎咽的地步。要不是我亲身经历，我永远都不会相信，在离开我们的世界二十五万英里的地方，在心智完全困惑之时，我被那些非人的怪物包围，监视和触碰，即便在噩梦里我都不会见到比他们更可怕的生物，而我居然能够完全忘掉这一切，只管吃东西。他们站在周围注视着我们，时不时喊喊喳喳，声音细微而神秘，我猜这大概是他们的语言。他们碰到我时，我甚至都没打一下冷战。等到我失去了进食的第一阵狂热之后，我注意到卡沃尔在吃的时候同样毫无羞愧之感。

---

1 施汤所（soup kitchen，又称 meal center，food kitchen），指救济灾民的场所，主要提供热汤和其他简单的食物。类似中国旧时官府、慈善团体或人士施粥以赈饥民的粥厂。

第十四章

交流的实验

等我们终于吃完了，月球人又把我们的手紧紧捆在一起；然后打开我们脚上的锁链，再重新锁上，好让我们获得有限的活动自由；接着打开了我们腰间的锁链。要做到这些，他们必须随意摆弄我们，时不时会有一颗怪异的脑袋往下凑到我的面前，或有一只柔软的触手碰到我的脑袋或者脖子。我不记得他们靠到跟前是让我感到害怕还是让我感到恶心。我想我们信奉不可救药的拟人论，于是想象他们的面具里面是人类的脑袋。由于亮光的缘故，他们的皮肤像其他东西一样，呈浅蓝色。皮肤又硬又亮，很像甲虫的翅膀，不像脊椎动物的皮肤那样柔软、湿润和多毛。几根泛白的脊柱组成一条低矮的脊状肿块越过头顶，从身后延至身前。在身体两侧的眼睛上方各有一条更大的脊状肿块，呈曲线状。

给我松绑的月球人不仅用手，而且用嘴咬的方式帮着使劲儿。

"他们好像要释放我们，"卡沃尔说，"记住我们是在月球上！不要轻举妄动！"

"你想试着运用你的几何学知识吗？"

"有机会再说。不过，当然了，他们也许会率先接近我们。"

我们无动于衷。月球人收拾停当，后退几步，似乎在打量我们。我之所以说"似乎"，是因为他们的眼睛长在两侧而不是身前，难以判断他们往什么方向看，就像判断不出鸡或鱼往什么方向看一样。他们彼此说话的语调像芦笛，我模仿不了，也解释不了。我们身后的门开得更大，我扭头越过肩膀，看见门外模糊不清，像一大块空地，站着不少月球人。他们像一群乌合之众。

"他们要我们模仿这声音？"我问卡沃尔。

"应该不是。"他说。

"我看他们是想让我们明白什么事。"

"我一点儿也不明白他们的手势。你有没有注意到这个家伙？他一脸愁容，似乎衣领让他很不舒服。"

"让我们试着对他摇头。"

我们摇头，发现没有什么效果，于是模仿月球人的动作。这样做似乎引起了他们的兴趣。不管怎么样，他们总是重复同样的动作。这样下去似乎毫无结果，我们最终停了下来，他们也停了下来，相互之间咿咿呀呀争执起来。接着一个月球人突然在卡沃尔的旁边蹲下来，手脚摆出像卡沃尔那样捆绑的姿势，接着敏捷地站起来。他的个头比别的月球人矮得多，身材结实得多，嘴巴张得特别大。

"卡沃尔，"我喊道，"他们要我们站起来！"

他瞪大眼睛，张大嘴巴。

"对！"他说。

我们一边气喘吁吁，一边骂骂咧咧，因为我们的双手铐在一起。一番挣扎，总算站起来了。我们上气不接下气，月球人给我们让开路，喊喊喳喳的声音更响了。我们一站起来，身材结实的月球人走过来，用触手拍拍我们的脸，然后走向敞开的门口。这个举动也太明显了，于是我们跟了上去。我们看到站在门口的四个月球人比其他月球人高得多，和我们在环形山见过的月球人装束相同：头戴尖顶的圆盔，身穿筒形的外套，人手一根刺棒，跟碗一样，用黑色金属制成，上面带有长钉和护手。我们走出牢房，进入亮光的光源所在的洞穴，那四个家伙紧跟在我们的后面，我们的左右各有两人。

我们一下子没有看清洞穴的模样。我们心无旁骛，一方面注意紧挨着我们的月球人有何举动，是何态度；另一方面必须控制我们的步子，害怕步子迈得太大而惊吓他们。那个身材矮小、体格结实的家伙走在我们前面，是他解决了如何招呼我们起来的难题，他当时比画各种手势要我们跟他走，似乎他的手势我们都能理解。他快速扭动壶嘴形的脸来回打量我们俩，显然是一副审问我们的态度。我是说，有一段时间，我们的心思放到了这些事情上。

我们最终看清了这个宽敞的场所。我们从蘑菇中毒的昏迷中醒来后一直听到的嘈杂声，显然大多来自正在忙碌的众多机器。我们越过身旁月球人的脑袋，透过他们身体之间的间隙，隐约看到飞速旋转的机器部件。不仅各种噪声来自机器，就连那种奇特的蓝光也是机器发出的，照亮了整个区域。我们以为地下洞穴使用人工照明是再自然不过的事情。即使是现在，虽然事实摆在我的眼前，但是直到黑暗来临以后，我才真正明白了这个事实的含义。我无法解释庞大的机器有何意义，是何构造，因为我们俩都不清楚这是什么机器，也不清楚机器如何工作。硕大的金属轴一个接着一个，伸出机器的中心并向上转动，金属轴前端的运动轨迹似乎是一条抛物线。金属轴转到顶点时先是抛下一根吊臂，接着跌入一个垂直的圆筒，并且向下压迫圆筒。看守的身影在机器四周走动，他们身材瘦小，似乎与我们身边的月球人略有不同。机器的三根吊臂依次下坠，先是一声叮当，接着是一声轰鸣，垂直的圆筒倒出一种炽白的物质。就是这种物质用于洞穴的照明。它从圆筒里溢出，就像烧开的牛奶从锅里溢出一样，闪着蓝光，流入下面的一个光源开槽。这是一种蓝色的冷光，有点像磷光，但是磷光的亮度无法与之相比。流入开槽的光源通过纵横交错的导管流向洞穴的各处。

　　啪哒，啪哒，啪哒，啪哒。这不知为何物的机器转动吊臂，于是发光的物质就咝咝涌了出来。乍一看，这东西离我们不远，规模虽大倒也合乎情理，等到我看见机器旁边的月球人有多渺小时，才完全明白洞穴和机器多么庞大。我怀着一种新的敬意，看看如此巨大的机器，又看看月球人的脸。我停下来，卡沃尔也停下来，我们一起瞪大眼睛打量这轰轰作响的机器。

"真了不起！"我说，"这是做什么用的？"

卡沃尔被蓝光映亮的脸上流露出一种智者的敬意。"我做梦都想不到！这些生物肯定——人类造不出这样的东西！你看这些吊臂，吊臂之间是用连杆连接的吗？"

身材结实的月球人走了几步才有所觉察。他转身回来，站在我们和那庞大的机器之间。我故意不看他，因为我估计他多半要招呼我们前进。他朝着希望我们走的方向走去，然后转身回来，拍了拍我们的脸，以引起我们的注意。

我和卡沃尔看着对方。

"我们不能向他表示我们对机器有兴趣吗？"我说。

"对，"卡沃尔说，"我们试试看。"

卡沃尔转身面对我们的向导，然后笑了笑，指指机器，又指指自己的脑袋，再指指机器。基于推理的某种缺失，他似乎以为磕磕巴巴的英语也许有助于别人理解他的手势。"我看它，"他说，"我想它很。是。"

月球人想让我们前进，结果他的举动似乎一时让他们不知所措。他们相互看看，晃动怪异的脑袋，喊喊喳喳的声音快速而流畅。有一个又瘦又高的家伙，除了跟别人一样裹着绑腿之外，身上还披了一件斗篷似的东西。他扭动一只好似大象鼻子的手，揽住卡沃尔的腰，轻轻拉扯他跟上开步走的向导。

卡沃尔拼命抵抗。"我们现在不妨解释一下我们的情况。他们也许以为我们是新的动物品种，也许认为我们是一种新的月球兽！我们从一开始就要表现出求知的兴趣。"

他开始使劲摇头。"不，不，"他说，"我不走一分钟。我看他。"[1]

"你就不能找一个几何定理解释清楚这事？"在月球人再次交头接耳之时，我提了一个建议。

"也许找一个抛物线……"他开口说道。

突然，卡沃尔大叫一声，一下子跳出六英尺多远。

四个手持武器的月球人中的一个用刺棒戳了他一下。

我转身面对身后持刺棒的月球人，迅速做了一个手势，吓得他倒退几步。这一番情景，以及卡沃尔突然一叫一跳，显然令月球人全都惊愕不已。他们迅速退后，脸却对着我们。这样的时刻似乎要永远持续下去，我们挺身站立，愤然表示抗议，而这些非人的生物则组成一个松散的半圆形将我们包围。

"他戳了我！"卡沃尔说，声音有些哽咽。

"我看见了。"我答道。

"真该死！"我对月球人说，"我们忍无可忍了！你们究竟把我们当什么？"

我迅速瞄了一眼左右。我看见几个月球人从蓝光映照的洞穴那头跑向我们，其中有胖有瘦，有一个脑袋比别的月球人大。洞

1　卡沃尔在此使用简单的词汇和不合语法的句子，尝试与月球人沟通。他想表达的意思是："我一分钟都不走。我看到他了。"

穴宽阔而低矮，洞穴的四周都隐没在黑暗中。我记得洞顶低垂，似乎囚禁我们的累累巨石以其重负使然。没有逃生的路径——无路可逃。上上下下，每一个方向皆是未知。这些非人的生物以其刺棒和手势与我们对峙，我们俩却孤立无援！

第十五章

眩晕的天桥

相互敌视的时间只有片刻。我估计我们和月球人都在匆忙思考对策。我最深的印象是我们没有了退路，我们肯定会被他们包围并被杀死。我们到月球上真是愚蠢至极。我不禁心情沉重，自责不已。我为什么要主动参与如此疯狂、恐怖的探险？

卡沃尔来到我旁边，用手按住我的胳膊。在蓝光的映照下，他那苍白而受惊的面孔像鬼一样。

"我们什么都不能做，"他说，"这是一个错误。他们不明白。我们必须走。我们必须听从他们的吩咐。"

我低头看看他，又看看赶来增援的月球人，"要是我的手没被铐上……"

"没有用的。"他喘着粗气说。

"是没用。"

"我们还是走吧。"

他转过身，带头朝着他们所指的方向走去。

我跟在后面，尽量装着顺从的样子，同时摸着锁在手腕上的镣铐。我的血在沸腾。我没有留意洞里别的东西，尽管我们似乎花了很长时间才走到洞的另一头。就算我曾经留意过，我看过了也就忘了。我想我的心思都在镣铐和月球人上，特别是那些戴着头盔、拿着刺棒的家伙。虽然他们起初跟我们并排行走，而且出于礼貌间隔一段距离，但是另外三个月球人很快赶了过来，于是他们靠到跟前，离我们只有一臂之距。他们走到我们跟前时，我缩成一团，像一匹挨打受伤的马。那个身材矮小、体格结实的月球人先是在我们的右侧迈步向前，很快又走到了我们前面。

这群人的队形深深烙在我的脑海里，犹如一幅蓝色的单色画：我前面的卡沃尔低着脑袋，耷拉着双肩，张着大嘴的向导一个劲儿推搡他；手持刺棒的月球人走在两边，目光警觉，同样张着大嘴。不管怎样，除了纯属个人的印象之外，我倒也想起了另一件事，那就是过了不久，洞底出现了一条小沟，沿着我们所走的岩石小径伸延。沟里充满了闪亮的蓝色物质，从硕大无比的机器中流出。我紧靠沟边行走，我能证实这种物质不散发丝毫的热量。它明亮照人，却不比洞中其他东西更热或更冷。

当，当，当，我们从另一台庞大的机器下面经过，杠杆铿锵作响。我们最终进入一条宽阔的隧道，甚至可以听到自己光脚走路的啪哒啪哒声。除了我们右边的蓝光细流，隧道中没有别的照明。光影将我们和月球人的影子放大，投射到不规则的隧道洞壁和洞顶上。时不时会见到洞壁上的结晶像宝石一样闪闪发光，时不时会见到隧道豁然开朗，或进入钟乳洞，或分出隐没于黑暗的多个支道。

我们似乎顺着隧道往下行走了很长的时间。光源流淌的潺潺声和我们的脚步声与回声汇集在一起，形成不整齐的啪哒啪哒声。我的心思全在镣铐问题上。如果我这样松开一扣，然后把它扭弯……

如果我动作极其缓慢，他们会发现我正从松开的锁环中挣脱手腕吗？如果他们发现了会怎么办？

"柏德福，"卡沃尔说，"在往下走，一直在往下走。"

他的话把我从愠怒的沉思中唤醒。

"如果他们想杀死我们，"他说，同时后退几步与我并行，"他们没有理由不早点动手。"

"对，"我承认，"这话倒不假。"

"他们不理解我们，"他说，"他们认为我们只是月球兽，也许认为我们是某种野生的月球兽。只有对我们做进一步观察，他们才会想到我们有思维能力……"

我说："在你解几何题时，他们才会想到。"

"可能是那样。"

我们迈着沉重的脚步，又走了一段时间。

"你看，"卡沃尔说，"这些也许是下等的月球人。"

"该死的笨蛋！"我恶狠狠地说，瞥了一眼他们惹人生气的面孔。

"不管他们对我们做了什么……我们都得忍着。"

"我们必须忍。"我说。

"也许其他月球人没这么蠢。这只是他们这个世界的外层边缘。肯定继续往下走，经过洞穴、通道和隧道，最终到达海洋——几百英里深的底下。"

听他这么一说，我想到我们头顶上的岩石和隧道加在一起的深度也许有一英里左右了。我似乎不堪重负。"离开了太阳和空气，"我说，"哪怕是半英里深的矿井都会让人喘不过气。"

"不管怎样，这不是矿井。很可能有——通风设备！空气从月球的阴面吹到阳面，所有碳酸会排出去，养育那些植物。比方说，这条隧道的上方，微风有一定的力度。这是怎样一个世界！我们在竖井中的所见，还有那些机器——"

"还有刺棒，"我说，"别忘了刺棒！"

有一段时间，他走在我前面一点的位置。

"甚至刺棒——"他说。

"怎么了？"

"我当时太生气了。但是——也许我们应当继续走。他们的皮肤与我们不同，很可能神经系统也不同。他们也许不明白我们讨厌什么——就像火星人也许不喜欢我们这些地球人用胳膊肘推人的习惯。"

"他们用胳膊肘推我时最好当心点。"

"至于几何学,他们的理解方式毕竟也是一种方式。他们从生活基本要素开始,不是从思想开始。食物,强制,痛苦。他们着眼于这些基本要素。"

"这一点没有疑问。"我说。

卡沃尔接着谈论我们正被带入这个宏大而神奇的世界。我从他的语气中渐渐听出来,他甚至到了现在都没有完全陷入绝望,尽管我们要继续深入这个非人星球的洞穴。他的心思全在机器和发明上,我却心烦意乱,设想我们会遭遇千种不同的祸端。他没有想着利用那些机器和发明,他只是想加以了解。

"总之,"他说,"这个时机异乎寻常。这是两个世界相遇的时机!我们会看见什么?想想我们的脚下有些什么。"

"如果照明没有改善,我们不会看到多少东西。"我说。

"这里只是外壳。往下——照这样的规模——可能什么都有。你注意到他们之间的差异了吗?我们要带回怎样一个故事!"

"一些稀有动物被送往动物园时,"我说,"也许会这样自我安慰……我们不是来这里参观的。"

"等他们发现我们有理性,"卡沃尔说,"就会想要了解地球。即便他们没有慷慨大方的秉性,但他们为了了解地球,也会教授我们知识……教授他们必定掌握的知识!我们未曾料到的知识!"

他带着刺棒造成的皮肉之伤,竟然继续推测他们可能掌握的知识,即他在地球上从未指望学到的知识!他说的话我大多已经忘了，因为我一心想着我们走过的隧道，它正变得越来越宽。依据气流来判断，我们似乎走进了一片宽敞的空地。这个地方究竟有多大，我们却说不上来，因为里面没有照明。那条发光的小溪越来越细，渐渐消失在前方。过了不久，两边的石壁也消失了。除了我们前面的道路，以及匆匆流淌的蓝光细流，什么也看不见了。卡沃尔和领路的月球人走在我的前面，他们的腿和头靠近蓝光小溪的一侧清晰可见，泛着明亮的蓝光。由于没有了隧道石壁的反光，他们的另一侧黑乎乎的，完全隐没在远处的黑暗中。

我不久就发觉我们正在走向一个斜坡，因为蓝光小溪突然往下一沉，没有了踪影。

又过了一会儿，我们似乎走到了边缘地带。闪亮的小溪拐了一个小弯，接着俯冲下去，跌入一个深渊，跌落的声音完全听不到。地底深处闪着浅蓝的光亮，像一种蓝雾——在深不可测的地方。小溪坠落的昏暗之处陷入了彻底的空虚和漆黑，只有一块像跳板的东西搭在悬崖边上，向前延伸，逐渐模糊，最终消失。一阵暖和的空气从深渊里吹上来。

我和卡沃尔斗胆站在悬崖边，一时没敢动弹，只是拿眼偷看蓝色的深渊。接着，我们的向导拉了一把我的胳膊。

接着，他离开了我，走到跳板的末端，迈步站到上面，然后回头张望。他觉察到我们正在注视着他，于是转身往前走，似乎走在坚实的土地上。他的身形先是看得清楚，随后变成一团蓝色的光影，最后消失在黑暗之中。我意识到一个模糊的身形正在从黑暗中显露出来。

　　片刻的停顿。"当真——"卡沃尔说。

　　另一个月球人在跳板上走了几步，回头看着我们，神情漠然。其他人站着，准备跟在我们后面。向导的身影再次出现，他回来看看我们为什么没有往前走。

　　"那边是什么？"我问。

　　"我看不见。"

　　"我们无论如何都不能过去。"我说。

　　"就是没戴手铐，"卡沃尔说，"我在上面也走不了三步。"

　　我们俩面如土色，茫然地看着对方。

　　"他们不知道什么是头晕！"卡沃尔说。

　　"我们在跳板上走不了。"

　　"我想他们的看法不会跟我们一样。我一直在观察他们。我不清楚他们是否知道这地方对我们来说太黑了。我们怎么让他们明白呢？"

　　"不管怎样，我们必须让他们明白。"

　　我想我们在说出这些话的时候，隐约抱有一丝希望，月球人也许能理解我们。我十分清楚，只需要解释一下。我看了看他们的脸，于是意识到不可能解释清楚。我们的相似之处不会弥合我们之间的差别。哎，反正我不会在跳板上走。我从松开的手铐中抽出手，动作非常迅速，接着开始往相反的方向扭动手腕。我站在离桥最近的地方，就在我挣脱手铐的时候，两个月球人抓住了我，轻轻把我往桥上推。

我拼命摇头。"不走，"我说，"不行，你不明白。"

另一个月球人也过来帮着推我。我被迫向前跨了一步。

"我有办法了。"卡沃尔说。我知道他有什么办法。

"听着！"我冲着月球人叫道，"冷静点！对你来说倒是没问题——"

这时，一个手持武器的月球人用刺棒在背后戳我，我猛地转过身，破口大骂。

我挣脱了抓住我手腕的触手，转身面对拿着刺棒的家伙。"你真该死！"我叫道，"我警告过你，别戳我！你以为我是什么做的？如果你再碰我……"

他又戳了我一下作为回答。

我听见卡沃尔惊慌和恳求的声音。我想即便到了这个时候，他都要跟这些生物和解。"嗨，柏德福，"他喊道，"我有一个办法！"我被戳了第二下，体内禁锢的能量似乎一下子释放出来。手铐的链环立即被扯断了，阻止我们不敢抵抗这些月球生物的所有顾虑也随之被打消了。至少在那一瞬间，我因恐惧和愤怒而发狂。我不顾后果，对准手拿刺棒的家伙直接一拳，击中他的脸。扭曲的手铐缠在我的拳头上……

月球世界的怪事颇多，接着又发生了一起。

我的重拳似乎打穿了他。他被击碎了，像内装液体的软糖！他被打烂了，吧唧一声，液体四溅，就像被击中的潮湿的伞菌。

他单薄的身子滚出十二码开外，轻轻落地。我大吃一惊，不敢相信竟有如此不堪一击的生物。我一时觉得整个事情像一场梦。

随后的情形再次变得真实而危急。从我转身到被击毙的月球人倒地，在这一段时间内，无论是卡沃尔还是其他月球人，他们好像都没有动手。月球人全都从我们俩的身边后退，个个倍加小心。在月球人倒下以后，对峙的状态似乎至少持续了一秒钟。每个人肯定都在研判刚才的一幕。我记得我似乎没有完全收回胳膊，而是站在那里，也在思考刚才的一幕。"下一步怎么办？"我的脑子净想着"下一步怎么办"，过了一会儿，月球人都开始有所行动！

我觉得我们必须打开镣铐，在打开镣铐前必须打跑月球人。我面对三个手拿刺棒的月球人，其中一个立即向我掷来刺棒。刺棒飕地从我头上飞过，估计是飞进了后面的深渊。

刺棒从我头上飞过时，我使出全身的力气，扑向那个月球人。他在我起跳时转身就跑，结果被我打倒在地，摔得稀巴烂，将我绊倒。他似乎在我的脚下扭动。

我坐起来，月球人的蓝色背影四下逃窜，全部躲进黑暗之中。我使劲儿扭弯了一节锁环，解开缠在脚踝上的脚链，手拿脚链跳起来。又一根刺棒像标枪一样掷向我，从我身旁呼呼飞过，我奋力冲向掷出刺棒的暗处。我随后停下脚步，转身走向卡沃尔。在溪流亮光的映照下，他仍然站在悬崖边上，手忙脚乱，忙着解开手铐，同时含混不清地说着他的想法。

"过来！"我喊道。

"我的手！"他回答。

接着他发现我不敢跑回他的身边，因为我脚下一不留神也许就会坠入深渊。于是他伸出双手，脚步蹒跚地朝我走来。

我一把抓住他的手铐，立即将它解开。

"他们在哪里？"他喘着气问。

"跑了。他们会回来。他们正在扔东西！我们往哪里走？"

"借着亮光走，走那条隧道。嗯？"

"行。"我说。他的双手自由了。

我跪下去，动手解开他的脚镣。突然，"砰"的一声，什么东西砸了过来——我不知道是什么——掉入蓝色的溪流，水滴洒落在我们周围。我们的右前方传来风笛声和口哨声。

我打掉他的脚链，将它塞到他的手中。"用它来打！"我说。未等他回答，我就沿着我们来的道路大步向前。我有一种不祥的感觉，担心这些东西会暗中袭击我们。我听见卡沃尔在我身后跳跃落地的声音。

我们大步奔跑。但是你必须明白，所谓的跑跟地球上的跑完全不同。在地球上起跳会立刻落地，而月球上引力小，跃入空中后再过几秒钟才会落地。尽管我们拼命奔跑，但是步伐之间的间隙长，可以数到七或八。"走。"迈步就跃入空中！我的脑子闪过各种各样的问题："月球人在哪里？他们会怎么办？我们能跑到那条隧道吗？卡沃尔在后面离得远吗？他们会拦住他吗？"随后再次发力，迈步，腾跃。

我看到一个月球人跑在我的前面，他迈腿的动作与人类在地球上行走完全一样。他给我让开路，径直跑入黑暗之中。我看到他掉头张望，也听到他的尖叫声。虽然我认为他是我们的向导，但我不敢肯定。又是一大步，两边的石壁已经在视野之内，再两大步我就进了隧道。隧道低矮，于是我放慢了步伐。我在一个拐弯处停下来，转身看见卡沃尔跃入我的视野，啪嗒，啪嗒，啪嗒，每一步都踩入蓝色的溪流中。他的身影越来越大，朝我撞了过来。我们站在那里，伸手抓住对方。至少我们暂时甩掉了追捕者，独自待在一起。

我们气喘吁吁，说话断断续续。

"全让你毁了！"卡沃尔喘着气说。

"胡扯，"我叫道，"不这样做就是死路一条！"

"我们怎么办？"

"躲起来。"

"怎么躲？"

"这里够黑的。"

"可是躲在哪里？"

"找一个岔洞躲进来。"

"以后怎么办？"

"想办法。"

"行——来吧！"

我们大步向前，即刻来到一个漆黑的岔洞。卡沃尔走在前面，他迟疑了一下，选择了一个漆黑的洞口，看似易于藏身。他走过去，然后又转身回来。

"太黑了。"他说。

"你的腿脚会给我们提供照明，你身上沾了发亮的物质。"

"但是——"

一阵喧闹声，尤其像锣的当当声，正从主隧道传过来，听得真真切切。太可怕了，这声音说明他们正在全力追捕。我们赶紧冲进没有光亮的岔洞，一路奔跑。卡沃尔的双腿给我们提供了照明。"幸好，"我喘着气说，"他们脱掉了我们的靴子，否则我们会把这地方踩得嘭嘭直响。"我们继续奔跑，尽量迈着小步，以防碰到洞顶。过了一会儿，我们似乎已经将嘈杂声甩在了后面。嘈杂声变得含混不清，越来越小，直至消失。

我停下来向后张望，听到卡沃尔啪哒啪哒的脚步声越来越小。他接着也停了下来。"柏德福，"他悄悄说，"我们的前头有亮光。"

我看了看，一开始什么也看不见，接着感觉黑暗的颜色变浅了，于是他的脑袋和肩膀显现出模糊的轮廓。我还看到驱除黑暗的亮光不是蓝色，月球内部所有的亮光都是蓝色，这种亮光是灰白色，一种非常模糊的浅白颜色，这是日光的颜色。卡沃尔和我注意到这一区别，或许他比我早一点，或许跟我同时。我认为这也让他的心里注入同样强烈的希望。

"柏德福，"他低声说，声音颤抖，"这光——可能是——"

他不敢说出所希望的东西。接着是片刻的停顿。突然，我从他的脚步声中听出来，他正朝着灰白色的光亮走去。我跟在他的后面，心里一阵激动。

第十六章
两种观点

我们向前走去，光线越来越强。不一会儿，亮光几乎跟卡沃尔腿上的磷光一样亮。我们经过的隧道越来越大，逐渐变成一个洞穴，新的亮光在洞穴的尽头。我的心怦怦直跳，感觉看到了希望。

"卡沃尔，"我说，"亮光来自上面！我敢肯定是来自上面！"

他没有回答，而是加快了脚步。

毫无疑问，那是一种灰白的亮光、银白的亮光。

过了一会儿，我们置身于亮光之下。亮光从洞壁的一个石缝渗透进来。我抬起头，滴答，一滴水落到我的脸上。我吃了一惊，赶紧闪到一旁——滴答，又一滴水落到岩石地上，声音十分清脆。

"卡沃尔，"我说，"要是我们俩搭人梯上去，可以够到石缝。"

"我来举你。"他说，随即把我举起来，好像我是婴儿似的。

我伸出一只胳膊探进石缝，我的指尖刚好够到一小块突出的岩石。我看到白光现在更加明亮。我用两个指头撑住，几乎不费什么力气就直起身体，尽管在地球上我的体重是十二英石[1]。我抓住岩石更高的一个棱角，两脚踩在狭窄的岩石突出处。我站起来，手指头往上摸索岩石，越向上石缝越宽。"可以爬上去，"我对卡沃尔说，"要是我伸手，你跳起来能抓住吗？"

我把身子抵在石缝中间，单膝单脚抵住岩石的突出处，往下伸出一只手。虽然我看不见卡沃尔，但是我听见他下蹲准备跃起的窸窣声。接着，"啪"的一声，他就吊在我的胳膊上了——竟然只有一只猫那么重！我把他往上拉，直到他一只手够到我所在的岩石突出处，我这才把他放开。

"真该死！"我说，"月球上谁都能成为一名登山运动员。"我说罢赶紧攀爬。我有条不紊地爬了几分钟，接着又抬起头。石缝越来越大，光线越来越亮，只是——

这根本不是日光。

又过了一会儿，我看出亮光是什么了。一见之下，我大失所望，恨不得拿脑袋撞石头。因为我看见的只是凹凸不平的斜坡，空旷倾斜的地面长满了棍棒状的蘑菇，每一株都熠熠生辉，闪着粉白的银光。我瞪着那柔和的光芒，愣了一会儿才一跃而起，在蘑菇间上蹿下跳。我摘了五六株，对着岩石扔去，然后坐下来，放声大笑，心里却倍感痛苦。正在这时，我看到卡沃尔那张红润的脸。

---

1 英石（Stone，缩写 st），英制质量单位之一。1986 年，英国废除了英石作为质量单位的法定地位，但是称量体重时仍被广泛使用。1 英石等于 14 磅，或 6.35029318 公斤。柏福德说自己的体重是 12 英石，约合 76.2 公斤。

"又是磷光！"我说，"没必要急着赶路，坐下来，别客气。"他唠唠叨叨，诉说着失望的心情，我则开始对着石缝扔去更多的蘑菇。

"我还以为是日光。"他说。

"日光！"我叫道，"日出，日落，云彩，刮风的天空！我们还会看见这一切吗？"

在我说话的时候，眼前浮现一幅小画，描绘的是我们那个世界，它明亮、小巧、清澈，像某幅意大利古画的背景。"变幻的天空，变幻的大海，沐浴在阳光下的丘陵、绿树、村镇和城市。卡沃尔，想一想日落时潮湿的屋顶！想一想房屋朝西的窗户！"

他没有回答。

"我们在这个野兽出没的世界东藏西躲。下面是漆黑的大海，隐没在可怕的黑暗之中。外面是灼热的白昼和死一般寂静的黑夜。正在追赶我们的那些东西，裹着皮革的兽人——噩梦中才会出现的虫人！说到底，他们是对的！我们凭什么到这里来打砸他们，扰乱他们的世界？说不定整个月球都行动起来了，全力缉拿我们。我们很快就能听见他们一边喊叫，一边敲锣。我们怎么办？我们在这里倒是舒服，像从杰拉卡宠物店[1]逃跑的蛇住在索比顿[2]的一栋别墅里。"

"就怪你。"卡沃尔说。

---

1 查尔斯·杰拉卡（Charles Jamrach, 1815—1891），19世纪英国伦敦的商人，售卖野生动物、禽鸟和贝壳等。

2 索比顿（Surbiton），英格兰南部的一个城市，属萨里郡，位于伦敦西南十一英里的泰晤士河畔。

"怪我!"我叫道,"我的天!"

"我有办法!"

"让你的办法见鬼去!"

"如果我们坚决不走……"

"他们拿着刺棒你都不走?"

"对,他们会扛着我们走!"

"扛着我们过桥?"

"对,他们肯定是把我们从外面扛进去的。"

"我宁愿让一只苍蝇扛着我飞过天花板,我的天!"

我继续捣毁蘑菇,突然我看见一个东西,即使在当时那种情况下我都吃了一惊。

"卡沃尔,"我说,"这些镣铐是用金子做的!"

此时,他正双手托着面颊专心思考着。他慢慢转过头来,瞪着我,听我又说了一遍,转而瞪着自己右手中的那一副扭曲的镣铐。"是金子做的,"他说,"是金子做的。"然而,这股兴致在他的脸上转瞬即逝。他犹豫了片刻,转而又陷入刚刚被打断的沉思。我坐了一会儿,疑惑自己直到现在才发现镣铐是用金子做的,随后想到我们一直置身于蓝光下,蓝光使金属失去了原来的颜色。这个发现让我浮想联翩,忘了刚才还在质疑自己到月球来干什么,金子……

卡沃尔率先开口:"在我看来,我们有两条路可走。"

"嗯?"

"我们要么设法逃走，必要的话杀出去，前往月球的外层，然后寻找我们的球形罐，直到找到为止，否则到了夜晚，我们就会被冻死。要么——"

他顿了顿。

"怎么样？"我说，尽管我知道他会说些什么。

"我们也许可以再试试，争取与月球上的人达成某种谅解。"

"依我看——走第一条路。"

"我怀疑是否走得通。"

"我不怀疑。"

"听着，"卡沃尔说，"我认为不能仅凭我们的所见来判断月球人。他们的中心世界、他们的文明世界在更深的地下，在大海附近深邃的洞穴中。我们所在的地区是一个外层区域，一个游牧区。不管怎样，这是我的解读。我们看到的月球人也许只相当于牧工和机器看守。那些刺棒十有八九是用来驱赶月球兽的。他们挥动刺棒竟然指望我们顺从，这一切说明他们缺乏想象力，他们是无可争辩的野蛮人。但是，如果我们忍一忍……"

"如果从六英寸宽的跳板上跨过无底的深渊，我们俩谁也忍受不了多久。"

"对，"卡沃尔说，"但是——"

"我可忍受不了。"我说。

卡沃尔发现了新的可能性。"嗯，假定我们躲在某个角落，我们能抵御那些农夫和劳工。比方说，如果我们能坚持一周左右，那么有关我们的消息可能会传到下面，传到智慧更高的月球人那里，传到人口更稠密的地区——"

"如果确实有的话。"我说。

"肯定有，否则那些庞大的机器从何而来？"

"倒也有可能。但是比较两个机会，数这个机会最差了。"

"我们可以在洞壁上写字……"

"我们怎么知道他们会看到我们画的符号？"

"如果我们刻上去——"

"当然，也有可能看到。"

我突然有了个新思路。"不管怎样，"我说，"你不会认为这些月球人比人类聪明多少倍吧？"

"他们掌握的知识肯定多得多——或者说，至少掌握许多不同的知识。"

"对，但是——"我迟疑了，"卡沃尔，你得承认你是一个相当特别的人。"

"怎么个特别法？"

"嗯，你——你是一个相当孤独的人——就是说，你一直是这样。你没有结过婚。"

"从来没想过结婚。但那又如何？"

"你以前没有发过财？"

"从来也没想过发财。"

"你只是一直追求知识？"

"呃，有好奇心是很自然的……"

"你这样想就对了。你认为别人都有求知的欲望。我记得有一次，我问你为什么进行这些研究，你说你想成为皇家学会的会员，发明一种名为卡沃尔素的东西，以及诸如此类的东西。你很清楚，那其实并不是你研究的目的。我向你提问的时候，你吃了一惊，觉得应当有一个什么动机。其实，你之所以搞研究是因为你迫不得已，这是你的怪癖。"

"也许是——"

"一百万人当中难得有一个人有这种怪癖。大部分人追求——呃，各式各样的东西，极少数人为了知识而追求知识。我不是这样的人，我太清楚不过了。这些月球人似乎劲头十足，忙忙碌碌，但是即便月球人是最聪明的生物，你怎么知道他们会对我们或我们的世界感兴趣？我不相信他们知道我们有自己的世界。他们夜间从不外出——出来就会挨冻。除了灼热的太阳以外，他们很可能从来没有见过任何天体。他们怎么会知道有另外一个世界？即使知道，与他们又有什么关系？呃，即使看过几颗星星，或是新月形的地球，那又怎么样？为什么生活在一个月球内部的人不嫌麻烦，非要观察这种东西不可？要不是为了分清季节和指导航海，人类也不会观察天象。月球人为什么要观察天象？

"呃，假设这里有几个像你一样的哲学家。他们这些月球人刚好从来没有听说过我们的存在。假设你在利姆的时候，有个月球人落到地球上，你准是全世界最后一个听说他到来的人。你从来不看报纸！你这下明白机会有多渺茫了。呃，我们不能为了这样的机会而坐在这里，浪费宝贵的时间。我跟你说，我们已经陷入了困境。我们没有带武器来，我们丢了球形罐，我们没有食物，我们已经被月球人发现了，并被他们看作是奇怪、强壮而危险的动物。除非这些月球人是十足的傻瓜，否则他们现在就会行动起来，搜捕我们，直到找到我们为止。找到了我们，他们会设法抓住我们，抓不住就杀死我们。结局就是这样。如果他们抓住我们，出于某种误解，他们很可能会杀死我们。我们死了以后，他们也许会议论我们，但是我们从中得不到什么乐趣。"

"说下去。"

"另一方面，这里的金子就像我们那里的废铁一样，到处都是。要是我们弄一些回去，要是我们赶在他们之前找到球形罐，返回地球，那么……"

"怎么样？"

"我们会做更加充分的准备。带上枪炮，乘坐一个更大的球形罐回来。"

"天哪！"卡沃尔喊道，好像这事太可怕了。

我对着石缝扔去另一株发光的蘑菇。

"喂，卡沃尔，"我说，"反正这事我有一半的表决权，这事得由实干家来处理。我是实干家，你不是。除非不得已，否则我再也不会信任月球人，也不会相信什么几何图形。完了。回去。这一切要保密——至少保守大部分的秘密。然后再回来。"

卡沃尔想了想，说道："我真应该独自一个人来月球。"

"我们现在要商量的问题，"我说，"是如何返回球形罐。"

我们抱着双膝，一时陷入沉默。他随后似乎接受了我的想法。

"我想，"他说，"我们可以得到一些数据。显而易见，在太阳照射月球的这一面时，空气会从阴面透过月球的海绵状地质结构吹过来。这一面，无论如何，空气会不断扩张，从月球的洞穴流出，然后流进环形山……也就是说，这里通风。"

"确实通风。"

"通风意味着这里不是断头路，我们身后的石缝是往上延伸的。风往上吹，这就是我们要走的路。如果我们能够爬上去，不管是狭缝还是冲沟，我们不仅能够逃出他们正在搜捕我们的通道……"

"假如冲沟太狭窄呢？"

"我们再下来。"

"嘘!"我突然说，"那是什么？"

我们侧耳倾听，起初是模糊不清的低语，接着是当当的锣声。"他们肯定认为我们是月球兽，会害怕锣声。"我说。

"他们正从那条通道过来。"卡沃尔说。

"准是这样。"

"他们不会想到这个石缝，会径直走过去。"

我又听了一会儿。"这一次，"我低声说，"他们可能带了某种武器。"

我突然跳了起来。"我的天，卡沃尔！"我喊道，"他们肯定会看见！他们肯定会看见我扔下去的蘑菇，他们肯定会——"

　　我没有把话说完。我转过身，越过蘑菇，直往石缝的上方跳。我看到石缝的空间下小上大，上面又形成了一个通风的裂缝，再往上一团漆黑。我准备爬进黑暗之中，随后又退了回来，心里萌生一个令人欣喜的主意。

　　"你干什么？"卡沃尔问道。

　　"继续走！"我说，随即回去摘了两株发光的蘑菇，把一株塞进了我身穿的法兰绒上衣的胸兜，让它露出一点，好照亮我们爬行的路，把另一株递给了卡沃尔。月球人的喧哗声现在更响了，他们已经到了石缝的下面。也许他们不容易爬进来，也许他们迟疑不决，担心可能会遭到我们的抵抗。不管怎样，我们现在欣然获悉，由于我们出生于另一个星球，因而我们拥有巨大的体力优势。我立即跟随卡沃尔闪着蓝光的脚后跟，鼓足干劲，向上奋力攀登。

第十七章
月球屠宰工洞穴之战

我不知道我们攀爬了多远才来到栏杆前。也许我们只往上爬了几百英尺，不过我当时以为我们沿着一个垂直的通道向上爬了一英里多。一路上又是拉又是挤，又是跳又是钻。每当回忆起那个经历，我的脑子里就会响起黄金镣铐伴随我们的每一个动作而发出的沉重的叮当声。我的手关节和膝盖很快就磨破了皮，脸颊也有一道擦伤。过了一会儿，我们失去了最初的冲劲儿，动作变得更加从容，同时也少了一些痛苦。月球人追捕的嘈杂声完全消失了。虽然摔碎的蘑菇肯定堆在石缝的下面，他们看了就会知道是何人所为，但是他们一路追击，似乎没有追到石缝跟前。有时石缝变窄，我们几乎爬不上去；有时石缝变宽，我们进入宽敞的水晶洞，到处都是尖利扎手的晶体，以及密密麻麻的发光蘑菇。石缝有时呈螺旋状上升，有时倾斜下降，几乎接近水平。我们的身边不时响起水滴声和潺潺流水声。有一两次，似乎有小生物窸窣作响，从我们身边跑过，但我们始终没看清那是什么。也许是有剧毒的野兽，但是我们并没有受到伤害，而且我们现在心情激动，即便出现一个吓人的怪物也没有多大关系。最终，我们的上方又出现了熟悉的蓝光。一道栅栏拦住了我们的去路，蓝光透过栅栏照了进来。

我们轻声提醒对方当心，往上爬的时候越发谨慎。我们很快贴近栅栏的下方，我把脸贴在栏杆上，可以看见栅栏那头的一段洞穴。显然那是一个宽敞的空间，照明无疑来自一条溪流，里面流淌着同样的蓝色光源。我们见过那台轰鸣的机器流出过这种物质。断断续续的水珠不时地从我脸旁的栏杆之间滴落。

我第一步当然要弄清楚洞穴的底部可能有些什么，但是我们的栅栏搭在一个低洼地上，低洼地的边沿挡住了我们的视线。我们转而留意听到的各种声音。我很快就隐约看到洞顶有几个模糊的影子在跳动。

这地方无疑有几个月球人，也许为数还不少，因为我们可以听见他们交谈的声音，以及其他一些微弱的声响，估计是他们的脚步声。还有一种持续不断、节奏分明的声音——嚓，嚓，嚓——时有时无，像用刀或锹在砍某种软东西。接着传来像镣铐碰击的叮当声，还有口哨声，以及一辆卡车碾过中空的地面而发出的轰鸣声，然后嚓，嚓，嚓的声音又响了起来。那些影子和着节奏整齐的声音快速而有节奏地移动着，声音停了下来，影子也停止了移动。

我们把头凑在一起，开始悄声讨论这些事情。

"他们正忙着，"我说，"正忙着干什么。"

"是。"

"他们不是在找我们，也没有想到我们。"

"他们也许没听说过我们。"

"其他月球人正在下面搜捕我们，如果我们突然出现在这里——"

我们四目对视。

"也许就有谈判的机会了。"卡沃尔说。

"不行，"我说，"我们这样不能谈。"

我们一时静卧不动，各有各的心思。

嗤，嗤，嗤，砍伐声响起，影子晃来晃去。

我看着栅栏。"这玩意不结实，"我说，"我们可以折弯两根栏杆，然后爬过去。"

我们倒是因为含糊其词的讨论浪费了一些时间。我双手抓住一根栏杆，抬起双脚往上蹬住岩石，直到脚和头差不多保持水平，然后使劲拉扯栏杆。栏杆突然弯了，我的身子几乎滑倒。我翻过身，把相邻的一根栏杆朝相反的方向压弯，然后从口袋中掏出发光的蘑菇，扔向岩石的缝隙。

我扭着身子从扳开的缺口钻过去。卡沃尔小声对我说："做事别冒失。"我穿过栅栏，看见一些忙碌的身影。我赶紧弯下身，栅栏所在的低洼地的边沿正好挡住了他们的视线。我趴在地上，同时示意正准备爬过来的卡沃尔趴下。不一会儿我们并排趴在了低洼地上，从低洼地的边沿窥视洞穴及里面的月球人。

这个洞穴比第一眼看到时要大得多，我们当时是从斜坡最低处往上看的。距离我们所在的位置越往上洞穴越宽敞，加上洞顶下垂，根本看不清洞穴的那一头。洞里是数量众多的庞然大物，巨大的外壳颜色苍白，这些东西一字排开，一眼看不到头，乍一看像白色的大圆筒，不知道有什么用途。月球人正在上面忙碌。我随后注意到"圆筒"上面的脑袋对着我们，像屠宰店的羊头，没有眼睛，剥了皮，于是我明白这些是被宰杀的月球兽，正被切开，很像捕鲸船上一只捆牢的鲸鱼正被水手剖开。月球人正在割下条状的肉，远处的货箱露出白色的肋骨。嘶嘶声正是斧头砍肉时发出的声音。稍远的地方有个东西，像缆车，系着缆绳，装载大块松软的鲜肉，正在洞穴的坡道上行驶。巨大的货箱排成了长列，里面装满了充任食物的动物躯体。由此可知月球的人口规模有多大，这感觉仅次于我们第一次向下瞥见竖井所产生的感觉。

我起初以为月球人肯定是站在装了支架的板上[1]，接着却发现板子、支架和斧头其实和镣铐一样，没有被白光照射时呈现铅的颜色。地上放着一些很粗的撬棍，显然是用来翻动死兽的。撬棍长约六英尺，铸有手柄，看上去可以充当武器。整个地方的照

---

1 我不记得在月球上见过任何木质品；门、桌子，一切相当于我们地球上的细木质品都是用金属做的，我相信大多是用金子做的，因为金子并不亚于其他金属，且易于制作成品，因而成为首选材料。——原注

明靠三条横穿的蓝色溪流。

我们趴了很久，默默地注视这一切。

"怎么样？"卡沃尔终于说话了。

我缩下身子，转向他，想出了一个绝妙的主意。"除非他们用吊车把月球兽的尸体放下来，"我说，"否则我们离月球的地面肯定比我想得近。"

"为什么？"

"月球兽不会跳，也没有翅膀飞。"

他又从低洼处的边沿向外窥视。"我现在怀疑——"卡沃尔开口说道，"我们反正从来没有远离月球的表面——"

我一把抓住他的胳膊，制止他说话。我听见从我们下面的石缝中传来一个声音！

我们蜷缩身子，一声不响地趴着，各种感官保持警惕。过了一会儿，我毫不怀疑有个东西正在从石缝悄悄往上爬。我悄无声息，慢慢抓紧我的镣铐，等待那个东西的出现。

"你再看一眼那些拿斧子的家伙。"我说。

"他们正在照常工作。"卡沃尔说。

我把栅栏的缝隙作为临时目标。我现在听得非常真切：攀岩月球人的窃窃私语，他们手扒岩石的响声和他们往上攀登时蹭掉的尘土落地的声音。

我随后看见栅栏底下隐约有什么东西在暗处移动，但是我分辨不清是什么。生死存亡决定于这一刻——砸！我一跃而起，对着向我扑来的东西猛然砸去。一下砸中一杆长矛的尖头。自此以后我一直认为，准是石缝太窄，长矛的作用没有发挥出来，所以才没有刺中我。不管怎样，长矛像毒蛇的舌头一样从栅栏的间隙中刺出，没有刺中我，快速抽回，接着又是一刺。长矛第二次刺出时，我一把将它抓住，用劲一拉拽了过来。在我拽过长矛前，另一根长矛向我掷来，不过没有刺中我。

我感到月球人抓住长矛不放，但是终究抵挡不住我的拉扯，片刻之间便松了手。我发出胜利的欢呼，接着挥动长矛，透过栅栏之间的空隙刺去，黑暗中响起阵阵尖叫。卡沃尔折断了另一支长矛，在我身边手舞足蹈，胡乱刺来刺去。栅栏下面传来叮当叮当的声音，接着一把斧头从空中飞来，砸中了远处的岩石。这一下提醒了我，那些剔骨割肉的家伙就在上面的洞穴里。

我掉过头，他们挥动斧头，从四下逼近我们。他们是矮小粗壮的叫花子，长胳膊，与我们以前看见的月球人截然不同。如果他们以前没有听说过我们，那么他们准是立即认清了现在的形势。我手握长矛，瞪了他们好一会儿。

"守住栅栏，卡沃尔。"我喊道，同时大呼小叫地威胁他们，朝他们直冲过去。两个月球人挥动斧头，没有砍中，其余月球人竟然逃之夭夭。那两个月球人也紧握双手，低头朝着洞穴的另一头拼命跑去。我从没见过有这种奔跑方式！

手中的长矛对我来说没有用，它太细了，又不结实，刺一下倒是有威力，但由于太长，刺出去一时收不回来。我没有对月球人穷追不舍，追到第一具月球兽尸体处，我停了下来，拾起地上的一根撬棍。撬棍的分量不轻，挺合我的心意。有了它，不管来了多少月球人，我都照样把他们打得稀巴烂。我扔掉长矛，另一只手拾起另一根撬棍。我觉得比拿着长矛增加了五倍的力量。我对着站在洞穴另一头的一小群月球人，气势汹汹，挥舞这两根撬棍，随后转身看着卡沃尔。

他在栅栏的两边跳来跳去，挥动手中的断矛乱戳一气，样子倒挺吓人。这就挺管用，这样能把月球人挡在下面——他们至少暂时上不来。我又抬头打量洞穴，现在究竟该怎么办？

在某种程度上，我们已经陷入了绝境。洞穴另一头的屠宰工们受了惊吓，很可能害怕了，而且他们没有专门的武器，只有那些小斧头。那是我们的逃生之路。他们身材矮小结实，比放牧月球兽的月球人矮得多，壮得多。他们分散站在斜坡各处，显然迟疑不决。我像街上横行乱闯的疯牛，在气势上占了上风。尽管这样，他们的数量似乎很多。很可能是这样。石缝下的月球人肯定拿着可怕的长矛。他们也许还准备了其他袭击手段对付我们……可是，去他的！如果我们向洞穴的另一头发起进攻，石缝下的月球人肯定会冲上来，跟在我们后面追击；可如果我们不那样做，洞穴另一头的小畜生们很可能会招来援兵。天才晓得我们脚下的这个未知世界——这是一个更大的世界，我们仅仅与其外层有所接触——会不会立即拿出威力无比的武器——大炮、炸弹、地雷——消灭我们。唯一的出路是进攻，这是明显的道理！更多的月球人从洞穴里朝我们跑下来，这是更明显的道理。

"柏德福！"卡沃尔大喊。

我转身一看，他已经介于我和栏杆之间。

"回去！"我喊道，"你在干什么……"

"他们有——像一杆枪！"

一个出奇瘦弱的月球人在栅栏处苦苦挣扎，从那些防御的长矛之间露出他的脑袋和肩膀。他抱着一套复杂的器械。

我这才明白卡沃尔无心恋战的原因。我迟疑了一下，然后拎着撬棍从他旁边冲了过去，同时高声叫喊，以便扰乱月球人的瞄准。他正把那东西顶在肚子上瞄准，样子太古怪了。"嗖！"那东西不是枪，更像弓弩，在我跳跃时打中了我。

我没有倒下，只是落地的距离稍微近了一些。如果没被射中，不会跳这么近。根据我肩膀的感觉，那东西可能擦身飞走了。接着我的左手碰到了矛杆，我这才察觉到一根长矛已经有一半扎进了我的肩膀。我随即挥动右手的撬棍，正好打中了那个月球人。他瘫倒在地——他被打瘪了，被打碎了——他的脑袋像鸡蛋一样被打碎了。

我扔下一根撬棍，从肩头拔出长矛，开始对着栅栏下面的暗处刺去。每刺一下，就能听见一阵尖叫声和喊喳声。我最终使出全身的力气，把长矛向下朝他们掷去，一跃而起，再次拾起撬棍，朝着洞穴另一头的一群月球人奔去。

"柏德福！"卡沃尔喊道，"柏德福！"我从他的身旁跑过去。

我似乎记得他的脚步声跟在我的后面。

迈步，跳跃……啪嗒，迈步，跳跃……每跳一下似乎都持续长久的时间。随着每一次的跳跃，洞穴越来越开阔，月球人的数量越来越多。起初他们好像在到处跑，就像蚁冢受到惊扰的蚂蚁。一两个月球人挥动斧子向我迎战，更多的月球人则跑开了，有些月球人跑进一旁布满月球兽尸体的通道，另有一些月球人很快拿着长矛跑出来，接着又来了一拨月球人。

我看见了一个极其古怪的画面：这些月球人手脚并用地奔跑着，寻找藏身之处。越往上洞穴越黑。

噗！什么东西从我头上飞过。噗！我跨步跃入空中，看见一支长矛刺中我左边的一具月球兽尸体，扎在上面颤动不已。我落地时，又有一只长矛插在我前面的地上。我听见远处的噗噗声！长矛掷了出来。噗，噗！一时长矛如雨，他们在一齐投掷！

我当时的思路十分混乱，似乎记得脑海中闪过一句老话："射击区域，赶紧躲避！"我猛地冲到两具月球兽的尸体之间，站在那里喘着粗气，心情十分沉重。

我四下搜寻卡沃尔，一时间他似乎已经从世上消失了。随后他从一排月球兽的尸体和洞穴石壁之间的暗处走出来，我看见他的小脸乌中透青，由于出汗和激动而闪着亮光。

他口中念念有词，不过我没留意他说些什么。我已经意识到，我们可以借助一具具月球兽尸体的掩护朝洞穴的另一头前进，直到我们靠到跟前，一阵冲锋。只有冲锋，没有别的出路。"来吧！"

说罢，我带头开路。

"柏德福！"他徒然喊道。

在我们穿行在兽尸和洞壁之间狭窄的通道时，我的脑子忙着想这想那。由于岩石弯曲的方向毫无规律，因而他们不能直接击中我们。尽管狭窄的空间不能跳跃，但是凭借我们地球人天生的力量，我们走路仍然比月球人快得多。我估计我们很快就能赶到他们的中间。一旦追上他们，他们就会像黑甲虫一样不堪一击。只是先要面对他们一齐投掷长矛！我心生一计，一边跑一边脱掉我的法兰绒上衣。

"柏德福！"卡沃尔喘着粗气，跟在我的后面。

我回头看了一眼。"什么事？"我问。

他指着月球兽尸体的上方。"白光！"他说，"又是白光！"

我放眼观看，确实如此，远处的洞顶露出一丝淡白的暮色。我似乎因此而力量倍增。

"跟紧点。"我说。一个扁长的月球人从暗处冲出来，尖叫着逃走了。我停下来，伸手拦住卡沃尔。我把上衣挂在撬棍上，弯腰走到附近的一具兽尸旁，放下上衣和撬棍，起身露了一下脸，然后赶紧往回跑。

"嗖——噗"，有一支短箭射来。我们已经靠近了月球人。他们一大群站在一起，高矮胖瘦都有，正在调集一个射击小组瞄准洞穴的这一头。射来第一支短箭以后，又有三四支短箭射来，随后他们停止了射击。

我探出头，差点被射中。这一次我招来了十几支短箭，也许更多。我同时听见月球人的尖叫声和喊喳声，好像他们射击时情绪激动。我又拾起上衣和撬棍。

　　"嗨！"说罢，我把上衣伸出去。

　　"嗖嗖嗖嗖嗖！"我的上衣立时扎了厚厚的一层短箭，我们身后的兽尸也布满了短箭，箭杆摇晃不已。我立刻从上衣下抽出撬棍，丢下上衣——就我所知，这件上衣如今或许依然躺在月球上——冲向他们。

　　我大开杀戒，为时大约一分钟。我气势汹汹，完全不分青红皂白。月球人可能也吓坏了，毫无招架之力。不管怎样，他们没有与我展开对杀。如俗话所说，我杀红了眼。记得我一路闯过那些皮厚体瘦的家伙，像穿行于深草之中。我左劈右砍，手起棍落。滴滴湿润的液体四下飞溅。

　　一路都是被砸烂的东西，我踩在上面，脚步蹒跚。那群月球人像水一样，忽而分散，忽而聚拢，忽而溜走。他们看来没有通盘的计划。长矛在我周围乱飞，一根长矛擦着我的耳朵飞过。我的胳膊给扎了一下，脸颊也挨了一下，这些都是事后才发觉的，那时血已经淌了一会儿，冷却下来，有湿漉漉的感觉。

　　我不知道卡沃尔做了些什么。有一段时间，这场战斗好像持续了很久，感觉必须要一直打下去。突然之间，一切都结束了，什么都看不见了，只能看见月球人四下逃走，他们的后脑勺上下颠晃……

我似乎没有受伤。我一边喊叫，一边向前跑了几步，然后回过头来，大吃一惊。我疾步如飞，跑过了月球人。他们全都落在后面，东躲西藏。

　　我亲自参加的大战戛然而止，我对此深感惊诧，同时异常兴奋。我似乎并不认为月球人出乎意料的脆弱，倒是觉得自己出乎意料的强壮。我傻笑不已。这奇怪的月球！

　　那些被打烂和扭动的躯体散落在洞穴各处。我看了一会儿，隐约想到还会有恶战，于是匆忙去找卡沃尔。

第十八章
在阳光下

我们很快就发现眼前的洞穴通往一个朦胧的空间。过了一会儿，我们先是走上一个斜坡长廊，随后进入一个空旷的圆形空间。一个巨大的圆柱形竖井直上直下。斜坡长廊围着竖井修建，有一圈半长，既没有护墙也没有栏杆，长廊的上端再次伸入岩石。不管怎样，这使我想起了圣哥达隧道[1]的一处螺旋弯道。这长廊太大了，我没有办法向你们描述这地方有多么宏大，简直宏大无比。顺着竖井内壁宽敞的斜坡，我们朝上张望，头顶上方的远处有一个圆形的洞口，挂着暗淡的星星，炽白的阳光晃得半个洞口的轮廓都看不清楚。我们异口同声地喊了起来。

"来吧！"我说，随即走在前头。

---

1 圣哥达隧道是连接瑞士的卢塞恩和意大利的米兰的铁路线，1872年动工，1882年贯通，全长约十五公里，是当时世界上最长的隧道。

"去那里吗？"卡沃尔问道。他极其小心，迈步走到距离长廊的边沿更近的地方。我学着他的样子走过，伸长脖子往下看。可是我被洞口上方的亮光照花了眼，只能看见深不见底的黑暗处有一些幽暗不明的飘浮物，呈猩红和深紫色。我虽然看不见，但是听得见。黑暗处传来一种声音，也许来自脚下大约四英尺的地方，像愤怒的蜜蜂嗡嗡作响，耳朵贴在蜂箱的外面就能听见这种声音……

我听了一会儿，然后握紧手中的撬棍，带头沿着长廊往上走。

"这肯定就是我们往下看到的竖井，"卡沃尔说，"上面盖着盖子。"

"下面就是我们看到亮光的地方。"

"亮光！"他说，"对——我们再也看不到那个世界的亮光了。"

"我们会回来的。"我说。因为我们已经克服了重重磨难，所以我有些盲目自信，认为我们一定能找到球形罐。

他的回答我没有听清。

"嗯？"我问。

"没什么。"他回答。我们默不作声，匆忙赶路。

我估计这条倾斜的长廊，算上弯曲的部分，长四五英里。这样的坡度在地球上几乎无法攀登，但是在月球上却能轻易爬上去。在逃亡的这段时间，我们只看到过两个月球人，他们一发现我们就逃走了。他们显然听说过我们如何强壮和凶残。出人意料的是，往外走时一路平淡无奇。螺旋长廊拉直了，变成了陡峭的向上隧道，到处都是月球兽的足迹。与其宏大的穹顶相比，隧道显得太直太短，没有一块地方笼罩在绝对的黑暗中。隧道几乎立即亮堂起来，接着，远处的上方闪着刺眼的光芒，通向外面的洞口尽在眼前，陡峭的山坡长满了刺刀状灌木。灌木虽然高大挺拔，现在却倒伏枯死，在阳光的衬托下显出尖峭的轮廓。

真是奇怪，我们两个人不久之前还认为这些植物那么怪异可怕，现在见了却动了感情，像回家的游子见到了故土。我们甚至对稀薄的空气有了好感，尽管我们在跑步时上气不接下气，说话不像以前那样容易，非要扯着嗓子说话才能让对方听见。前方沐浴在阳光下的地域越来越大，身后的隧道则隐没在辨别不明的黑暗之中。我们看见枯死的刺刀灌木再也没有一点绿色，而是变得枯黄浓密，抬头才能看到的灌木枝在起伏不平的岩石堆上投下纵横交错的阴影。隧道的出口处是一块踩踏平整的开阔地，这是月球兽出没的地方。

我们终于走出隧道，来到这块空地上，袭来的阳光和热浪让我们喘不过气来。我们忍着疼痛走过开阔地，登上残留灌木茎秆的斜坡，最后来到一处高地，坐在一堆熔岩的阴影下喘着粗气。即使是躲在岩石的阴影下，仍然感觉热。

空气太热了，我们感到身体很不舒服，但是仅此而已，我们已经彻底摆脱了噩梦。我们似乎又回到自己的领土，坐在星光下。我们逃出了昏暗的通道和石缝，所有的恐惧和压力已经荡然无存。经历了最后那场战斗，我们充满了无比的自信，不再惧怕月球人了。回头看着我们刚从里面逃出的黑色洞口，我们真是感到难以置信。在洞穴里面，照明的光亮是蓝光，而这蓝光在我们的记忆中差不多就是绝对的黑暗。我们在里面遭遇到似人非人的东西，那些戴着头盔的生物。我们提心吊胆，在他们面前行走，听从他们的摆布，直到我们忍无可忍。看，他们像蜡一样被打得粉碎，像谷壳一样四下飞散，像梦中的鬼怪精灵一样跑得无影无踪！

我揉揉眼睛，怀疑我们是不是吃了蘑菇后昏昏入睡，梦到了这些东西。突然间，我发现我的脸上有血，接着又发现我的衬衣粘在我的肩膀和胳膊上。我疼得厉害。

"真该死！"我说，同时用手抚着伤处。远处的隧道口似乎变成了一只观望的眼睛。

"卡沃尔！"我说，"他们现在怎么办？我们怎么办？"

他摇摇头，眼睛瞪着隧道："谁知道他们会干什么？"

"这要看他们对我们是什么看法，我们猜不出他们的想法。另外还要看他们还有什么招数没有使出来。如你所说，卡沃尔，我们接触的只是这个世界的外层。他们的内部也许什么都有。光是拿出那些射击装置对付我们，我们也许就够呛了……"

"不管怎样，"我说，"即使一时找不到球形罐，我们还有机会。我们可以坚持下去，甚至坚持一个晚上。我们可以再下去一次，打一仗。"

我瞪大眼睛，留心观察四周。灌木的快速生长和枯萎彻底改变了景物的特点。我们坐在高高的山顶上，环形山的地貌尽收眼底。时值月球暮秋的下午，眼前是一片凋零枯萎的景象。漫长的坡地和田野绵延不绝，被月球兽踩踏之后，植被已经变得棕黄。在灿烂的阳光下，远处的一群月球兽就像在山坡放养的羊群，它们散落四下，安安静静地晒着太阳，每一头月球兽都拖着影子。一个月球人都看不到。我猜不出究竟是他们在我们走出隧道时逃走了，还是他们把月球兽赶出来就回去了。我当时相信是前一种情况。

"如果我们一把火把这些都给烧了，"我说，"我们也许能在灰烬中找到球形罐。"

卡沃尔似乎没有听见我的话，他手搭凉棚遥望星星。尽管阳光刺眼，但是仍能看清很多星星。

"你看我们到这里有多久了？"他终于问道。

"到哪里？"

"到月球上。"

"也许相当于地球上的两天。"

"多半是将近十天了。你知道，太阳已经过了顶点，正在向西沉落。再过四天或不到四天，黑夜就会降临。"

"可是——我们只吃了一次东西！"

"我知道。但是——看看天上的星星！"

"为什么时间会不同？因为我们在一个较小的星球上？"

"我不知道。反正就是这样！"

"那怎么判断时间呢？"

"饥饿——疲劳——所有这些都不一样。一切都不一样——

所有的一切。在我看来，自从我们离开球形罐以来，似乎最多只过了几个钟头——几个漫长的钟头。"

"十天，"我说，"那就剩下——"我抬头看了一会儿太阳，发现太阳介于天顶和西边天际的中途。

"四天!……卡沃尔，我们不应该坐在这里空想。你认为我们应该先做什么？"

我站起来，继续说道："我们必须确定一个我们能够分辨的固定标识。我们可以竖起一面旗子，或者挂上一条手绢，或者别的什么，然后划分区域，依次寻找。"

卡沃尔站在我的旁边。

"是，"他说，"除了寻找球形罐，没有别的办法，只能如此。我们会找到的，肯定会找到的。要是找不到——"

"我们必须继续找。"

卡沃尔这里看看，那里瞧瞧，朝上望望天，朝下瞅瞅隧道，突然不耐烦地一挥手，让我吃了一惊。"噢!我们做事太蠢了!落到这个地步!想一想，不该是这样，我们不该这样!"

"也许我们还能做点什么。"

"那绝不是我们本该做的事。我们的脚下是一个世界，想想那应该是怎样一个世界!想想我们看到的机器、井盖和竖井!他们只是外层的生物，我们看到并与之战斗的生物只不过是无知的家夫、外层的居民、土鳖和苦工。再往下，洞穴下面的洞穴、隧道、建筑、道路……往下走，肯定会向我们开放，里面更宏大，

157

更开阔，人口更多。肯定是这样。最终会到达环绕月球核心的中心海。想想在微弱的亮光下漆黑的海水——如果他们的眼睛确实需要光线！想想瀑布般的支流从沟渠流入大海！想想海上的波涛，以及潮起潮落时的急流和旋涡！也许会有船在海上航行，也许下面有超大的城市、拥挤的道路，以及超出人类想象的智慧和秩序。而我们可能会死在这里，永远见不到真正的主人——统治这一切的主人！我们也许会冻死在这里，空气会在我们身上冻结和融化，然后——！然后他们会撞见我们，撞见我们僵硬无声的尸体，发现我们找不到的球形罐，最后才明白了我们全部的想法和努力在此终结，可是已经为时太晚了！"

卡沃尔说出这番话时，声音像从电话里传出，细弱而遥远。

"但是那种黑暗……"我说。

"也许可以克服。"

"怎么克服？"

"我不知道，我怎么会知道？可以带上火把，可以带上灯——其他的——也许会慢慢知晓。"

他站在那里，眺望那片向他发起挑战的荒漠，双手下垂，一脸忧伤。过了一会儿，他颓然挥了一下手，转身对着我，提出了寻找球形罐的具体方案。

"我们还会回来的。"我说。

他四下看了看，说："首先我们必须返回地球。"

"我们可以带来应急灯、登山鞋和上百件的必需品。"

"对。"他说。

"我们可以带回金子，这是成功的凭证。"

他看了一眼我的金撬棍，一时没有说话。他背手站着，眺望环形山的尽头，最后叹了口气，说道："是我找到上这里来的方法，但是找到一种方法不见得你就能永远控制它。如果我把秘密带回地球，将会发生什么？我不知道怎么才能使我的秘密保守一年，说不定一年都保守不了。迟早会泄露出去，甚至会有别人再研究出来。然后……各国政府和各个强国会争先恐后过来，相互打仗，与月球人开战。只会扩大战争，导致战乱不断。如果我说出秘密，用不了多久，这个星球，甚至最深的坑道，都将布满人类的尸体。虽然别的事情可以怀疑，但是这一点是肯定的。人类根本不需要月球。月球对人类有什么用处？甚至是自己的星球，他们不是也把它变成了战场，干了不计其数的蠢事吗？尽管人的世界如此渺小，人的生命如此短促，可是人活一世，力不从心的事情仍然太多。不！长期以来，科学历尽艰辛制造的武器竟然让蠢人使用。科学应该慎之又慎。让人类自己重新探索——哪怕需要一千年。"

"有办法保守秘密。"我说。

他抬头冲我微微一笑。"总之，"他说，"何必担心那些事呢？我们找到球形罐的机会微乎其微，也不知道下面正在酝酿什么举措。正是人类只要一息尚存就永不放弃希望的秉性才使我们想到要回去。我们的麻烦才刚刚开始。我们对月球人动了武力，让他们知道了我们的本领，我们如同一只逃出笼子的老虎在海德公园咬死了人。有关我们的消息肯定会一层层往下传，直到传至中心区域……看到我们的所作所为后，任何理智的生物都不会让我们乘球形罐返回地球。"

"坐在这里，"我说，"我们也改善不了自己的处境。"

我们并排站起来。

"不管怎样，"他说，"我们必须分开。我们必须在高大的枝头挂上一块白手绢，系牢，以此为中心，搜索环形山的周边。你必须往西走，朝着日落的方向走两个半圆。你往前走时，你的影子必须先在你的右边，直到你的影子与手绢的方向呈直角；然后再走时，你的影子要在你的左边。我向东，也这样走。我们要搜索每一个沟渠，检查每一堆岩石，尽全力找到球形罐。如果看见了月球人，我们尽量躲开他们。渴了我们就吃雪，如果想吃东西，想办法宰杀一只月球兽，吃月球兽的肉——生吃，我们各走各的路。"

"谁要是先找到球形罐呢？"

"那就必须回到白手绢这里，站在旁边，向另外一个人发信号。"

"如果谁都找不到呢？"

卡沃尔仰望太阳，说："我们继续搜寻，直到黑夜和寒冷向我们袭来。"

"如果月球人找到了球形罐并把它藏起来了呢？"

他耸了耸肩。

"如果他们立即追捕我们呢？"

他没有回答。

"你最好带上一根撬棍。"我说。

他摇摇头，目光从我身上移开，转而遥望荒漠。

他没有立刻动弹，而是腼腆地看着我，迟疑了一下。

"再会。"他说。

我心中涌现出一丝怪异的情绪。我想起我们曾经互相怄气，特别是我惹恼他的情形。

"真该死，"我想，"我们本该可以做得更好！"

我正要跟他握手——不知怎的，我当时就是想跟他握手——他已经并起了双脚，朝北面跳去。他像一片枯叶在空中飘荡，轻轻落下，然后又跳了起来。我站在那里看着他，过了一会儿才打起精神，不情愿地转向西边，感觉有点像一个即将跳进冰水的人，选择一个起跳点，向前跃起，探索我那一半荒凉的月球世界。我笨手笨脚，落在一堆岩石中，直起身子打量一下四周，爬上一块石板，又跳了起来……

随后不久，当我张望卡沃尔时，他已经没有了踪影，但是那块手绢仍然无所畏惧，在那块高地上飘扬，在耀眼的阳光下显得那么白净。

我下定决心，不管怎样，都不能让那块手绢消失在我的视线之内。

第十九章
孤单的柏德福先生

没过多久，就觉得我在月球上始终是独自一人。我专心找了一段时间，但是天气仍然很热，加上空气稀薄，我感到胸口发闷。我很快进入一个空旷的洼地，周边是高大、棕黄、干枯的羊齿植物，于是我坐在下面休息纳凉，打算休息一会儿。我把撬棍放在身边，托着下巴坐着休息。我以平常心打量着洼地的岩石。由于干裂的地衣已经萎缩，岩石裸露在外，上面布满了金矿的脉络和纹络，随处可见圆形和褶皱状的金疙瘩露出枯枝烂叶。现在金子又有什么用？我身心疲惫，一时间不相信我们会在这浩瀚而干燥的荒漠中找到球形罐。要是月球人不来，我似乎都没有再做努力的动力。随后，我觉得应当振作起来，听从那并不合理的命令：无论何时何地，人都要有求生的愿望，哪怕不久以后会面临更加痛苦的死亡。

我们为什么来到月球？

对我来说，这是个令人费解的问题。究竟是什么精神促使一个人舍弃幸福和安全，历尽艰辛，置自己于危险之中，甚至明知生命可能不保仍然铤而走险？在月球上我才明白早就应该明白的道理，人生来不能仅仅贪图平安、舒适、吃得好、玩得好。如果你不是用言语，而是以机遇的形式谈论这道理，几乎所有人都会表示他完全明白。如果他的利益和幸福受损，他总是会一时冲动做出毫无理性的事情。某种力量迫使他为之，而不是他强迫自己为之。为什么？为什么？坐在月球上一堆无用的金子上，置身于另一个世界，我回顾自己的全部生活。假定我在月球上孤寂而死，我完全不明白我活着有什么目标。这一点我毫无头绪，不管怎样，我现在比以前清楚多了，我以前活着没有自己的人生目标，说实话，我整个人生都没有任何目标。我为谁而活，为什么而活，有什么目标？我不再推测我们为什么到月球来，而是拓宽了思路。我为什么到地球上来？我为什么而活？……在毫无头绪的推测中，我终于变得茫然了……

我的思绪变得模糊，再没有明确的方向。我没有觉得劳累和疲倦——我想象不出一个人在月球上竟会这样——不过我想我是太累了。总之，我睡着了。

睡眠使我得到了充分的休息，而在我睡着期间，太阳正在西沉，阳光的热度正在减弱。我最终被远处的嘈杂声惊醒，感到又有了力气。我揉揉眼睛，伸伸胳膊，站了起来，身上有些僵硬。

我立即准备继续搜索，扛上金撬棍，左右两肩各扛一根，走出了岩石富含金矿的峡谷。

太阳明显比刚才低了很多，空气凉爽了许多。想必我睡了相当长一段时间。我仿佛看到一抹淡淡的蓝色笼罩在西边的悬崖四周。我跳到一小块岩瘤上，开始观察环形山。我看不到月球兽或月球人的踪迹，也看不到卡沃尔，只看到我的手绢在远处的荆棘上迎风招展。我环视一周，然后向前跳去，落到下一个合适的观察点上。

我沿着一个半圆形的路线搜索，然后折返回头，沿着另一个仍然遥远的新月形路线搜索。我感到太累了，感觉没有一点希望。空气的确更加凉爽了，我看到西边悬崖的阴影似乎越来越宽了。我不时停下来仔细观察，但是没有卡沃尔的踪影，也没有月球人的踪影。月球兽似乎又被赶进了月球的内部——我一只也没有看见。我越来越想见到卡沃尔。太阳的日晕已经下沉，直到太阳与地平线的距离几乎小于太阳的直径。一想到月球人不久要关闭封盖和阀门，我们会被关在外面，饱受月球夜晚的无情打击，我心里不由得一阵发慌。在我看来，卡沃尔应该放弃搜索，赶快和我一起商量对策。我感觉情况紧急，我们应该共同决定行动的方案。我们没有找到球形罐，我们再也没有时间找了，那些阀门一旦关上，我们就会被关在外面，那样就走投无路了。太空的长夜会降临到我们身上——无边无际的黑暗意味着绝对的死亡。一想到黑夜即将到来，我不禁浑身发抖。我们必须再次进入月球的内部，尽管我们这样做可能会被杀死。我们冻死的情景以及用尽最后一点力气捶打深井大门的情景在我的脑海中挥之不去。

我不再去想球形罐了，一心只想找到卡沃尔。与其费力找他而耽误时间，我更愿意独自一人返回月球的内部。我转身朝手绢走去，已经走了一半的路程，突然间——

我看见了球形罐！

与其说我找到了它，倒不如说它找到了我——它所在的位置比我搜索的路线更靠西。落日的斜阳经过玻璃的折射，突然宣示了它的所在，原来它笼罩在耀眼的光芒之中。一开始我还以为这是月球人用来对付我们的新玩意，随即才恍然大悟。我高举双臂，鬼叫一声，大步跳向球形罐。我有一步跳偏了，结果掉进一个深谷，扭伤了脚脖子，此后每一跳，我几乎都趔趄一下。我处于一种歇斯底里的激动状态，浑身抖得厉害，没等走到球形罐跟前，我就喘不过气了。我至少停了三次，不得不用手撑着腰。尽管空气稀薄干燥，但是我满脸都是汗水。抵达球形罐的跟前，我除了它什么都不想，甚至忘了找不到卡沃尔的苦恼。最后一跳，我的双手狠狠抓住球形罐的玻璃，然后靠在上面喘着粗气，有气无力地呼喊："卡沃尔，球形罐在这里！" 等我稍微缓过劲儿来，透过厚厚的玻璃往里窥视，发现里面似乎一片狼藉。我弯腰靠近窥视，随后想钻进去。我不得不抬高一点玻璃，好让我的脑袋钻进人孔。制动阀的旋钮在球形罐的内部，我现在看到里面的东西没有被动过，什么也没有损坏。球形罐降落在雪地里，我们离开后，它就一直躺在这里。我花了一段时间,集中精力反复清点了里面的东西。我发现自己哆嗦得厉害。再次见到球形罐阴暗的内部,我真是太高兴了,说不出有多高兴。我立即爬了进去,坐在一堆东西中间,透过玻璃打量月球的世界,不禁打了一个冷战。我把金撬棍放在桌子上,找来一些食物吃。倒不是因为我很想吃,而是因为里面有吃的。我随后想到应该赶紧出去,给卡沃尔传递一个信号。但是我没有立即出去给卡沃尔发信号。有个东西使我留在球形罐里。

不管怎样,一切都走上了正轨。我们仍然有时间弄到更多的黄金,多得能让一个人主宰全人类。离这里不远的地方,黄金俯拾即是。即使球形罐装上一半黄金,旅行时跟空载也没有两样。我们可以现在回去,成为我们自己和我们那个世界的主人,然后——

我终于振作起来,费力地爬出了球形罐。我一爬出去就浑身发抖,因为晚上的气温变得很低。我站在一处洼地上,四下打量,仔仔细细观察了四周的灌木,然后跳向附近的那个岩石平台,再次重复我在月球上最初的一跳。不过,我现在跳起来一点也不费劲了。

虽然植物长得快,凋谢也快,岩石的整个面貌都改变了,但是我仍能认出种子曾在上面发芽的斜坡,以及我们第一次站在上面观看环形山的那堆乱石。斜坡上尖尖的灌木现在枯黄了,它们高有三十英尺,拖着长长的影子,一眼望不到头。细小的种子颜色棕黄，已经成熟了，挂在顶端的枝头上。灌木干枯而憔悴，已经完成了使命，一旦黑夜降临，就会在冰冷的空气中倒下。我们亲眼看过巨大的仙人掌迅速膨胀，它们早已爆裂，把孢子播撒在月球的四面八方。这是人类登月处，宇宙中多么神奇的一角！

我当时想，有一天我要在这块洼地的正中立碑题词。我突然想到，要是众生芸芸的月球世界能理解这一时刻的全部意义，那么它会变得多么动荡！

至今为止，这个世界几乎没有想过我们的来临意味着什么。如果真的想过，那么追捕的喧闹声会响彻整个环形山，相反这里一片寂静！我四处张望，想找一个可以向卡沃尔传递信号的地方，正好看到那块岩石平台，在阳光的照耀下仍然寸草不生，卡沃尔曾经从我目前的立脚点跳上去。我一时犹豫要不要远离球形罐，随即对自己的犹豫感到一阵羞愧，于是我往前一跳……

我从这个制高点上再一次俯瞰整个环形山。我的身子投下硕大的影子，影子的顶端是在灌木的枝头飘扬的白色小手绢。白手绢太小，距离太远了，卡沃尔却没有踪影。在我看来，他这时候应该在找我。我们事先有约，但是看不到他的影子。

我站在那里等待，手搭凉棚四处观望，希望随时认出他来。我在那站了很久。我试图呼喊，但随即想到空气稀薄。我迟疑不决地朝着球形罐的方向后退一步。我对月球人心存惧怕，不敢拿出我们睡觉用的毛毯挂在附近的灌木上，以标明我的所在地。我再次搜索环形山。

空旷的环形山使我周身发冷，它是这么寂静！月球人在那个地下世界传出的声音都消失了。死一般的寂静。除了周围的灌木在微风中轻轻抖动以外，这里没有一点声音，甚至连一点迹象都没有。微风吹来阵阵寒意。

该死的卡沃尔！

我深吸一口气，用手围在嘴边，喊道："卡沃尔！"

我大声叫喊，听上去像一个侏儒在远处呼唤。

我看了看那块手绢，又看了看我的身后。西边悬崖的阴影越来越宽。我手搭凉棚仰望太阳，可以看得出来，太阳正从天空缓缓下沉。

如果要救卡沃尔，我必须马上行动。我扯下马甲，把它扔到身后干枯的刺刀灌木上，做个记号，然后朝着手绢直奔而去。也许有一两英里——只是连跳带跨两三百下的问题。我曾经说过，在月球上起跳像悬在空中一样。每当悬在空中时，我就张望卡沃尔，实在奇怪他为什么要躲起来。每跳一次，我都感到太阳在我身后下沉。每次落到地面时，我都忍不住想掉头回去。

最后一跳，我就到了手绢下面的洼地。再一大步，我就站在我们原先站立的制高点上，距离手绢只有一臂之距。我站直了身子，透过渐渐拉长的阴影，扫视周围的世界。远处长长的斜坡下面是隧道的出口，我们就是从那里逃出来的。我的影子像黑夜的一根手指头，移向了洞口，延伸了过去，碰到了洞口。

没有卡沃尔的踪影，万籁俱寂，只是灌木在抖动摇晃，阴影占据的面积越来越大。突然间，我浑身抖得厉害。"卡沃尔……"我开始呼喊，随后再次想到人的声音在稀薄的空气中没有作用。

寂静，死一样的寂静。

接着我看到了什么——斜坡上的一件小东西，大约五十码外，藏在一堆弯曲折断的树枝中间。那是什么？我知道是什么，可是出于某种原因，我又不愿意知道。

我走到跟前，那是卡沃尔戴过的小板球帽。我没有碰帽子，而是站在那里看着。

接着我看到四周散落的树枝遭到过暴力打砸和践踏。我犹豫了一下，上前捡起了帽子。

我站在那里，手里拿着卡沃尔的帽子，瞪大眼睛打量周围踩断的杂草和荆棘。有些杂草和荆棘沾着黑乎乎的小污点，我不敢伸手去碰。在十几码开外的地方，一阵微风刮起了什么东西，不是很大，颜色很白。

那是一张揉皱的小纸条，似乎在手心里紧紧捏过。我把它捡起来，上面留有一些红色的污点。我看到淡淡的铅笔痕迹。我把纸条展平，上面的字迹参差不齐，句子支离破碎，留言的结尾处是一条歪歪扭扭的线。

我开始辨认纸条。

"我的膝盖受伤了，我想是伤了膝盖骨，我不能跑，也不能爬。"这是纸条开头的文字，字迹相当清晰。

接下来字迹就不大好认了。"他们追我已有一段时间，他们抓到我只是"——"时间"两个字写好又被擦掉了，另外要写的字却又看不清——"问题。他们正在包围我。"

下面的字迹东倒西歪。"我能听见他们的动静。"我猜大概是这个意思，接下来的一段文字实在无法辨认，随后一小串字迹却十分清晰。"另一类月球人，似乎在指挥——"字迹再度变得潦草。

"他们的脑壳更大——大得多，身体更瘦，腿很短。他们声音平和，行动有条不紊……

"虽然我受了伤，在这里孤立无援，但是他们的出现仍然给了我希望。"这像卡沃尔说话的口气，"他们没有对我进行射击，也没有企图……伤害我。我打算——"

接着是铅笔突然在纸条上画了一条线，纸条的背面和边角沾有——鲜血！

我站在那里发呆，迷惑不解，手里拿着让人不知所措的遗物。正在这时，一个又软、又轻、又冷的东西碰到了我的手，不一会儿就消失了；接着又有一个东西，白白的一小片，斜着飘过一个阴影。这是一片小小的雪花，第一片雪花，黑夜的使者。

我吃了一惊，抬头一看，天空暗了下来，几乎一片漆黑，布满了众多俯瞰下界的寒星。我往东看，那个凋谢的世界笼罩了一丝暗淡的青铜色；往西看，太阳快要沉下去，它刚好碰到了环形山的边缘，越发浓重的白雾夺去了太阳一半的光和热。在落日的余晖下，所有的灌木和嶙峋的岩石都投下零乱的黑影。西边是一个黑暗的大湖，茫茫的迷雾正在沉入其中。一股冷风吹得整个环形山都在颤抖。突然间，大雪纷纷，周围的世界变得昏暗朦胧。

我接着听到了那个声音，是迎接黎明到来的钟声，不像起先那么洪亮，而是微弱含糊，像垂死者的声音一样：轰!……轰!……轰!……

钟声在环形山回荡，似乎与较大的星星一起跳动，半轮血红的太阳伴着钟声沉没：轰!……轰!……轰!……

卡沃尔出了什么事？在钟声响起时，我站在那里发呆。钟声最终停了。

突然，通往地下隧道的出口像一只眼睛似的闭上了，消失了。

这样一来，我真的独自一人了。

上下前后，东西南北，离我最近的是上帝了。上帝存在于宇宙诞生之前，存在于宇宙毁灭之后；上帝即是浩瀚的太空，所有的光明、生命和存在只是一颗坠落的星星散发的微弱而暗淡的光辉，只是寒冷、寂静——无边无垠的太空黑夜。

孤独和荒凉成为压倒一切的感觉，向我冲来，几乎抓住了我。

"不，"我喊道，"不!不行!不行!等等!等等!噢，等一等!"我的声音变成了尖叫。我扔掉揉皱的纸条，赶紧爬上一个制高点，找准我的方位，然后用尽全力，对着我留下的标记跳去。标记在阴影的边缘，现在显得暗淡而遥远。

跳，跳，跳，每一跳都是那么的漫长。

放眼看去，苍白的落日渐渐下坠，延伸的阴影在我赶到前就会笼罩球形罐。我距离球形罐有两英里远，要跳跃一百多下才能到达。周围的空气越来越稀薄，像有气泵在抽气。由于天气寒冷，我的关节冻得生疼。就是死，我也要在跳跃时死去。有好几次我在跳跃时摔倒在积雪上，导致跳得不够远；有一次我差点儿跳进了灌木丛，灌木被我撞得粉碎；还有一次，我落地时跌进沟里，挂花流血，爬起来竟一时迷失了方向。

然而，这些意外与跳跃时在空中的悬停相比就不算什么了。在夜色如潮水般涌来之时，一个人在空中飘浮实在太可怕了。我的呼吸声变成了号叫，仿佛刀子在我的肺部乱捅，我的心似乎提到了嗓子眼。"我能赶到球形罐吗？天啊！我能赶到吗？"

我的身心痛苦不堪。

"躺下！"我在痛苦和绝望之余尖叫，"躺下！"

我越是拼命赶，球形罐似乎就越远。我麻木了，跌倒了，摔伤了，可是没有流血。

球形罐就在眼前了。

我摔倒了，四肢着地。我大口喘着粗气。

我匍匐向前。我的嘴唇结了冰霜，胡须挂了冰凌，冰冷的空气使我变得一身白。

我离球形罐只有十几码了。我的双眼模糊了。

"躺下！"我在绝望之余尖叫，"躺下！"

我摸到了球形罐，停了下来。"太迟了！"我在绝望之余尖叫，"躺下！"

尽管手脚僵硬，但是我仍然奋力拼搏。我靠在人孔的边上，昏昏沉沉，半死不活。我浑身是雪，钻了进去。里面还有一点暖和的空气。

　　雪花——空气结成的雪花——钻了进来，在我的四周飞舞。我伸出冰冷的双手，推上阀门，把它拧紧，我哭了。"我可以的。"我说，牙齿打战。随后，我伸出颤抖而僵死的手指，摁下了卷帘的按钮。

　　我摸索着开关，因为我以前没有操作过。透过布满水汽的玻璃，我隐约看到落日的红霞在暴风雪中跳跃闪烁，灌木丛的黑色阴影在积雪下变得越发凝重、弯曲、破碎。满天的飞雪越下越大，逆光下呈黑色。即便到了现在，那些开关把我难住了怎么办？

　　这时，我手里的什么东西发出"咔嗒"一声，月球世界的最后一瞥即刻从我的眼前消失了。我置身于球形星际飞行器的寂静和黑暗之中。

第二十章
柏德福先生在无垠的太空

　　我简直像被杀了一样。的确，我可以想象得出，一个突然惨遭杀害的人会有非常类似的感觉。一会儿感到生不如死，惶恐不安；一会儿感到黑暗和寂静，既没有光明，没有生命，也没有太阳、月亮和星星，只有无穷无尽的空虚。虽然我是自作自受，虽然我和卡沃尔一起尝过了其中的滋味，但是我仍然震惊愕然，稀里糊涂，不知所措。我似乎被带进了无边无际的黑暗中。我的手指从百叶窗的按钮上挪开，身体悬空，像死了一样。最终，我轻轻碰到了飘浮在球形罐中央的行李包、金镣铐和金撬棍。

　　我不知道飘浮了多久。在球形罐里对地球时间的把握不准，甚至比在月球上更不准。一碰到行李包，我似乎就从无梦的睡眠中醒来了。我立刻想到，要想保持清醒，活下去，就必须找到一盏小灯，或者打开一扇窗户的卷帘，那样我的眼睛就能看见东西。

我感到冷，于是踢开了行李包，抓住玻璃内层的细绳，爬到了人孔的边上，这样我就知道了照明灯和百叶窗按钮的位置。我用手一推，立即围着行李包飞了起来。一个又大又软的东西飘来荡去，正好碰到了我，吓了我一跳。我抓住离按钮很近的绳子，摸到了按钮。我首先打开了小灯，看看什么东西碰到了我，这才发现是那份旧的《劳埃德新闻报》，它脱离了束缚，在空间飘浮。报纸使我从无限的宇宙再次回到自己的这片空间。我哈哈大笑，一时喘不过气来，于是想到应该从氧气瓶里取一点氧气。取完以后，我打开了加热器，身上暖和了才进食。接着，我小心翼翼地调整了卷帘，看看我能否判断球形罐是如何航行的。

　　我打开第一扇卷帘，随即赶紧关上。我平展身子，悬空了一会儿，阳光照得我头晕眼花。我考虑了一下，随后打开与这一扇窗户成直角的几扇窗户的卷帘，于是再次看到浩大的新月及其后面渺小的新月形状的地球。我惊讶不已，已经距离月球那么远了。我曾以为在地球上起飞时，我应该几乎感觉不到大气层的"推离"作用力，或者一点也感觉不到，但是月球旋转的间接"飞离"作用力最多只有地球的二十八分之一。我曾希望在夜晚降临时，自己悬浮在环形山的上空，但是环形山现在已经成了天上一轮新月的一部分。还有卡沃尔——？

　　他不知了去向。

　　我试图想象他出了什么事，那时我只想到死亡。我似乎看到在高耸的蓝光瀑布前，他弯着身子被一顿暴打。愚蠢的昆虫在他的周围瞪大眼睛……

碰到了飘浮的报纸，我一时又变成了一个务实的人。虽然我十分清楚，必须返回地球，但是据我所知，我正在飘离地球。无论卡沃尔出了什么事，即使他仍然活着，我也没有能力救他。根据那张血迹斑斑的纸条判断，他活着的可能性不大。他留在那里了，在一片漆黑的夜幕后面，不管是活是死，至少在我能够召集别人一起救他之前，他只得留在那里了。我应该救他吗？我心里有类似的想法：如有可能就返回地球，慎重考虑再做决定，要么只让少数谨慎的人看到球形罐，加以解释，带着他们一起行动；要么保守秘密，出售黄金，购买武器和食品，雇一个帮手，凭借这些有利条件再回来，与不堪一击的月球人进行对等的谈判。如果仍有可能，那就救出卡沃尔，不管怎样都要获取足够的黄金，为我今后的事业打下更加坚实的基础。想得太远了，我首先必须返回地球。

我开始考虑究竟怎样才能返回地球。在我忙着处理这个问题时，不再操心回到地球应该怎么办。最终来说，我唯一关心的是如何返回地球。

经过一番苦思冥想，我最终认为最好的办法是掉头回飞，尽量靠近月球，直到我不敢再往前飞的位置，从而增加飞行速度，然后关上卷帘，绕到月球的背面飞行，然后打开面向地球的窗户的卷帘，这样就能快速飞回地球。我不知道乘坐球形罐能否抵达地球，也不知道会不会发现自己以双曲线或抛物线或其他曲线的轨迹在太空旋转。

我后来获得一个喜人的启示。月球在太空中曾经出现在地球的前面，于是我打开面向月球的几扇窗户的卷帘，调整航线，直接朝地球飞去。显而易见，假如不采取这种权宜之计，我肯定会错过地球。我对这些问题进行了反复的思考，因为我不是数学家，我最终确信之所以能够重返地球，多半是靠好运气，而不是靠推理。

我现在知道成功返回地球的数学概率对我不利，如果当时知道，我怀疑自己会不会忙这忙那，也许都不会碰一下按钮。经过一番思考，我做了自认为该做的事，打开了所有面向月球的窗户的卷帘，然后蹲下来。这一使劲，我一时悬在几英尺高的空中，姿态最奇特不过了。我等待一轮新月渐渐变大，直到我觉得与月球的距离在安全的限度之内。接着我会关上卷帘，以从月球获得的速度飞过月球——如果没有撞上月球的话——就这样飞向地球。

我就是这样做的。

我最终感到月球的动力足够了。在我的心中，月球立即从我的眼前消失了。现在回想起来，我当时一身轻松，简直不敢相信自己摆脱了忧虑和悲伤。在漫无边际的太空中，我坐在小小的球形罐里守夜，直到我最终抵达地球。打开了加热器，球形罐内有点暖和。输入了氧气，空气变得清新了。离开了地球，我一直有轻微的脑充血，除此以外身体状况良好。

我又把小灯灭了，防止最后没有灯用。除了地球的反照和星星的闪光以外，我的周围一片漆黑，万籁俱寂。我也许是宇宙中唯一存在的生物，可是奇怪得很，我不感到孤独和恐惧，似乎我在地球上，躺在一张床上。而在月球的环形山中度过的最后几个小时里，彻底的孤独感让我那么痛苦……

这似乎太难以置信了，我在太空的那段时间无法与我一生当中的其他时间相比。有时候，我感觉自己像坐在莲叶上的神，历经无穷无尽的时间。有时候，我又感觉从月球到地球只是短暂的一刻。实际上，地球上已经过了几个星期。在这一段时间内，我不再感到忧虑、焦急、饥饿和恐惧。我飘浮在空中，以一种怪异的宽容和自由的态度，思考我们的全部遭遇，我的一生和各种行为的动机，以及我的种种秘密。我觉得自己越长越大，似乎失去了一切运动的感觉，似乎飘浮在星星之间。恍惚之间，我始终感到地球是如何渺小，我在地球上的生命是如何渺小。

我无法解释我的心理变化。毫无疑问，这些变化与我当时奇特的身体状况有着直接或间接的关系。我记录下这些变化，仅供参考，未加任何评论。最突出的变化是我对自己的身份产生了怀疑。如果可以这样说的话，我变得跟柏德福毫无关系，我看不起柏德福，认为他是一个微不足道的小人物，出于偶然的机会才跟他有了联系。我从多个方面看待柏德福：或是一头笨驴，或是一只可怜的畜生，而我曾经倾向于以他为荣，认为他是一个极具活力的人，一个相当坚强的人。我把他看作一头笨驴，而且是许多代笨驴的后代。我回顾了他的学生时代、成年的初期和初恋，感觉像观察一只在沙子上爬行的蚂蚁……

那种自我鄙视的态度仍然挥之不去，直让我引以为憾，我怀疑自己能否恢复先前的高傲自大。这事当时没有给我带来一点的痛苦，因为事实上，我深信我既不是柏德福，也不是任何别的人，只是在寂静的太空中飘浮的一个意志。我何必为了柏德福的缺点而自寻烦恼？我对他或者他的缺点没有任何责任。

有一段时间，我与这种非常古怪的幻觉展开了抗争。我试图追忆那些动人的时刻，唤起往日的温柔和激情；我觉得如能回忆一丝真正的痛苦，这种人格分裂的现象就会停止。但是我做不到。我看见柏德福冲下大法官路[1]，前去参加大学考试，他的帽子扣在后脑勺上，外套的后襟飘了起来。我看见他在拥挤的人群中躲闪碰撞，甚至向类似的小生物挥手致意。这是我吗？我看见同一天晚上，柏德福在某一位女士的起居室里，他的帽子放在身旁的桌上，帽子真该刷一刷了，他泪流满面。这是我吗？我看见他与那位女士摆出种种姿态，表露种种感情——我从来没有抱着这样超然的态度……我看见他匆忙赶往利姆去写剧本，与卡沃尔搭话，穿着长袖衬衣参与制造球形罐，然后出走坎特伯雷，因为他害怕去月球！这是我吗？我不相信是我。

我仍然断定这种幻觉的起因是我感到孤独和失重，没有了抵抗的意识。我努力恢复抵抗意识，于是我撞球形罐，捏自己的手，

---

1 大法官路（Chancery Lane），伦敦一条著名的街道，因大法官法院（Court of Chancery）最初在此设立而取名。

双手紧攥。除了其他事情，我还打开灯，抓住撕破的《劳埃德新闻报》，阅读那些真实可信的广告，其中包括卡特威牌自行车的广告、一位资产富有的绅士刊登的广告和那位穷困的女士出售"叉子和汤匙"的广告。毫无疑问，这些广告涉及真人真事，我说："这是你的世界，你是柏德福，你要回去，你的余生要跟这种事情打交道。"但是我心中的怀疑仍在争辩："正在读报的不是你，那是柏德福，可是你知道你不是柏德福，因此才产生了这样的误会。"

"真该死！"我叫道，"如果我不是柏德福，那我是谁？"

在这方面，我得不到任何启示，尽管最奇特的幻觉飘进了我的大脑，古怪而遥远的怀疑像从远处看到的影子⋯⋯

我当时认为我完全超出了这个世界，也超出了所有世界，甚至超出了空间和时间，这个可怜的柏德福只是我观察生活的一个窥孔。你知道吗？⋯⋯

柏德福！无论我怎样不认他，却与他紧紧联系在一起。我知道，不管我在什么地方，不管我在干什么，我必须感受他的种种欲望带来的压力，与他休戚与共，直到他的生命结束。随着柏德福的死亡——以后又会怎样呢？⋯⋯

这段不同寻常的生活体验说够了！我之所以说出来，只是为了说明一个人离开这个星球并且与之隔绝，他每一个器官的功能和感觉，连同他的大脑，都会受到稀奇古怪和难以预料的干扰。在浩渺无际的太空穿越旅行的主要一段，我始终处于悬空的状态，孤单而漠然，思考着这些抽象的事情，似乎我是一个忧郁的疯子，畅游在太空的群星之间。我正在返回的那个世界，月球人的那些映照蓝光的洞穴，他们戴着头盔的面孔，他们那些庞大而奇妙的机器，孤立无援的卡沃尔被拖入那个世界的厄运，这一切对我来说似乎过于渺小了，微不足道。

我终于感觉到地球对我的引力，被再度拉回人类的真实生活里。我的确越来越清楚，毫无疑问我就是柏德福，经历了一番奇异的冒险，正在返回我们的世界，我仍然活着，虽然我在归途中差点丢失性命。我开始思考应该在什么条件下降落到地球上。

第二十一章
柏德福先生在小石镇 [1]

　　进入大气层以后，我的飞行路线差不多与地面保持平行。球形罐内的温度开始上升，我知道应该立即降落。在我的下方，远处是浩瀚的海洋，笼罩在黎明时分的黑暗之中。我尽量打开每一扇窗户的卷帘，球形罐从阳光下进入黄昏，又从黄昏进入夜晚。地球越来越大，吞没了星星。地球披戴的云朵面纱闪着星光，呈现半透明的银色，面纱展开，笼罩了我。最后，地球似乎不再是球形，而是一个平面，接着又变成一个凹面。地球不再是太空中的一颗行星，而是人类的世界。我关上面向地球的那扇窗户的卷帘，只留下了大约一英寸的缝隙，渐渐放慢了降落的速度。辽阔的海面离我越来越近，我看见了波光粼粼的黑色海浪，潮水涌上

1　小石镇（Littlestone），又名海边小石镇（Littlestone-on-Sea），位于英国东南部的肯特郡。不是美国阿肯色州的小石城（Little Rock）。

来迎接我。球形罐里太热了。我关上窗户的最后一条缝隙，皱着眉头坐着，一边咬着指节，一边等待降落时的撞击……

球形罐冲入水中，"轰"的一声巨响，溅起的浪花肯定有几十英尺高。球形罐入水时，我急忙打开卡沃尔素卷帘。虽然我一直在往下沉，但是速度越来越慢，接着感到球形罐的底部抵住了我的双脚，球形罐像气泡一样往上浮。最终，我在海上漂浮悠荡，我的太空旅行到此结束了。

夜晚昏暗而阴郁。远处是两个黄色的光点，显示正有一条船驶过；近处是一团红光，忽明忽暗。要不是辉光灯没电了，当天晚上我会被人救上岸的。虽然我开始感到极度的疲惫，但是心情激动，一时间急火火的，没有一点耐心，就盼着旅行赶快结束。

我终于不再动弹了，而是坐着，手腕搭在膝盖上，凝视着远处的一点红光。灯光上下晃荡，左摇右摆。我的兴奋劲儿过去了，我意识到自己至少必须在球形罐里再过一夜。我感到极度的劳累和困倦，于是睡着了。

摇晃的节奏发生了变化，我被吵醒了。透过折射的玻璃，我看见球形罐已在一片宽阔的浅滩上着陆了。我似乎看到了远处的房舍和树木，面朝大海的一面，一个弯曲而模糊的船体悬在水天之间。

我站了起来，摇摇晃晃，唯一的愿望就是钻出球形罐。人孔朝上，我扭动螺栓，慢慢打开了人孔。最后，空气钻了进来，再次嗞嗞作响，如同以前排出空气一样，也会发出嗞嗞的呼声。这一次我没有等待气压调整到位。转瞬之间，我就伸出双手，推开了窗户，一开到底，面对熟悉的地球的天空。

空气猛击我的胸膛，我只得喘着粗气。我放下玻璃螺栓，大叫一声，手捂胸口坐了下来。一时间，我疼痛不已。我做了几个深呼吸，最终站了起来，可以到处走动了。

我试图把头从人孔中探出，球形罐却翻了一个滚儿。我伸出头时，似乎有什么东西直接把它按了下去。我急忙缩回身，否则我的脸肯定会浸泡在水里。经过一番扭动和推挤，我终于爬上了沙滩，海水仍然时而涌上沙滩时而退去。

我没打算站起来，觉得身体好像一下子变成了铅块。大地母亲现在托住了我——卡沃尔素没有加以干涉。我坐了下来，没有理会海水没过了我的双脚。

已是黎明时分，灰蒙蒙的天空布满了乌云，却也零零散散飘着长条状的云朵，灰中带绿。一艘船停泊在远处，淡淡的船体剪影闪着黄色的光芒。海水漫了上来，泛着波澜不惊的漪涟。右边是形如弧线的陆地，一道沙石铺成的堤岸，上面筑有一些棚屋，尽头是一座灯塔、一个航标和一个小山岬。平坦的沙滩上散落着多个水洼，沙滩一直延伸至内陆，约有一英里长，一簇低矮的灌木也许是尽头。东北方向有一个孤立的海水浴场、一排荒凉的住房，这是我在地球上看到的最高的东西，在明亮的天空映照下却是暗淡的斑点。我不知道会是什么样的怪人在这样空旷的地面上修建了如此高大的住房。这些住房建在那里，像遗失在荒野中的布莱顿城[1]废墟。

我在那里坐了很久，打着哈欠，搓着脸。最后，我挣扎着站了起来，感觉像举起了一件重物。我站了起来。

我望着远处的房屋。自从在月球的环形山挨饿以来，我第一次想到了地球上的食物。"咸肉，"我小声说，"煎鸡蛋，上好的烤面包，上好的咖啡……究竟怎样才能把这些东西都带到利姆去？"我想知道身处何方。反正这是东海岸，而且我在降落前看到了欧洲大陆。

我听到沙滩上传来嘎吱嘎吱的脚步声，一个圆脸面善的矮个子男人出现在海滩上。他穿着法兰绒衣服，肩上披着浴巾，胳膊上搭着浴衣。我立刻明白我肯定是在英国。他目光专注地打量着球形罐和我，走上前来，瞪着眼睛。我敢说，我看上去十足像一个可怕的野人——脏乱不堪，蓬头垢面，简直到了无法形容的程度。我当时对此却一无所知。他在离我二十码的地方停了下来。

"你好，老兄!"他说，一脸疑惑。

"你好!"我说。

他走上前来，这下放心了："那究竟是什么东西？"

"你能告诉我这是什么地方吗？"我问。

"那是小石镇，"他说，顺手指着那些房屋，"那边是邓杰内斯角!你刚刚上岸？你那东西是什么？一种什么机器？"

"是。"

---

1 布莱顿（Brighton），英国南部的一个城市，建有海滨浴场。此处布莱顿城指罗马帝国时期和盎格鲁－撒逊人入侵不列颠岛时期的古城。

"你漂上岸的？是海上遇难了，还是出了别的什么事？那是什么？"

我赶紧考虑如何应答。在这个矮小的男人向前靠近时，我打量了一下他的外表。"我的天！"他说，"你是遭罪了！我以为你——呃——你在哪里遭遇船难的？那是救生的漂浮工具吗？"

我决定暂且接受这样的说法，含糊其词应了几下。"我需要帮助，"我说，声音沙哑，"我想把几样东西搬上沙滩——这些东西我不能丢下。"我发觉另外三个和颜悦色的年轻人沿着沙滩向我走来，他们带着毛巾，穿着运动上衣，戴着草帽。显然这里是小石镇一大早就开放的海水浴场。

"帮，"矮个子年轻人说，"当然帮！"他变得有点积极，"具体需要我们做什么？"

他转过身，打了个手势。三个年轻人加快了脚步。他们不一会儿就聚在我的周围，追问我不想回答的问题。"我回头给你们讲，"我说，"我累死了，累垮了。"

"你去旅馆，"先到的矮个子男人说，"我们在这里照看那东西。"

我犹豫不决。"我不能走，"我说，"球形罐里有两大块金子。"

他们将信将疑地相互对视，然后带着新的疑惑看着我。我走到球形罐跟前，弯腰爬了进去，不一会儿，月球人的撬棍和断裂的镣铐就摆在他们面前。要不是我精疲力竭，准会笑话他们。他们像一群小猫围着一只甲壳虫，不知道拿这些东西怎么办。矮胖子弯下腰，抬起了撬棍的一头，哼的一声扔到地上。他们一个接一个试了一下。

"要么是铅，要么是金子！"有一个人说。

"噢，是金子！"另一个人说。

"金子，没错！"第三个人说。

他们盯着我，然后又盯着在海上抛锚的船。

"我说，"小矮个子喊道，"你是从哪里弄来的？"

我太疲惫了，不想说谎："从月球上弄来的。"

我看见他们彼此对视。

"听我说！"我说，"我现在不想争辩是非。帮我把这些金子扛到旅馆去——你们两人一组，我估计肯定杠得动一根金棍，路上累了就休息，我拖着这副镣铐——等我吃点东西，再把详情告诉你们。"

"那东西怎么办？"

"放在那里不碍事，"我说，"反正——真该死！——现在只能停在那里。只要一涨潮，它就会浮起来。"

这些年轻人惊奇不已，他们非常听话地将我的宝物扛上肩膀。我率领这一干人走向远处的"滨海区"，感觉四肢像灌了铅似的。半路上，两个拿着铲子的女孩儿见了我们心生敬畏之情，于是加入了我们的队伍。后来，一个瘦弱的男孩儿出现了，他的鼻子像风箱似的呼呼作响。我记得他推着一辆自行车，走在我们的右侧，距离我们大约一百码。我估计他后来对我们不感兴趣了，于是跨上自行车，朝着球形罐的方向，骑向平坦的沙滩。

我回头看了他一眼。

"他不会碰的。"身材敦实的年轻人说道，好像在安慰我，我也乐于得到这样的安慰。

起先，我的内心有些沉重，早晨的天空是灰蒙蒙的一片，但是不久之后，太阳跳出了地平线，照亮了整个世界，毫无生气的海洋变得波光粼粼。我振作起精神，对于以前做的事情和将要做的事情，都感到意义重大，非同寻常。我的内心充满了阳光。最先遇到的那个人扛着金子蹒跚而行，我却放声大笑。的确，等我在这个世界获得一定地位时，这会是一个怎样神奇的世界！

要不是劳累过度，我会觉得小石镇那家旅馆的老板挺风趣的。他看看我的金子，看看我那些可敬的同伴，又看看我那肮脏的外表，竟然犹豫不决。我终于回到了地球，在浴室里洗了热水澡，换了衣服。虽然衣服的确小得可笑，但毕竟是干净的。衣服是友善的矮个子男人借给我的。他还借给我一把剃刀，可是我下不了决心，不知是否应该剃掉满脸浓密的胡须。

我坐了下来，慢吞吞地品尝了一顿英式早餐。过了好几个星期了，我已经没有多少食欲了。我还要打起精神，回答四个年轻人的问题，把真相告诉他们。

"呃，"我说，"你们非要我说不可——我在月球上弄到的。"

"月球？"

"是，天上的月球。"

"你这是什么意思？"

"我说的意思，真该死！"

"你刚从月球上回来？"

"完全正确！穿越了天空——坐在那个球形罐里。"我咬了一口美味的煎鸡蛋，心想，等再去月球时，我要带上一箱鸡蛋。

我看得一清二楚，虽然他们一点都不信我说的话，但是他们显然认为在他们见过的人当中，我是最可敬的说谎者。他们互相对视，最后把目光聚焦到我身上。我估计他们希望从我加盐的举动中寻找线索。我往煎鸡蛋上撒了胡椒粉，他们似乎从中有了什么重要发现。他们一心想着金子，那形状怪异的金块曾令他们脚步蹒跚。金子在我的面前，每一块都值几千英镑，像房子和土地一样，谁都偷不走。我端着咖啡，注视着他们好奇的面孔，意识到要让他们听懂我的话，需要好好解释一番。

"你不会当真——"年纪最轻的小伙子开口说道，像对一个固执的孩子说话。

"请把烤面包的架子递给我。"我说，彻底打断了他的话。

"听我说，要我说，"另外一个人说道，"我们都不相信这事。"

"啊，好。"我说，耸耸肩膀。

"他不想告诉我们，"年纪最轻的小伙子对其他人说，随后装出若无其事的样子说道，"你不介意我抽烟吧？"

我客气地向他挥挥手，以示同意，然后继续我的早餐。另外两个人走到较远的窗户跟前，一边朝外张望，一边低声说话，我听不见他们在说些什么。

我脑子里闪出一个念头。

我说："正在退潮吗？"

一时没有人应声，他们疑惑究竟谁应该回答我的问题。

"快退潮了。"小胖子说。

"呃，也好，"我说，"反正漂不远。"

我咬了一口第三个煎鸡蛋，然后发表了一通感言。"听我说，"我说，"请你们不要以为我是一个脾气怪僻的人，或者以为我跟你们讲的是粗俗无礼的谎话，不要有诸如此类的想法。我几乎是迫不得已，只能简短一点，这有些神秘。我完全理解，这事太蹊跷，你们肯定这样想。我可以向你们保证，这是一个难忘的时刻。我现在向你们解释不清楚——没有办法解释清楚。我向你们保证，我确实来自月球，我只能告诉你们这一点……我仍然非常感谢你们，非常感谢。我希望我的态度丝毫没有冒犯你们。"

"噢，一点也没有！"年纪最轻的小伙子和蔼地说，"我们完全能够理解。"他一直盯着我。他向后抵着椅背，椅子翘起，几乎翻倒在地，使了一把劲儿才让椅子恢复了原状。

"一点也不怀疑。"小胖子说道。

"你不要这样想！"另一个人说道。

他们全都站了起来，四下散开，有的到处走动，有的抽烟。他们全都竭力摆出和善友好的样子，悠闲自在，似乎对我和球形罐没有一点好奇心。

"我会同时留意那船。"我听到他们当中有人低声说。

如果他们能够找到借口离开，我相信他们肯定丢下我一走了之。我继续吃我的第三个煎鸡蛋。

没过多久，小胖子感慨："天气一直挺好，对不对？我不知道以前什么时候有过这样的夏天……"

砰——嗖！听上去像一枚大型火箭！

某个窗户被震碎了……

"怎么回事？"我说。

"是不是——"小个子喊道，随即冲到屋角的窗前。

其余人也冲到窗前。我坐在那里，瞪着他们。

我突然跳了起来，打翻了第三个煎鸡蛋，也冲到窗前，脑子里闪过一个念头。

"什么也看不见。"小矮个子一边喊着，一边冲向门口。

"准是那小子！"我气呼呼地大叫，扯着沙哑的声音，"准是那该死的小子！"我转身把侍者推到一边，他正给我端来更多的烤面包。我迅速冲出房间，来到旅馆前面的露台上。露台面积不大，布局怪异。

随着猫掌风匆匆来临，原来平静的海面波涛汹涌。在刚才球形罐停泊的地方，海水翻腾，像轮船驶过荡起的尾迹。天空中不大的一团云雾飞速旋转，像散开的烟雾。沙滩上的三四个人满脸疑惑，瞪着意外爆炸的地点。情况就是这样！旅馆的擦鞋匠、侍者和四个身穿运动服的年轻人全都跟着我冲了出来。门窗的里面传出阵阵惊叫，担惊受怕的人全都跑了出来——一个个目瞪口呆。

我一时怔怔地站在那里，这一新情况太意外了，我无心留意这些人。

在震惊之余，我最初没把这事看作一场确定无疑的灾难——我惊呆了，像个遭受意外打击的人，事后才明白自己受到了什么伤害。

"我的天哪！"

我感觉好像有人拿着一听变质的罐头往我后脑勺儿倒。我的两腿软弱无力，这才意识到这场灾难对我意味着什么。那该死的小子——飞上了天！我彻底被"丢弃"了。咖啡厅里放着金子——我在地球上的唯一财产。这事该怎么处理？这娄子捅大了，简直难以收拾。

"要我说，"小矮个子在我背后说道，"要我说，你知道。"

我转过身，二三十个人围了上来，什么样的人都有。他们带着极度的疑惑，七嘴八舌，向我提出各种愚蠢的问题。他们的目光咄咄逼人，实在让我忍受不了。我大声抱怨。

"我管不了！"我叫道，"我告诉你们，我管不了！这事我管不了！你们想办法——你们真该死！"

我手舞足蹈。小矮个子退后一步，似乎被我吓住了。我穿过人群跑回旅馆，冲进咖啡厅，拼命摇铃。侍者一进来，我一把抓住他。"你听见了？"我喊道，"找人来帮忙，把这两根金棍立即搬进我的房间。"

他没有听懂我的话，我对他连吼带叫。一个系着绿围裙的小老头儿赶来，一脸的惧色，后面跟着两个穿法兰绒衣服的年轻人。我朝他们冲过去，招呼他们为我服务。黄金一送到我的房间，我就感到自己可以随意与人吵架了。

"现在给我滚，"我叫道，"如果你们不想亲眼看到有人发疯，就全部滚出去!"侍者站在门口踌躇不前，我在他的肩上推了一把。我随后锁上房门，再次脱下小矮个子的衣服，胡乱扔在一边，赶紧爬到床上。我躺在床上，一会儿破口大骂，一会儿喘着粗气，一会儿闷声不响，折腾了很久。

我终于平静了下来，于是从床上爬起来，摇铃叫来圆眼的侍者，让他给我拿来一套法兰绒睡衣、一杯加苏打水的威士忌和几支上等雪茄。他办事拖拉，让人气不打一处来，我一连摇了几次铃，这些东西才送来。我又把房门锁上，极其慎重地考虑眼前的处境。

这次伟大的实验最终是绝对的失败。大败而归，我是唯一的幸存者。这是一次绝对的挫败，这是一场终结的灾难。除了自保之外，我无能为力，就像先前一样，我们明知会以惨败而收场，却也没有办法予以阻止。遭到这一致命的打击，那些含混的决定都成了泡影，其中包括返回月球救人的决定。我打算返回月球，满载黄金，拿上一片卡沃尔素进行分析，重新发现那伟大的秘密——也许最终能够找回卡沃尔的遗体——这些想法全都化为泡影了。

我是唯一的幸存者，就这样。

我想一旦遇上了急事，最好的办法之一就是上床睡觉。我真的相信应该上床睡觉，否则我会发疯，或者干出什么轻率的事情。锁上房间，排除一切干扰，我可以全面考虑自己的处境，从容不迫地安排好一切。

我当然清楚那孩子出了什么事。他准是爬进了球形罐，胡乱摆弄按钮，关上了卡沃尔素卷帘，结果上了天。他完全不大可能拧紧人孔的内阀，即使拧紧了，他返回地球的概率也只有千分之一。他很显然会受到失重的影响，连同行李卷一起在球形罐中心位置飘浮，留在那里，最终不再是地球的合法成员。尽管对于在某个遥远的天际角落生活的居民来说，他是一个稀罕之物。我很快就对这一点深信无疑。至于我在这一事件中应负的责任，我越想越清楚，只要我对此保持沉默，就不必感到担心。如果他悲戚的双亲找我要人，我就要求他们找回球形罐，或者质问他们是什么意思。我最初想到过哭泣的双亲和监护人，以及各种各样的纠纷。现在我明白了，只要保持沉默，什么麻烦都不会发生。我躺在床上抽着烟，越想越觉得这个办法实在高明，简直无懈可击。

只要没搞破坏，没有失礼，每个英国公民都有权随意突然出现在任何地方，随意蓬头垢面，衣衫褴褛。只要他认为自己拿得动，他可以携带任何数量的黄金，别人不得妨碍他或者拘留他。我最后拿定了主意，反复默诵，把这当作维护我自由的个人"大宪章"。

一旦抛开这个问题，我就能以同样的态度考虑以前几乎不敢想的一些事情，也就是我破产引发的种种事端。现在对此进行了一番冷静而从容的分析，我明白只要暂时隐姓埋名，假借一个不大为人所知的姓名，只要我保留脸上两个月没刮的胡须，那么债主找我麻烦的危险确实就很小了，我以前提到过这个讨厌的债主。处理完了这事，可以轻易制定一个明确的方针，合乎常理。无疑不是什么让人惊叹的大事，不过我还能有什么作为呢？

不管做什么，我都决心要保持清醒，积极向上。

我要来纸笔，给新罗姆尼银行写了封信，因为侍者告诉我这家银行距离最近。我通知经理我希望在那里开户，请他派来两个可靠之人，带着证明身份的正式行文，乘坐一辆套了一匹好马的马车，准备接运重约一百二十磅的黄金——我正好带了这个数量的黄金。我在信上签的姓是"布莱克"，我觉得这个姓非常体面。做完了这件事，我找来一本《福克斯通蓝皮书》，挑了一家男装店，请他们派一位裁缝来给我量体裁衣，做一套褐色斜纹花呢西装。我同时订购了一个旅行包、一个化妆袋、一双棕色长筒靴、几件衬衫和一顶帽子（大小合适）等。我还从一位钟表匠那里订了一块手表。发出这些信件后，我在旅馆里吃了一顿最好的午餐，躺下来抽了雪茄，尽量保持镇静，和平时一样，直到两位银行办事员按照指示来到旅馆，出具了证明文件，把黄金过磅并运走。我办完了这些事情，拉上被子蒙住耳朵，美美睡了一觉，谁敲门我都听不见。

我睡着了。对于第一位从月球上返回的人来说，这无疑是一件无聊的事情，我可以想象得出，年轻而有想象力的读者会对我的举动感到失望。可是我累得要命，烦得要死，真该死！除了睡觉还能干什么？如果我把真相讲出来，肯定不会有人相信我，而我则会遇到难以忍受的烦恼。

我睡着了。等我再次醒来，就准备面对这个世界了。在我懂事以后一直有这样的习惯。所以我去了意大利，如今我就在这里写下了这个故事。如果这个世界不把它当作真事，那就当它是小说。我对此无所谓了。

故事讲完了，想到这场冒险如此彻底地结束了，我很是惊讶。每个人都相信卡沃尔不是一位杰出的科学家，他在利姆做实验时炸毁了房子，炸死了自己。对于我抵达小石镇之后的轰隆一声巨响，他们解释与两英里外的立德试验场[1]持续进行的炸药试验有关。我必须坦白，直到今天我都没有承认对名叫马斯特·汤米·西蒙斯的小男孩失踪一事负有责任。这事也许很难找到证据，很难解释清楚。对于我衣衫褴褛，带着两根真金铸成的棍子在小石镇的沙滩上出现，他们给出了各种绝妙的解释——至于他们怎么想，我倒是不担心。他们说我之所以编造了这些事情，目的是避免别人对我的财产从何而来寻根问底。我倒是乐意看到有人虚构了一个故事，像这样的故事不穿帮。哎，他们肯定把这看成是小说——随便。

我讲了我的故事，估计又要为地球上的生活操心了。即使去

---

1 第一次世界大战前，立德（Lydd）设有炮兵试验场。

过月球，也要想法子谋生。所以目前我正在阿马尔菲[1]写剧本，就是在卡沃尔闯入我的生活前开头的剧本，我正设法把认识他以前的生活串起来。我必须承认，每当月光照进我的房间，我都发现自己很难集中思想写剧本。现在正是满月的时候，昨晚我走了出去，在蔓藤花栅下站了几个小时，遥望普照万物的月亮。想象一下！桌子和椅子、支架和棍子，全是金子做的！真该死！要是谁又发明了卡沃尔素该有多好！可是这样的事情一辈子不会遇上两次。

我现在住在这里，条件比在利姆时稍好一些，仅此而已。卡沃尔却自杀了，没有一个人自杀的方式比他更复杂。所以这个故事最终彻底结束了，像做梦一样。这故事与生活的其他方面几乎没有关联，与人类的生活脱离太远了，比如跳跃、进食、呼吸，以及失重的时刻。尽管我从月球上带回了金子，但是有时候，我多半相信整个经历是一场梦……

---

1 阿马尔菲（Amalfi），意大利坎帕尼亚大区萨莱诺省的一个市镇，位于萨莱诺湾湾畔。还是坎帕尼亚大主教教区所在地。

第二十二章
朱利叶斯·温迪吉先生的惊人来信

讲完了在小石镇返回地球的经过，我写下"完"，又在上面添加几笔花式点缀，随即把钢笔扔到一边，充分相信《月球上的第一批来客》这个故事全部结束了。不仅如此，我还把手稿交给一位文学代理人，允许他出售。结果看到此书的大部分内容在《滨海杂志》上发表。我继续写我在利姆开始动笔的剧本，这才意识到故事没有结束。大约在六个月前，有一封信跟着我从阿马尔菲到了阿尔及尔[1]，然后送至我的手里。我注定会收到的这封信内容极其令人震惊。简而言之，这封信上说，荷兰电学家朱利叶斯·温迪吉先生一直在做实验，使用的仪器与美国的特斯拉[2]先生使用的

---

1 阿尔及尔（Algiers），北非国家阿尔及利亚的首都，位于地中海南岸。
2 尼古拉·特斯拉（Nikola Tesla），1856—1943，塞尔维亚裔美籍发明家，机械工程师，电气工程师。电力商业化的重要推动者之一，主持设计了现代交流电系统。他对电磁学的理论研究和多项专利奠定了现代无线通信的基础。

仪器相似，旨在寻找能与火星通信的某种方法。他每天都收到一份离奇古怪、支离破碎的英文讯息，无疑是卡沃尔先生从月球上发来的。

我起初以为是某个人看过我的手稿，精心策划了这个玩笑。我以玩笑的口吻答复了温迪吉先生，但是他的回信完全打消了我的疑虑。我无比兴奋，匆忙从阿尔及尔赶往他的工作地点——罗萨峰[1]上的一个小天文台。面对他的记录和设备，尤其是正在接收的卡沃尔的信息，我仅存的疑虑荡然无存。我马上决定接受他的建议，留下来和他在一起，协助他逐日记录，与他一起设法向月球回电。我们获悉卡沃尔不仅活着，而且自由自在，与类似蚂蚁的生物相伴。在月球洞穴的蓝光黑暗里，那些蚁人组成了一个几乎难以置信的社会。他的腿似乎瘫了，除此之外身体十分健康。他明确表示，他的身体比在地球上更好。他发过一次高烧，但是没有留下后遗症。奇怪的是，他似乎相信我在月球的环形山丧命，或者丧生于浩渺的太空。

在开始收到他的信息时，温迪吉先生正在从事一项完全不同的研究。读者无疑记得20世纪初的那场小小的轰动，美国著名的电学家尼古拉·特斯拉宣布，他收到了一份来自火星的信息。他的声明使科学家再次关注一个早就熟悉的事实，即地球经常收到一种电磁干扰波，来自太空中某个未知的地方，与马可尼先生用于无线电报的电波完全相似。除特斯拉以外，另有许多观测者

---

1 罗萨峰（Monte Rosa），位于瑞士和意大利的边境，阿尔卑斯山脉第二高峰，仅次于白朗峰。

一直在设法改进接收和记录这种电波的仪器，尽管迄今为止，个别人竟然视其为某个外星人发出的信息。在这些个别人中，肯定要算上温迪吉先生。从1899年起，他几乎一直专心研究这个课题。他家境富有，在罗萨峰的侧面修建了天文台，所选的地点从各方面来讲都适合进行这样的观测。

尽管我必须承认我的科学造诣不高，但是凭我的点滴知识来判断，温迪吉先生用来探测和记录太空电磁干扰波的仪器确实独具匠心。由于机缘巧合，在卡沃尔首次呼唤地球前大约两个月，仪器就安装就绪并投入了使用，因此我们甚至从一开始就掌握了他发出的信息片段。不幸的是，仅仅是片段而已，他肯定已经告诉了人类最重要的事情，即关于制造卡沃尔素的说明，如果他的信息确有这样的内容，那也消失在太空中了，没有被记录下来。

虽然我们试图给卡沃尔回电，但是一直没有成功。因此，他无法了解我们收到了什么，遗漏了什么，肯定也不了解地球上竟会有人清楚他设法与我们联系。他持之以恒，如果我们收到了他的全部信息，那么他共发来了十八条有关月球情况的长篇报告。这些信息表明，他在两年前离开地球以后一直思念不断。

你可以想象，发现他所记录的电磁干扰波和卡沃尔直白的英语交织在一起，温迪吉先生是何其惊奇。温迪吉先生对我们疯狂的登月旅行一无所知，突然——从太空传来了这种英语！

读者应该了解这些信息是在什么条件下发出的。在月球的某个地方，卡沃尔一度获准接触大量的电气仪器，他似乎做了手脚，偷偷装了一台马可尼型发报机。他能不定期使用这台仪器：有时仅用半个小时，有时一连用上三四个小时。上机时，他向地球发送信息，尽管地球表面各点的位置与月球的相对位置是经常变化的。出于这样的原因，加上我们的记录装置肯定不够完善，我们对其信息的记录时有时无，极不稳定，有时模糊含混，有时神秘"消失"，让人大为光火。此外，他不是一个熟练的发报员，常用的电码，他要么忘记了一部分，要么根本没有完全掌握，而且他在疲劳时会漏字，拼写单词错得莫名其妙。

我们可能漏掉了他的一半信息，收到的信息大多也是支离破碎、残缺不全的。读者应有心理准备，下面的摘录存在大量的断句、脱词和话题的改变等现象。我和温迪吉先生正在共同编辑一份卡沃尔记录的完整注释版，我们希望连同一份所用仪器的详细说明一起出版，明年元月先出第一卷。那是一份完整的科学报告，这里率先刊出普及本。我们至少在此提供了足够的内容，以补充我讲的故事，勾出另一个世界的大致轮廓，那个世界距离我们如此之近，却又与我们截然不同。

第二十三章
卡沃尔先生前六条信息的摘要

卡沃尔先生的前两条信息，最好收进较厚的版本。这两条信息仅仅谈到了具体的事实，涉及球形罐的制造和我们离开地球的过程，简明扼要，几处细节上的差异挺有意思，不过无关紧要。自始至终，卡沃尔都认为我死了，不过在谈到我们在月球上着陆时，他的心情却有奇怪的变化。他称我为"可怜的柏德福""这可怜的年轻人"，他责怪自己引诱了一位青年，"没有对这样的冒险做好充分的准备"，离开了一个"他无疑会取得成功"的星球，参与这样危险的任务。我认为他低估了我的作用，没有我的热忱和实际才干，他那纯属理论的球形罐构想不会成为现实。"我们到了。"他说，没有提及我们在太空飞行的过程，好像我们乘火车进行了一次普通的旅行。

随后他对我的态度越来越不公正了，的确太不公正了。我没有料到一个有知识、有教养的真理探索者竟会这样。回顾我在前面对这些事情的叙述，我必须坚持说我对卡沃尔要比他对我公正得多。我只是做了极少的删减，什么也没有隐瞒，但是他却说："我们所处的条件和环境实在太奇怪了，诸如失重现象严重，空气稀薄但含氧量高，肌肉用力会有夸张的表现，无名的孢子快速长成奇特的植物，天空呈苍白色。很快就能看出来，这一切过度刺激了我的同伴。在月球上，他的性格似乎变坏了，他变得冲动、鲁莽，好吵架。不久，他犯下了愚蠢的错误，吞食了一些巨大的囊泡蘑菇，结果中毒，导致我们被月球人抓获，我们甚至没有丝毫机会适当观察月球人的……"

（你们看得出来，他不说自己吞食了同样的"囊泡蘑菇"。）

他接着说："我们跟他们一起进入一条难行的通道，柏德福误判了他们的某些手势"——非常漂亮的手势！——"惊恐之下动用暴力，他乱砍乱打，杀死了三个，我被迫在这场杀戮之后随他逃走。一些月球人设法拦截我们，我们与他们拼命厮杀，打死了七八个。我再度被俘获时，没有被立即处死，这一点很能说明这些生物的宽容。我们来到月球的外层，在环形山分手，以增大找到球形罐的概率。不久，我就遇到了一群月球人，为首的两个月球人竟然不一样，着实让人奇怪。甚至连外形都与我们见过的月球人不同，脑袋更大，身材更小，穿戴更讲究。我躲了一阵，后来掉进了一个裂缝，摔得头破血流，膝盖骨错位。我发现爬行疼痛难忍，于是决定投降——如果他们容许我投降的话。他们抓住了我，察觉我无力行走，于是又把我抬进了月球里层。至于柏德福，我再也没有听说过他，也没有看见过他。据我所知，月球人也不知道他的下落。他要么是夜间死在环形山，要么是找到了球形罐，抢先一步，乘坐球形罐逃走了，这种情况可能性更大——我只是担心，他会发现球形罐难以操作，因而在外太空饱受命运的煎熬。"

卡沃尔此后不再说我，转而谈论一些更有趣的话题。我不愿利用作者的身份，为了个人利益肆意歪曲他的故事，但是我在这里必须对他的叙事态度表示抗议。他一点都没有提到那张字迹潦草、沾有血迹的纸条，上面说的或打算说的内容全然是另外一种说法。我必须强调，所谓体面的主动投降完全是他的新看法，他在月球人的中间有了安全感才会有这样的认识。至于"抢先一步"一说，我非常愿意让读者就眼前的材料在我俩之间做出裁决。我知道我不是个模范人物——我也没有这样自负。但我竟然那样为人所不齿吗？

不管怎样，我的全部过错就是这些。自此以后，我可以心平气和地编辑卡沃尔的信息，因为他不再提我了。

抓住他的月球人似乎用他所描写的"一种气球"，把他通过"一个大竖井"带进月球内层的某个地点。他描述此事的文字相当混乱，我们根据这一段的文字，以及后续信息众多偶然的暗示，猜测这种"大竖井"属于巨大的人工竖井系统，每个竖井从所谓的月球"环形山"通往月球近一百英里深的中心区域。竖井与纵横交错的隧道相连，通向深不可测的洞穴和众多宽敞的圆形场地。整个月球向下深约一百英里的物质其实不过是海绵状岩石。卡沃尔说："这种海绵状物质一部分是天然的，绝大部分是月球人在过去投入了大量的劳动开挖的结果。挖出的岩石和泥土堆成了大圆丘，形成了隧道外围巨大的环形山，地球上的天文学家（被一种错误的类推所误导）称之为火山。"

月球人带着卡沃尔乘坐的他说的"气球"经过竖井，先是进入一个漆黑的地方，然后进入一个磷光不断增强的区域。虽然卡沃尔是科学家，但奇怪的是，他的信息忽略了细节。据我们推测，亮光是浩浩荡荡注入中央海的溪流和瀑布发出的，流水"无疑是含磷的有机物"。他说在下降时，"月球人也变得发光了"。最后到达月球深处，他看到一个好像在燃烧的湖，烧灼却不散发热量，这就是中央海。海水荡漾，波光粼粼，真是让人无比惊奇，"像煮沸的牛奶闪着蓝光"。

在下一段中，卡沃尔说："月球海不是停滞不动的海洋。在日光潮的作用下，海水围着月球轴不停地流动，产生奇特的风暴，海水沸腾，海浪澎湃。有的时候，海上生成的寒风和雷鸣往上涌入大蚁冢的繁忙通道。海水在流动时才发光，在罕见的平静季节里，海水是黑色的。通常看上去，起伏不平的海水光滑如镜，大大小小的泡沫熠熠生辉，随着泛着微光的海潮缓缓漂荡。月球人驾着形似独木舟的浅底小船，穿行于洞穴般的海峡和礁湖。甚至在我启程会见月球的主宰月球大王前，他们准许我在海上做了一次短暂的游览。

"洞穴和通道的曲折处是天然形成的。只有渔民中操舵的老手才熟悉大部分的路径,月球人经常会永远迷失在迷宫中。我听说洞穴的深处藏有怪兽,有一些怪兽凶猛可怕,即使动用月球所有的科学知识也没法予以消灭。特别是一种叫拉发的怪兽,长着许多带钩的触手,你把它砍成碎片,它会迅速繁殖。还有特泽,这是一种未曾见过的怪兽,快如飞镖,不知不觉之间突然使出杀招……"

卡沃尔给了我们一个简略的描绘。

"在游览中,我想到我读过的猛犸洞穴;如果我有一把火炬,燃烧黄色的火焰,而不是闪耀永不熄灭的蓝光,如果划船的是一个身体结实的船夫,而不是一个煤斗形脸的月球人,只会照看独木舟尾部的机器,那我就会想象自己突然返回了地球。我们四周的岩石千奇百怪,有时岩石是黑色的,有时岩石带有浅蓝色的纹理。有一次岩石闪亮发光,我们好像走进一个盛产蓝宝石的矿洞。低头可见像幽灵一般闪着磷光的鱼,倏地消失在磷光丝毫没有减弱的海底深处。随后不久,一条湍急的繁忙水道上,一幅海边风景长卷展现在眼前,一座浮动码头,也许还能瞥见一个巨大的垂直竖井,里面拥挤不堪。

"在一个宽敞的地方,到处都是闪亮的钟乳石,一些船只正在捕鱼。我们和其中的一条船并排航行,观看长臂月球人收网。他们是矮小而驼背的昆虫,非常强壮的胳膊,短小的罗圈腿,戴着发皱的面罩。他们在拉网，似乎拉的是我在月球上见到的最重的东西。渔网无疑是金子做的，一网下去打了不少鱼，过了许久才把网拉上来，因为在那些水域里，能吃的大鱼潜在海底深处。网中的鱼拉上来时像初升的蓝色月亮——闪着蓝光。

　　"在他们的捕获物中，有一种黑色的生物，长着众多的触须，眼光凶恶，异常活跃。这东西一出现，月球人欣喜若狂，又是尖声喊叫，又是喊喊喳喳。他们神情紧张，动作迅速，挥动小斧子把它砍成碎块。砍成碎块的肢体继续甩动翻滚，样子实在吓人。后来发烧时，我一再梦见这种凶猛的生物，活蹦乱跳，跃出未知的海洋。这是我在月球内部见到的最活跃、最凶恶的生物……

　　"海面必定在月球外层之下深约二百英里处，至少是这样。我获知月球的所有城市全都建在中央海之上的附近区域，在我描述的那些洞穴和开挖的回廊里，通过硕大的垂直竖井连接外部，即在地球上的天文家称之为月球'环形山'。出口处的盖子，我在被俘前四下走动时见过。

　　"至于月球的非中心区域，我还没有掌握非常准确的情况。这里的洞穴纵横交错，月球兽夜间圈养在里面，设有公共屠宰场和类似的地方，我和柏德福曾在一个屠宰场大战月球屠宰工。我后来见过装肉的气球从黑暗的上层降落。我对这些情况了解甚少，简直不如一个身在伦敦的祖鲁人[1]，对于英国谷物的供应，他在相同的时间内会有更多的了解。这些竖井和月球表面的植被显然对

---

1 祖鲁人（Zulu），亦称"阿马祖鲁人"，南非的主体民族。莱索托和斯威士兰也有部分祖鲁人。

月球空气的流通和保鲜起着决定性的作用。有一次，在我第一次出狱时，肯定有一股冷风从竖井吹下来，后来又有一股热风向上吹，热风的温度与我高烧的温度相当。大约过了三个星期，我莫名其妙高烧不止，尽管卧床休息，服用了我十分幸运带在口袋里的奎宁药片，但是仍然不见效，我感到烦躁不安，直到会见月球的主宰月球大王时，我的病都没有好。

"我不愿详谈我生病时的可怜相。"他说，随后却大谈各种细节，这里一律省略。

"我的高烧，"他最后说，"持续了太长的时间，很不正常，结果我一点食欲都没有了。醒来时迷迷糊糊，睡着时噩梦缠身。有一个阶段，我记得自己身体虚弱，想念地球，几乎变得歇斯底里。我无法克制自己，渴望见到别的色彩，不要总是看到永恒不变的蓝色……"

他立即继续谈论月球海绵状结构中的大气层。天文学家和物理学家告诉我，卡沃尔所说的情况与人类对月球现状的了解完全吻合。温迪吉先生说卡沃尔揭示了月球的总体结构，如果地球上的天文学家有胆有识，大胆推论，他们也许早有预言，几乎阐明了有关月球结构的全部知识。他们现在肯定非常清楚，与其说月球是地球的卫星，倒不如说它们是一大一小的两个姐妹星球，两者来自同一个星团，由同样的物质构成。月球的密度仅是地球密度的五分之三，唯一的原因是月球被掏空了，里面建成了一个庞大的洞穴网络。英国皇家学会会员杰贝兹·弗莱普爵士语言风趣，在戏说星球方面是专家。他说我们不必去一趟月球，才会发现这样简单的推论，而且他意味深长，提到了格鲁耶[1]的乳酪。他当然可以提前公布他的理论，即月球是一个空心的星球。如果月球内部是空心的，那么就不难解释月球的表面没有空气和水的原因。大海在洞穴的底部，空气按照简单的物理法则，穿过庞大的海绵结构回廊系统。总的说来，月球的洞穴非常通风。由于阳光照到月球的表面，阳面外层回廊的空气受热，压力增加，部分空气流到外面，与环形山的水蒸气混合，而环形山的植物则清除空气中的碳酸。大部分受热空气在回廊里循环，替换阳光不再照射的那一面冷却的空气。这样一来，在外层回廊的空气中总有一股东风，在月球的白昼期间从竖井向上流动。当然，由于回廊形状各异，加上月球人设计精巧，风向的变化非常大……

---

1 格鲁耶（Gruyere），瑞士西部弗里堡以南15英里的一个小镇，以盛产乳酪闻名。

第二十四章
月球人的博物学

卡沃尔的信息，从第六条到第十六条，大部分支离破碎，重复啰唆，叙述几乎一点都不连贯。这些信息当然会在科学报告中全文发表。这里像前一章那样，采用摘要和引述的方式，会方便得多。我们仔细研究每一个字，我本人对月球的简短回忆和印象对文字解读有着不可估量的帮助，否则就会陷入难以穿越的黑暗。作为有生命的人，我们的兴趣自然主要集中在月球昆虫组成的那个怪异的社会上，而不是月球世界的物理状态。卡沃尔似乎以贵宾的身份生活在那个世界里。

我想我已经交代清楚了，我看见的月球人和人一样保持直立的姿势，四肢齐全。我把月球人脑袋的大致形象和四肢的连接与昆虫相提并论。我也说过，较小的月球引力对他们羸弱的身体造成了奇怪的影响。卡沃尔证实了所有这些看法，他称他们为"动物"，尽管他们不属于任何一类的地球生物。他指出，"地球上的昆虫相对较小，这对人类是一件幸事"。地球上最大的昆虫，包括现存的或灭绝的物种，实际上身长只有六英寸。"但是在这里，由于月球引力较小，一种和脊椎动物非常相似的昆虫，看来长度赶上或超过了人类。"

虽然他没有提到蚂蚁，但是有所暗示，于是我的眼前老是浮现出蚂蚁的形象。我想到了蚂蚁无眠的活动、蚂蚁的智力和社会组织以及蚂蚁的身体结构，特别是蚂蚁除了像动物一样具有雌雄两性以外，还有许多无性的品种，如工蚁和兵蚁等，彼此在结构、性格、能力和作用方面各不相同，不过都属于同一种类的成员。月球人的外形也是千差万别，当然他们不仅比蚂蚁大很多，而且根据卡沃尔的观点，他们在智力、道德、社会智慧方面也比人类强很多。地球上发现的蚂蚁品种只有四五种，而月球人的种类几乎数不胜数。我想努力说明，我在月球外层碰到的月球人外形差别极大，身材大小与比例的差异简直就像两个相距最远的不同人种。与卡沃尔所说的巨大差异相比，我所看到的差异绝对算不了什么。我在月球外层见到的月球人，大多数看来的确从事同一类职业——放养月球兽的牧工、屠宰工和剥皮工等。实际上我并不怀疑，在月球内部似乎存在许多其他种类的月球人，大小不同，身体各部分的比例不同，力量和外貌也不同。他们并非不同种类的生物，而是同类生物的不同变种，仍然保持某些相似性，以表示他们属于同类。月球确实是一个大蚁冢，不同之处仅在于蚂蚁只有四五个品种，而月球人却有几百个品种，不同品种之间又似乎存在不同的等级。

卡沃尔似乎很快就发现了这一现象。虽然他没有明说，但是从他的叙述中推测，他被月球兽的牧工抓获，而发号施令的是另一种月球人，他们的"脑壳（脑袋？）更大，腿短得多。"他们发现卡沃尔在刺棒的逼迫下都走不动，于是把他抬入暗处，越过狭窄的板桥，像用跳板搭建而成的，也许与我拒绝行走的板桥一样，把他放乍一看像电梯的东西，就是气球。我们当时躲在暗处，自然什么都看不见。我当时以为只是悬空的板桥，实际上无疑是一条通道。他坐在气球里面降落，前往越来越亮的月球洞穴。起初，他们在降落时悄无声息，只能听见月球人的喊喳声。接着，他们感到风呼呼刮个不停。不一会儿，深沉的黑暗让他的眼睛变得敏感，于是他看见了周围越来越多的东西，模糊的东西最终显出了形状。

"设想一个巨大的圆筒形空间，"卡沃尔在第七条信息中说，"直径也许是四分之一英里。开始照明昏暗，接着变得更亮。这个空间的周边有多个宽大的平台，平台扭曲向下，呈螺旋状，最终消失在蓝光的深渊。下面更加明亮，不知道为什么会如此明亮。想想你见过的最大的旋转楼梯或竖井的内壁，你从上往下看，把它放大一百倍。想象一下你在黄昏时透过蓝色玻璃观看。想象一下你从上往下看。还要想象一下你感觉自己轻得出奇，没有地球上那种发晕的感觉，这样你就能理解我最初的印象。想象一下，

212

围绕这个巨大的竖井的是一个宽阔的回廊，旋转上下，陡峭的程度在地球上难以想象。这条陡峭的道路只有一道小护栏，另一边是深渊。护栏肯定有两英里长，一眼望不到头。

"往上看，上下构造完全相同，感觉像窥视一个陡峭的圆锥筒。一阵风吹下竖井，我似乎听见从上面遥远的地方传来月球兽渐弱的吼声。牧工结束了傍晚的放牧，正把月球兽从外面赶回来。旋转回廊的上上下下是众多的月球人，他们各自成群，浑身苍白，略微发亮，或打量我们，或忙着无法知晓的差事。

"也许是我的幻觉，也许确有一片雪花随着寒风飘落。接着出现了一个小小的身影，小小的人形昆虫，抓着一把降落伞，迅速飘向月球的中央区域。

"一个大头月球人坐在我旁边，看到我转动脑袋，于是抖动像鼻子一样的手指，指着下面远远的地方正在显现的一个东西，像栈桥，悬在空中。随着栈桥转向我们，我们迅速放慢了步伐，不一会儿似乎与它并排，于是我们停了下来。一根系绳抛了过来，有人接住了，我发现自己被拉到了下一层，置身于一大群月球人之中，他们争相打量我。

"这群月球人真是不可思议。我突然注意到这些月球生物之间存在着巨大的差异。

"的确，在这群拥挤的月球人中，没有两个彼此相似，他们的外形和大小各不相同。就月球人的外形来说，差异实在是太大了！有的肥胖高大；有的奇矮无比，竟然能在同伴的双足之间跑来跑去。他们模样古怪，性格烦躁，让人想到这是一种设法模仿人类的昆虫。他们全都具有人类的某些特征，只是让人觉得太夸张了，简直令人难以置信。一个月球人长着一只粗大的右前肢，像巨大的触臂；一个月球人看上去全是腿，似乎踩着高跷；一个月球人脸如面具，上面长着一个像鼻子的器官，脸上没有表情，嘴巴开裂，太像人了，简直令人惊奇。月球兽看守的脑袋怪得很，最像昆虫的头，只是没有下颚和触须，各种匪夷所思的变化应有尽有：有的宽而扁，有的高而窄；有的眉毛厚如皮革，长了犄角和怪模怪样的东西；有的长着两边分叉的络腮胡子，侧面看上去像人的模样。有一种畸变尤其引人注目：几个月球人的脑袋像撑大了的膀胱，面具脸却缩成很小的比例。眼睛也有几种令人称奇的形状：有的眼睛奇大无比，脑袋和身体却缩成一点点大；有的眼睛深邃如洞，怪诞而怯弱，其存在的目的似乎是构建一个基座，支撑脸部下方硕大无比、形如喇叭的隆起物。最让人奇怪的是，在这样一个地下世界，数英里深的岩石遮挡了阳光和雨水，竟然有两三个古怪的居民用其触手拿着雨伞！和地球上的雨伞一模一样！我随即想起曾见过有个月球人携伞降落。

"这些月球人与地球人在相似的情形下表现完全一样：他们相互推挤碰撞，甚至爬到别人的肩上，只是为了看我一眼。月球人的数量每时每刻都在增加，他们更加急切地挤向我的向导携带的圆盘"——卡沃尔没有解释这是什么意思——"每时每刻都有未曾见过的月球人走出暗处，让我惊愕不已。不久，月球人向我示意，把我扶上一副担架之类的东西，身强力壮的轿夫抬起来，借着幽暗的光亮，穿过沸腾的人群，前往为我在月球上准备的住所。我的四周全是眼睛、面孔、面具，以及嘈杂的说话声，有的声音像甲虫翅膀振动的沙沙声，有的声音像羊的咩咩声，也有的声音像蟋蟀的唧唧声……"

我们猜测他被抬进了一间"六角房"，囚禁了一段时间。后来他有了相当大的自由，的确非常自由，几乎像在地球上任何一个文明城市一样。那个神秘的生物——月球的君主和主宰——似乎指派了两个"大脑袋"的月球人监护和研究他，试图与他建立某种思想交流。虽然让人惊奇和难以置信，但是这两个生物——奇怪的类人昆虫，另一个世界的生物——很快学会了用地球的语言跟卡沃尔交谈。

卡沃尔管他们叫菲乌和茨朴夫。他说菲乌身高五英尺左右，细小的双腿长约十八英寸，一双小脚是普通的月球类型。小脚之上是细小的身躯，内有一颗跳动的心脏。他的胳膊长而软，关节众多，胳膊的末端是一只触手。他的脖子关节众多，虽然正常，但是又粗又短。卡沃尔说他的头——显然指先前的一段描述，那段文字已经消失在太空了——是普通的月球类型，但是奇怪之处是有了变化。嘴巴开裂，虽然像普通的月球人那样毫无表情，但是出奇的小，而且往下撇。面具缩小了，跟一个扁鼻子的鼻翼差不多大。两侧是一对小眼睛。

"脑袋的其余部分鼓成一个大圆球。皮肤和月球兽的放牧工一样，粗糙的皮肤只是一层薄膜，透过皮肤清晰可见大脑的脉动。他的确是大脑过度肥大的生物，其他器官与之相比显得太小了。"

在另一条信息中，卡沃尔把菲乌的背影比作托天的阿特拉斯[1]。茨朴夫似乎是一只和菲乌酷似的昆虫，但是他的"脸"拉得太长，大脑肥大的部位和菲乌不同，他的头不圆，形状像倒放的梨。卡沃尔的随从还包括宽肩身斜的挑夫，外貌很像蜘蛛的引导员，以及短腿肥脚的侍从。

菲乌和茨朴夫努力攻克语言关，他们的做法太明显了。他们走进囚禁卡沃尔的"六角房"，开始模仿他的每一个声音，先从咳嗽学起。他似乎很快就明白了他们的意图，于是向他们重复单词，用手势说明用法。学习的过程很可能都一样，菲乌听卡沃尔说一会儿，然后也用手比画，说出听到的单词。

菲乌掌握的第一个单词是"人"，第二个单词是"蒙尼"——卡沃尔似乎一时高兴，用"蒙尼"代替了"月球人"。菲乌一旦弄清了一个单词的含义，马上向茨朴夫重复一遍，茨朴夫一下就记住了。学了第一课，他们就掌握了一百多个英语名词。

后来，他们似乎带来了一个画家，用素描和图示帮着解释，因为卡沃尔的绘画技术太粗糙了。卡沃尔说他是"一个手臂灵活、眼睛敏锐的生物"，画画的速度似乎快得惊人。

第十一条信息无疑是一份长篇电文的片段。先是一些断断续续、难以理解的句子，接着说道：

---

1 阿特拉斯（Atlas），希腊神话中的巨神之一，因反抗宙斯失败而受到惩罚，他在世界最西处用头和双手顶住天。

"详细介绍开头这些认真的谈话只会让语言学家感兴趣，但是太耽误我的时间，我确实非常怀疑我能否按照原定的顺序，说明在追求相互理解的过程中，我们经历的所有曲折和转变。他们很快就顺利掌握了动词，至少是我用图画说明的常用动词。有些形容词容易学，但是遇到抽象名词、介词和地球上常用的修辞手法就困难了，就像穿着软木救生衣跳水一样。上第六课前，这些困难的确难以解决，于是来了第四位助手，这个生物长着足球形状的大脑袋，他的特长显然是研究复杂的类比。他走了进来，一副心不在焉的样子，结果被凳子绊了一跤。我们遇到的困难必须交给他，他们经过一番叫喊、推搡和揪掐，才会明白他的意思。他一旦介入进来，洞察力十分惊人。每当问题超出了菲乌并非有限的智力范围，那就求救于这位脑袋扁长的家伙，他肯定会把结论告诉茨朴夫，好让他记住，茨朴夫永远是储藏事实的仓库。于是，我们继续进行。

　　"看似长，其实短。只过了几天，我就和这些月球昆虫进行了认真的谈话。一开始的谈话当然沉闷乏味，实在让人恼火，但是我们不知不觉就听懂了对方的话。我的忍耐到了极限，总是菲乌一个人在说话。他若有所思，说话时常会发出'唔……唔'的声音。他学会了一两句短语，例如，'如果我可以这样说的话''如果你明白的话'，他的谈话自始至终都穿插着这些短语。

　　"他就这样说话，想想他对画家的介绍。

　　"唔……唔……他……如果我可以这样说的话……画画。吃得少……喝得少……画画。爱画画。没别的事。讨厌所有不像他那样爱好画画的人。生气。恨所有比他画得好的人。恨大多数人。恨所有不认为世界就是为了让人画画的人。生气。唔。他什么都不在乎——就是画画。他喜欢你……如果你明白的话……画画的新题材。难看——别致。嗯?

"'他'——话题转向茨朴夫——'爱记单词。比谁都记得好。不想,不画……记。说'——说到这里,他向天才的助手请教了一个单词——'历史——所有的事情。他听一次……永远说。'

"在冥冥的黑暗中,听见这些非凡的生物持续努力,以号叫的声音竟然连贯说出类似地球上的语言,提出问题,回答问题,实在太神奇了,我做梦也没有想到。即使我熟悉了他们,但是仍然忘不掉他们非人的外貌。我觉得我又回到儿时听童话的年代:蚂蚁和蚱蜢谈判,蜜蜂担任他们的裁判……"

在语言学习阶段,卡沃尔在监禁时似乎过着轻松愉快的生活。"我谨小慎微,一举一动表现出极大的理智,"他说,"我们之间由于不幸的冲突造成的最初恐惧和猜疑渐渐消除了……我现在可以随意来去,限制我只是为我好。这样我才能接触这台仪器。有个山洞是仓库,里面储藏着各种乱七八糟的器材,我在里面找到了这台机器,真让我大喜过望。我设法用它发送这些信息。到目前为止,他们丝毫没有阻止我这样做,尽管我向菲乌明确表示过,在向地球发送信号。

"'你在跟别人谈话?'他一边监视我,一边问我。

"'别人。'我说。

"'别人,'他说,'噢,是。人类?'

"我继续发报。"

随着了解到越来越多的情况,卡沃尔不断纠正先前对月球人的介绍,以修正原来的结论。基于这样的原因,对于下面引用的文字,态度应该有所保留。这些文字摘自第九条、第十三条和第十六条信息,尽管表达含糊,支离破碎,但是对于这个怪异的社会,却有可能提供一幅有关其社会生活的完整图画,人类未来的许多代人也无法了解更多的情况。

"在月球上,"卡沃尔说,"每一个公民都知道自己的地位。他生下来就要接受这样的地位,接受严格的训练、教育和外科整形手术,以最终完全适应其地位,他所拥有的思想和器官无法使他实现别的目标。'他为什么?'菲乌会问。例如,如果一个月球人注定要成为数学家,那么他的教师和教练会为了这一目标立即投入工作。他们扼杀他对其他方面的早期兴趣,使用一种完美的心理学技巧鼓励他爱好数学。他的头脑逐渐发达,或者至少可以说他头脑中的数学机能逐渐发达,而他身体的其余部位只是为了维持这个关键部位。最后,除了休息和进食,他唯一的乐趣就是锻炼和显示自己的才能,唯一的兴趣就是应用自己的才能,他只与同行的其他专家来往。他的脑子继续发育长大,至少研究数学的部位是这样的;大脑越长越大,似乎吸取身体其他部位的全部活力和精力。他的肢体萎缩,心脏和消化器官变小,昆虫面孔隐藏在大脑膨胀的轮廓下面。他的声音只是唧唧陈述公式；除了正确陈述的难题之外，他似乎什么都听不见。除非突然发现某个谬论，否则他从来不大笑。他集中精力于发展某种新奇的计算方法。这样他就实现了人生的目标。

"再举个例子，如果一个月球人被指定看管月球兽，他从幼年起接受的教育就是想着月球兽，与月球兽一起生活，在学习有关月球兽的知识中寻找乐趣，练习照料和追逐月球兽。他接受训练，变得强壮灵活，他的眼睛只会注意月球兽的皮肤和外形。他最后不再对月球的内部有任何兴趣；对于所有不如他熟悉月球兽的月球人，他都抱着冷淡、嘲笑或敌视的态度。他想的是月球兽的牧场，说的是放牧月球兽的高级技能。他也热爱自己的本职工作，完全喜爱履行合乎身份的职责。类别和身份各不相同的月球人莫不如此——每个月球人都是一个完善的部件，他们共同组成了一台世界机器……

"这些大脑袋的月球人从事脑力劳动，他们在这个怪异的社会组成了一个贵族阶层。这个社会的首脑，月球之最，是卓绝崇高的月球大王，我终于要会见他了。月球上知识分子的大脑无限发展，因为月球人没有颅骨，而这奇异的骨框却限制了人脑的发育，专横地坚持'到此为止，不准超越'。月球人主要分为三个阶层，他们获得的权力和尊重相差很大。第一类是菲乌这样的行政管理人员，这一类月球人具备高度的首创精神，多才多艺，各自负责月球内一定的区域；第二类是脑袋如同足球的思想家，这些专家训练有素，从事某种特殊的工作；第三类是学者，他们是各种知识的储藏宝库。茨朴夫属于最后一类，他是月球上第一个通晓地球语言的教授。关于后两类，有个小小的怪事需要说明一下：由于月球人的大脑发育不受限制，因而没有必要发明协助脑力劳动的各种机器，从而导致人类的分工不同。这里没有书，没有记录，没有图书馆或任何刻印的文字。所有的知识都贮藏在膨胀的脑袋里，就像得克萨斯州的蜂蚁把蜜贮藏在膨胀的腹中一样。月球上的萨默塞特宫[1]和大英博物馆[2]就是某些生物大脑的收藏……

"分工不太明确的行政管理人员遇到我时，每次都会对我表现出极大的兴趣。他们迎过来，盯住我看。菲鸟会回答他们的问题。他们来来往往，身边带着轿夫、侍从、开道工和伞降工等——这些月球人真是一群怪人。专家们多半对我毫不理睬，就像他们相互之间毫不理睬一样。即使注意到我，也不过是大声喧哗，炫耀自己的特殊才能。专家们大多对我无动于衷，陶醉于激动不已的自满之中，只有否认他们的博学才能惊动他们。他们通常由矮小的警卫和随从领路，身边常有一些小巧活泼的生物，通常是雌性的生物，大概是他们的老婆。有些学者身材臃肿，只能坐在像轿子一样的盆里，由别人从这里抬往那里，这些摇晃的知识肉冻

1　萨默塞特宫（Somerset House），位于伦敦，俯视泰晤士河。1549年，萨默塞特公爵兴建这座都铎王朝的宫殿。年仅九岁的爱德华六世在1547年即位，他的舅父爱德华·西摩成为萨默塞特公爵，受封护国公。
2　大英博物馆（British Museum），又名不列颠博物馆，位于英国伦敦，成立于1753年，是世界上历史最悠久的综合性博物馆。

让我感到既尊敬又惊讶。我被准许来到这里，摆弄这些电气玩具。刚才在途中遇到一位学者，他在一副样式古怪的担架上，大脑袋刮得精光，摇摇晃晃，没有遮盖，皮肤细薄。前后是他的轿夫以及怪模怪样、面孔几乎形同喇叭的新闻传播员，他们在尖声宣扬他的名望。

"我曾经说过，大多数知识分子的随从包括前导、轿夫和侍从等，他们似乎充当体外触手和肌肉，以弥补大脑发达的月球人丧失的体能。搬运夫几乎一直陪同他们，还有行动特别敏捷、长着蜘蛛腿和把握降落伞的'手'的信差，以及发音器官几乎可以吵醒死人的仆从。除了掌握一定的知识以外，这些随从如同架子上的雨伞一样迟钝无用。他们的存在仅是为了服从命令，完成分内的职责。

"大多数昆虫月球人来往于旋转回廊道上，拥挤在上升的气球中，抓着单薄的降落伞从我身旁降落。我猜他们属于劳工阶层。的确，有些月球人是'机械工'——这不是玩弄辞藻。例如，放牧工的唯一触手经过精心的改造可以抓举并引导月球兽，其余月球人只不过是重要的器械安装所需的附属物。有些月球人的听觉器官十分发达，估计是与鸣钟的机器打交道。有些月球人的嗅觉器官很大，他们从事精密的化学操作。有些月球人生有专门踩踏板的平足，关节僵硬。有些月球人似乎就是肺叶，据说是玻璃吹制工。在我所看见的普通月球人当中，每个人在工作时都非常适应各自的社会分工。精细的工作交给身材缩小的工人，他们矮小而可爱，让人称奇。有些月球人能被我托在手上。甚至有一种像转叉狗的月球人，十分普遍，他们的职责和唯一的乐趣是为众多的小器械提供动力。管理这些东西并纠正任何错误行为的月球人是我在月球上见到的最健壮的生物，算是月球警察，他们肯定从小就接受训练，绝对尊敬并服从大脑袋的家伙。

"制造这些各式各样的劳工肯定是一个非常奇特而有趣的过程，但我对此仍然一无所知。不过最近我看到许多年轻的月球人被囚禁在坛子里，只有前肢伸出，他们正被压成一种特殊机器的看守。在这种高度发达的技术教育体系中，手延伸靠药物刺激，靠打针提供营养，而躯体的其余部分则挨饿。如果我没有误解，菲乌解释说，在被压成各种形状的早期阶段，这些奇特的小生物会流露出痛苦的表情，不过轻易就变得对命运的变化无动于衷。他把我带到一个地方，我看见邮差正被拉长躯体并且接受训练，学会灵活地使用四肢。我知道这种做法很不合理，看见这些生物的训练方法让我很不舒服。我希望这种感觉会消失，希望了解这一方面更多的情况，体会他们美好的社会秩序。可怜的触手伸出坛子，似乎是企求失去的希望。虽然这种情景一直让人难以忘怀，但是从最终的结果来看，这当然比我们在地球上的做法人道得多，我们让儿童长大成人，然后把他们变成机器。

"也是在最近，我想是在我第十一次或第十二次接触这台仪器时，我对这些劳工的生活有了奇特的见解。他们领着我穿过一条捷径，没有从旋转回廊往下走，也没有经过中央海的码头。我们走过一条漫长而曲折的黑暗回廊，进入一个宽敞低矮的洞穴，里面相当明亮，充斥着泥土的气息。亮光来自一种疯长的蘑菇——有些蘑菇的确很像地球上的蘑菇，不过和人一般高，或者更高。

"'蒙尼吃这些？'我问菲乌。

"'是，食物。'

"'我的天！'我喊道，'那是什么？'

"我的目光正好落在一个月球人的身上，他的块头特别大，模样特别笨拙，脸朝下，一动不动地躺在蘑菇之间。我们站住了。

"'死了？'我问。（因为一直没有看到过死去的月球人，因而我有些好奇。）

"'不！'菲乌大声说道，'他——工人——没活干。喝一点——睡觉——直到我们需要他。醒了有什么好，嗯？不要他到处走。'

"'还有一个！'我喊道。

"果真，在大片的蘑菇园里，到处都是倒伏的身影，由于麻醉剂的作用，在月球需要他们干活之前，他们一直沉睡。各种各样的月球人多达几十个，我们把几个月球人翻过身来，于是我能比以前更仔细地观察他们。在我观察他们时，他们呼吸声很大，但是没有醒来。有一个我记得很清楚，给我留下了深刻的印象。由于光线的作用，加上他的姿势奇特，因而看上去很像一个人趴在地上。他是某个工种熟练的操作工，前肢是瘦长纤细的触手，睡觉的姿态使人想起一种顺从的痛苦。如此解读他的表情毫无疑问是一个错误，但我当时确有这样的看法。菲乌翻动他的身子，再次把他推到黑暗之中，藏身于苍白肥大的蘑菇之间。我当时显然有一种不快的感觉，尽管他在滚动时尽显昆虫的形态。

"这一点说明了人们在感觉时不假思索。用药物麻醉不需要的工人，把他们扔到一边，肯定比把他们赶出工厂，让他们饿着肚子在街头流浪好得多。在每一个复杂的社会里，所有专业劳动必然有一个中断用工的阶段，因此完全可以预料'失业'问题会带来麻烦。不管怎么说，虽然具备科学素养的人也会缺乏理性，但是想到安静明亮的肥大植物中间倒伏的躯体，我仍然没有喜欢的感觉。我不再为了图方便走这条捷径，宁愿走另一条路，尽管更长，更吵，更挤。

"我选择的另一条路经过一个阴暗的大洞，里面非常拥挤嘈杂。正是在这里，我看见了月球世界的母亲们，她们像蜂巢中的母蜂。她们从蜂窝墙的六角形缝隙向外窥视，或者在墙后宽敞的空地上散步，或者挑选各自喜欢的玩具和护身符——由触手灵巧的珠宝工在下面的单室小洞里制作而成——以取悦她们。她们相貌高雅，打扮艳丽，气度傲慢。虽然嘴巴大，但是脑袋非常小。

"有关月球人的性别、婚嫁和生育等，我所知道的情况很少。随着菲乌的英语水平稳步提高，我的无知一定会逐渐减少。我认为像蚂蚁和蜜蜂一样，这个社会的绝大部分成员是中性的。在地球上的城市里，现在当然有许多人放弃了自然生活方式，不再为人父，为人母。这一点如同蚂蚁，也是月球人的正常生活状态，必要的传宗接代工作全由这个特殊的、数目并不太多的生育妇女承担，她们是月球世界的母亲。这些高大端庄的生物完全适合生育月球婴儿。如果我没有误解菲乌的解释，那么这些母亲绝对不能抚养自己生育的幼儿。她们时而犯傻，放纵自己；时而动粗，气势汹汹。柔软肥胖、肤色苍白的小宝宝生下来之后，赶紧交给独身的雌性'工人'照管，她们当中有些人的脑袋几乎和雄性一样大。"

　　这条信息不幸到此中断了。虽然这一章内容残缺不全，让人抓狂，但是仍然给我们提供了一个模糊宽泛的印象，便于我们了解那个完全陌生和奇妙的世界——我们的世界也许非要面对那个世界不可，也许很快。断断续续接收的电文，以及记录针头在寂静的山上发出的低声细语，是第一次警示人类生存的状况已经发生了变化，只是人类几乎从未想到过这一点。在地球的卫星上存在新元素、新器械、新传统、势不可当的新思潮，以及一个我们必定要努力征服的外族，因为那里的黄金像生铁和原木一样寻常……

第二十五章
月球大王

倒数第二条信息描述了卡沃尔和月球的统领及主宰月球大王之间的会见，有些情节非常详细。虽然卡沃尔在发报时似乎没有受到多大干涉，但是结尾部分却被打断了。下一条信息隔了一周才发出。

第一条信息的开头说："我终于能够重新……"随后一段文字难以辨认，不久又从句子中间继续。

下一句中漏掉的单词可能是"人群"。接下来的表述非常清楚："更加稠密，我们距离月球大王的宫殿越来越近。所谓的宫殿是一连串的洞穴，到处都有面孔盯着我——毫无表情的裂嘴和面具，肥大发达的嗅觉器官上方窥视的眼睛，畸形扁平的前额下方的眼睛。一群发育不良的小生物躲闪乱叫，弯曲的多关节颈上的盔形脸从别人的肩上或腋下伸出来。我们先是乘船在中心海的航道行进，然后离船上岸，受到一队警卫的迎接。他们表情冷漠，脑袋形如煤斗，围在我的身边，保持一定的距离。小脑尖眼的画家也跟着我们，另外还有一大群身材瘦长的挑夫昆虫，他们摇摇晃晃，吃力地抬着众多的生活必需品，数量与我的地位相符。在行程的最后阶段，他们用担架抬着我走。担架是用一种非常柔软的金属制成的，编织成网状，颜色似乎是黑色。担架的横杆也是金属制成的，颜色要淡一些。在我们向前走时，队伍越来越长，加入了各种各样的月球人。

"四个脸如喇叭的月球人走在队伍的前面，像传令官，他们叫喊的声音震耳欲聋；接着是身材矮胖、行动果断的引导员，他们的两边是一群学识渊博的月球人。菲乌解释说他们有点像活百科全书，通常在月球大王的身边提供咨询。（月球科学的每一个方面、每一种观点或者每一个思维方法，这些奇妙的生物统统将它们装进了大脑！）警卫和挑夫跟在后面，菲乌也晃着脑袋躺在担架上。接着是茨朴夫，在做工稍次的担架上。再接着是我，躺在一副做工更精致的担架上，旁边是侍候我饮食的仆从。接下来是更多的吹鼓手，他们拼命喊叫，简直要撕裂别人的耳朵。接着是几个大脑袋的家伙，不妨称他们为特派记者或史料编纂员，负责观察和记录这一划时代会晤的每一个细节。一群随员跟在队尾，他们或扛或拖，携带旗帜、芳香的蘑菇和古怪的标牌，依次消失在黑暗之中。引导员和官员列队在道路两旁，他们身穿像钢一样闪光的华服。在他们身后的黑暗中，我的目光所及之处，纷纷拥拥的月球人根本就看不到尽头。

"我承认我仍然不能漠视月球人的外貌对我产生的奇特影响。在兴奋的月球人组成的昆虫海洋，我发现自己似乎飘浮在上面，心里很不舒服。一瞬间，我认为我的感觉很像人们所说的'恐怖'。在月球的洞穴中，有一次我发现自己手无寸铁，没有坚强的后盾，四周都是月球人，我当时就有这样的感觉，但是没有这一次强烈。这种情感当然是绝对荒谬的，我希望逐渐克服它。然而，那一瞬间，我被抬着往前走，周围的月球人济济一堂，我当时抓紧担架，鼓起全部勇气才没有喊出声来，或者做出类似的表示。也许过了三分钟，我才控制住自己。

"我们沿着一条垂直竖井的旋转回廊走了一会儿，穿过一串精心装饰的圆顶大厅。会见月球大王的道路经过精心的设计，以便让人铭记他的伟大形象。经过的洞穴似乎一个比一个宏伟，洞顶一个比一个高大。越往前走，洞内建筑的规模越来越大的印象就越发强烈，闪着蓝色磷光的薄雾更是强化了这种印象。雾气越发厚重，甚至近前的身影变得模糊。我似乎持续走进一个更大、更暗、更加虚无的世界。

"我必须承认，这一切让我感到寒酸和卑微。我没有修面，头发蓬乱；没带剃须刀，胡子拉碴。在地球上，我总是讨厌过分重视自己的个人卫生，但是在这种特殊的场合，我代表我的星球、我的种族，是否会受到恰当的接待在很大程度上取决于我迷人的仪容。我本来可以多花些钱，穿上品位和气质略微高一些的服饰。

因为我过去一直深信月球上荒无人烟，所以完全忽视了这方面的准备。我穿着法兰绒上衣、灯笼裤和高尔夫球袜，上面沾满了月球上的各种尘土。我穿着拖鞋，左脚的拖鞋丢了后跟。毯子破了一个窟窿，我正好套在头上。我仍然是这身打扮。直立的头发根本不会改善我的相貌；灯笼裤的膝头撕了个口子，没有补上；我在担架上缩起身子，这个口子就十分显眼。左脚的袜子老是缠在脚踝上。我完全清楚我的形象给人类丢了脸。如果有什么权宜之计，我能穿上一些别致和端庄的东西，我一定照办。我实在是无计可施，只能拿着毯子瞎凑合，将它折成了古罗马男子身披的罩袍式样。除此以外，虽然担架摇晃不已，但是我尽量坐得笔直。

"想象一下你到过的最大的大厅，照明的蓝光不太亮，浅蓝色的烟雾朦朦胧胧，里面是金属色或青灰色的月球人，各种各样的月球人应有尽有。想象一下大厅的尽头是一扇敞开的拱门，拱门过去是一个更大的大厅，再过去是另一个更大的大厅，就这样一个接着一个。目光尽头隐约可见一处台阶，像罗马天坛圣母堂[1]的台阶，一直绵延而上。距离台阶的底部越近，台阶就显得越高。最后我来到一扇巨大的拱门下，看到了在台阶的顶端，月球大王高居宝座之上。

"他坐在一片相对明亮的蓝光下。这片蓝光和他周身的黑暗让人觉得他似乎飘浮在一个蓝黑色的虚空里。乍一看，他坐在阴沉沉的宝座上，似乎是小小的一朵自身发亮的云。他脑壳的直径

---

1 天坛圣母堂（Basilica Sanctae Mariae de Ara coeli），罗马天主教的一座圣殿，建在意大利罗马的卡比托利欧山（Capitolium）的山顶上。

肯定有好几码长。出于我所不知道的某种原因，多盏蓝色的探照灯从宝座后面向四周照射，一圈光环立即将他笼罩在其中。他的身边是一批看护照料他的月球人，他们的身形在蓝光下显得渺小而模糊。他的知识分子下属包括记事员、计算员、检查员和服务员，以及月球宫廷中的所有权贵，这些人站在阴影中，围成一个大的半圆。再往下站着引导员和信差，而通向宝座的无数级台阶上则站着警卫。台阶的底层聚集了月球的低级权贵，他们数量众多，身份繁杂，模样若隐若现，后面的月球人最终消失在绝对的黑暗中。济济一堂的月球人扭动肢体发出低沉的籁籁声，同时一直用脚磨蹭岩石地面发出清脆的窸窣声。

"我走进倒数第二个大厅时，音乐响了起来，气势磅礴的乐声淹没了新闻传播员的尖叫……

"我进入最后也是最大的一个大厅……

"我的队伍呈扇形散开，引导员和警卫各分左右，抬着我、菲乌和茨朴夫的三副担架被抬过漆黑发亮的地面，来到宽大的台阶下。接着，响起一阵喧腾的嗡嗡声，与音乐交织在一起。虽然两个月球人放下担架，但是他们却让我坐在上面，估计这是一种特殊的礼遇。音乐停了下来，嗡嗡声却没有停，上万的权贵同时转动脑袋，于是我将目光投向高高在上、头顶光环、至高无上的智者。

"透过辐射的光芒，我首先看到集月球精华于一体的脑袋似乎很像一个大气囊，既不透明又无特色，里面起伏蠕动的幻影隐约可见。在这个庞然大物与宝座之间，猛然看见一双精灵的眼睛正从那一团光芒中向外窥视，不禁会吓一跳。没有脸，只有眼睛，而且眼睛似乎从洞里往外张望。我首先只看见这两只出神凝视的小眼睛，随后才分辨出矮小的躯体及其如同昆虫关节的四肢，干瘪而苍白。那双眼睛往下盯着我，神情古怪而专注。鼓胀的球形脑袋下半截皱巴巴的。看似无用的小触手扶着躯体在宝座上坐稳……

"脑袋太大了，大得可怜。我竟然忘了大厅和人群。

"我被一步一颠地抬上台阶。在我看来，隐约发光的脑壳悬在头顶，盖住了我们，走得越近，它对我的影响就越大。里里外外围着主人的侍从和助手似乎变小了，渐渐消失在黑暗中。我看见身形模糊的侍从忙成一团，对着硕大的脑袋喷洒清凉剂，拍一拍，扶一扶。我坐在担架上，抓着摇摆的担架盯着月球大王，没法转移我的视线。我最终到达一处不大的平台，距离至尊宝座只有十来级台阶，庄严的音乐此时进入了高潮，随后停了下来。在这宽敞的大厅里我似乎赤裸着身子，任由月球大王从上往下仔细观察。

"他正在观察见到的第一个地球人……

"我的目光终于从月球大王身上移开，转而打量他的周身蓝雾中的模糊身影，接着扫视台阶下面聚集的月球人。成千上万的月球人安安静静，充满了期待。我再次感到一阵莫名其妙的恐怖……那感觉接着便消失了。

"停顿片刻之后开始行礼。我被扶下担架，笨拙地站着。两名身材瘦长的官员替我做出各种奇怪的动作，无疑蕴含着深刻的象征意义。那群学识渊博的学者刚才陪我走到最后一个大厅的门口，现在则站在比我高两级的台阶上，分列我的左右两侧，随时接受月球大王的询问。菲乌硕大苍白的脑袋大概置于我和宝座之间，他不用扭动身子便能从容地转述我和月球大王之间的谈话。茨朴夫站在他的身后。动作灵活的引导员侧身从旁边向我走来，他们的脸则完全面对着月球大王。我以土耳其坐姿[1]盘腿坐下，菲乌和茨朴夫也在我的上方跪下。停顿片刻，站在近前的月球人把目光从我的身上移到月球大王身上，接着又落到我的身上。台阶下面隐没在黑暗中的众人满怀期待，响起一阵哗哗啾啾声，接着平息了下来。

"嗡嗡声停了下来。

"在我的经历中，月球第一次也是最后一次变得寂静无声。

"我听到一种轻微的吭哧声。月球大王正对我说话，像用手指头摩擦玻璃。

"我专心观察了他一会儿，然后看了一眼警觉的菲乌。置身于这些瘦弱的生物中，我感觉自己粗大、肥胖和结实，实在滑稽得很。我的脑袋似乎除了下巴就是黑发。我的目光又回到了月球大王的身上。他停了下来，侍从忙这忙那，他闪亮的外表正在淌下清凉剂。

---

1 所谓土耳其坐姿，即盘腿席地而坐，这是许多欧洲国家的叫法，又称裁缝坐姿。美国人称"印第安人坐姿"，日本人称"胡座"（agura），瑜伽称"简易坐"（Sukhasana）。

"间歇期间，菲乌苦思冥想，他与茨朴夫商量了一下，接着开始啾啾说话，他的英语倒是听得懂——起初有点紧张，所以说得不是很清楚。

"'唔……月球大王……想说……想说……他猜你是……唔……人……你是来自地球行星的人。他想说他欢迎你……欢迎你……希望了解……了解，如果我可以用这个单词……你们世界的情况，还有你到这里来的原因。'

"他停下来。我刚要回答，他又继续说话。他说的话意思不是很清楚，不过我倒认为是客套话。他告诉我，地球对月亮就像太阳对地球一样，月球人十分希望了解地球和人类。他接着告诉我——无疑也是客套话——地球和月球的相对质量和直径。我垂下眼睛，沉思了片刻，然后决定这么回答：人类也想知道月球内部有什么，人类曾经断定月球上没有生命，几乎未曾想过我今天目睹的盛大场面。为了表示认同我说的话，月球大王调整了光线，结果长长的蓝色光线胡乱旋转，整个大厅响起了一阵啾啾窸窣的低语，讨论我刚才的一番话。月球大王接着向菲乌提了一些比较容易回答的问题。

"他解释说，他明白我们住在地球的表面，空气和海洋在地球的外部。的确，关于后一点，天文学家已经向他做了介绍。他非常急于了解更加详细的情况，认为这是一种异常现象，因为地球坚硬，所以他一直认为不适合居住。他首先想确定地球上的生物可以承受的温度极限，对我关于云和雨的描绘抱有浓厚的兴趣。

月球阴面的外层回廊中的大气经常起雾，这一事实有助于他的想象。我们不觉得阳光刺眼，他似乎对此赞叹不已。我试图解释空气的折射会让天空变得湛蓝，他似乎对此很感兴趣，尽管我怀疑他是否完全明白。我解释了人眼的虹膜怎样收缩瞳孔，保护纤细的眼内组织不受到强光的伤害，于是获准走到距离大王不到几英尺的地方，好让他看见我眼里的这种结构。我们由此对月球人和地球人的眼睛做了一番比较。月球人的眼睛不仅对人类看得见的光亮过分敏感，还能看见热，月球内部的温度每一点的变化都会揭示物体的存在。

"对月球大王来说，虹膜完全是一个新的器官。他一时兴起，于是调整光线照我的脸，观察我的瞳孔收缩，结果我眼花缭乱，一时什么也看不见……

"尽管不大舒服，但是我却发现这样一问一答合情合理，因而在不知不觉中有点放下了戒心。我可以闭上眼睛，思考如何回答，几乎忘掉了月球大王没有脸……

"再次受到月球大王召见时，他寻问人类怎样躲避炎热和风暴，于是我讲述了建筑和装修的技艺。在这方面发生了一些曲解和误会，我必须承认多半是由于我措辞不够确切。我花了很长的时间才让他明白了房屋的性质。对月球大王及其手下的月球人来说，人类既然可以住进洞穴，却还要盖房子，这无疑是世界上最奇怪的事情。我试图解释说，人类原本以洞穴为家，如今又在地下修建铁路和很多别的设施，这样他们就更加费解了。我当时追求知识的完整性，不料自找麻烦。我试图解释矿藏，结果引起许多纠缠不清的问题，同样也不够明智。没等我回答完毕，月球大王就结束了这个话题，转而向我询问，我们怎样对待地球的内部。

"月球人最终获悉人类对世代生活的世界的内部一无所知，一阵喧闹的喊喊声和啾啾声即刻席卷了整个大厅，甚至波及大厅最僻远的角落。我只得重复了三次，说明地球的表面和中心的距离约四千英里，人类只对一英里的深度有所了解，非常模糊的了解。我明白月球大王想问我，既然我们对自己的星球几乎没有探索，为什么要到月球上来。他没有当场为难我，非要我解释不可，因为他太心急了，所以没有深究这个让他抓狂的问题的相关细节。

"他又提到气候问题，我试图描述不断变化的天空，比如下雪、霜冻和飓风。'黑夜来临时，'他问，'天气不冷吗？'

"我告诉他晚上比白天冷。

"'你们的大气不冻结吗？'

"我告诉他不冻结，从来没有冷到那个程度，因为我们的夜晚太短。

"'甚至不液化？'

"我正要回答'不'，但是随后又想，至少我们的一部分大气——水蒸气——有时确实液化而形成露水，有时冻结成霜。这个过程和月球上的情况类似，月球上夜间更长，外层的大气在夜晚冻结。我解释清楚了这一点，月球大王由此继续跟我谈论睡觉。地球上的所有生物每二十四小时的睡眠需求十分规律，这也是遗传特性。他们在月球上很少休息，只在特别劳累的情况下才会休息。我接着试图向他描绘夏夜柔美的壮丽景色，进而介绍晚上游荡、白天睡觉的动物。我给他讲了狮子和老虎，于是我们的谈话似乎遇到了阻碍。除了水里的动物以外，月球上的其他动物没有完全不是家养的动物，它们服从他的意志，自古以来便如此。月球上虽有水中怪兽，但是并非猛兽。晚上'外面'会有凶猛高大的动物，这个概念他们难以接受……"

（此处记录支离破碎，约有二十个单词无法誊写。）

"我估计他跟侍从谈到了（人类）出奇的肤浅和缺乏理性。人类仅仅居住在地球的表面，他们经历了大风大浪的考验，拥有了探索太空的本领，不能团结起来打败捕食自己同类的野兽，却敢侵入另一个星球。在此期间我一直坐着，陷入了思考。随后，我遵照他的旨意，介绍了人的不同分类。他向我提了个问题，'不同的工作由同一种人完成，那么谁来思考呢？谁来统治呢？'

"我向他概述了民主制度。

"我讲完以后，他下令在他的额头上喷洒清凉剂，然后要求我再解释一遍他未能完全领悟的要点。

"'那么，他们不做不同的工作吗？'菲乌问。

"我承认有些人是思想家，有些人是官员，有些人是猎人，有些人是技工，有些人是艺术家，有些人是劳工。'但是所有人都参与统治。'我说。

"'他们没有不同的形状来适应不同的职责吗？'

"'也许除了服装不同以外，看不出什么差别。他们的大脑也许稍有差别。'我回答。

"'他们的大脑差别一定很大，'月球大王说，'否则他们都要做同样的工作。'

"为了使我的谈话和他的先入之见更加融洽，我说他的推测是对的。'一切都藏在大脑里，'我说，'差别就在那里。也许是这样，要是看得见人类的大脑和灵魂，他们会跟月球人一样，种类繁多，相互之间没有平等可言。有伟人，有小人，有见多识广的人，有行动敏捷的人，有吵闹的人，有好吹嘘的人，有记性好的人……'（此处记录有三个单词看不清楚。）

"他打断了我，提醒我之前说过的话，'你说过所有人都参与统治？'他追问。

"'在一定程度上是这样，'我说，害怕我的解释会增添一层迷雾。

"他指出了一个明显的事实，问道：'你是说没有地球大王？'

"我想到了几个人，但是最后向他保证一个也没有。我解释说，我们在地球上尝试过，这样的君主和帝王往往最终沉湎于酗酒、邪恶或暴虐。我属于盎格鲁－撒克逊族，这是一个伟大的民族，在地球上影响很大。我们不想再有这样的尝试了。听到这里，月球大王感到更加惊奇。

"'但是你们怎么保存像你具有的这种智慧呢？'他问。我向他解释说，我们用图书来帮助我们有限的（此处漏掉一个单词，很可能是'大脑')。我还向他解释说，我们的科学如何通过无数个小人物的共同劳动而发展。他对此未加评论，只是说我们的社会虽然是野蛮的，但是显然已经掌握了许多知识，否则到不了月球。然而对比却是鲜明的。月球人运用知识帮助自己成长，并且有了变化；人类虽然把知识储藏在身边，但是仍然兽性十足——充其量是有了工具的野兽。他说这……（此处有一小段记录模糊不清）。

"接着他让我介绍怎样在地球上走动，我介绍了铁路和船舶。他一时不明白为什么我们利用蒸汽的历史只有一百年，等他明白了，显然惊奇不已。（我可以提及一件怪事：月球人用'年'来计算时间，和地球人一样，尽管我一点也不清楚他们的计数体系。这一点没有关系，因为菲乌明白我们的计数体系。）我告诉他，人类在城市居住的历史只有九千到一万年，我们还没有团结如兄弟，而是处于很多不同形式的政权统治下。月球大王听懂了以后非常吃惊，他起初以为我只是指不同的行政区划。

"'地球上的国家和帝国仍然是很粗糙的划分，未来会有天下大治的一天，'我说，于是我告诉他……（此处有三四十个单词完全看不清楚）。

"人类固守各种不同的语言，人与人的交流极不方便，这样的蠢事给月球大王留下了深刻的印象。'他们想交流，可是却交流不了。'他说，接着花了很长时间向我深入询问了有关战争的话题。

"他起先迷惑不解，不大相信。'你是说，'他问，寻求我的证实，'你们那个世界的财富几乎未曾开采，而你们却在世界的表面跑来跑去——互相残杀，喂食野兽？'

"我告诉他完全正确。

"他要求我提供一些细节，以帮助他的想象。'但是船只和你们可怜的小城市不会受到损害吗？'他问，于是我发现财产和设施的损失几乎像杀戮一样，给他留下了深刻的印象。'多给我讲一些，'月球大王说，'让我看看图片，我想象不出这些事情。'

"'所以，有一段时间，尽管不大情愿，我还是讲述了地球上的战争史。

"我讲了战争的各种命令、仪式、警告和最后通牒，以及军队的结集和行军。我介绍了调动、阵地和交战。我讲了包围和攻击，战壕中的饥饿和艰苦，以及雪地里冻僵的哨兵。我谈了溃败和奇袭、死守和绝望，以及无情的追击和阵亡的将士。我一边说，菲乌一边翻译，月球人的情绪越来越激动，他们叽叽咕咕，窃窃私语。

"我告诉他们，一艘装甲舰能把一吨重的炮弹射出十二英里，穿透二十英尺的铁甲——怎样在水下发射鱼雷。我描绘了射击的马克沁重机枪[1]，按照我的想象介绍了科伦索[2]战役。月球大王不

---

1 马克沁重机枪（Maxim Machine Gun），英籍美国人海勒姆·史蒂文斯·马克沁（Hiram Stevens Maxim，1840—1916）于1883年发明，1884年获得专利。马克沁重机枪口径为11.43毫米，质量为27.2千克，理论射速为每分钟600发子弹，可以单发和连发。

2 科伦索（Colenso），南非纳塔尔省的一个村庄。科伦索战役是第二次布尔战争（1899—1902）中的一次战役。战争持续了3年多，英国先后投入40多万兵力，阵亡2.2万人。英国最终与布尔人签订和约，结束战争。

相信，多次打断了翻译，核实菲乌有没有误解我的意思。我描述人类在投入战斗时会欢呼喝彩，他们对此尤其不信。

"'他们肯定不喜欢战争！'菲乌翻译说。

"我郑重地对他们说，我那个民族的男人认为参战是人生最荣耀的经历，在场的月球人对此全都感到惊叹。

"'战争有什么好处呢？'月球大王问道，紧扣他主题。

"'噢！'我说，'至于好处，战争减少人口！'

"'为什么有必要……'

"停顿了片刻，侍从往他的额头喷洒清凉剂，他再次开口说话。"

（此处的一连串波动显然让人倍感疑惑，因为月球大王第一次开口说话前，大厅里一片寂静，卡沃尔对于这一情景的描述在记录中极其混乱。之所以出现这些波动，明显是因为月球的某一地方发射了电磁辐射，其信号与卡沃尔使用的电波信号持续相近。这就难免让人感到奇怪，说明肯定有报务员故意干扰卡沃尔的信息，使其无法辨认。由于波动的频率起先较小，有规律可循，因此稍加留意，仍然能够猜出遗漏的单词；后来波动的频率变得又宽又大，突然间没了规律，这种无规律性就像有人在一行字中胡乱涂抹。电波记录仪像发了疯似的，记录杂乱无章，很长一段时间内什么也辨别不出。干扰突然中止了，清楚地留下了几个单词，然后继续出现干扰，直到信息结束才停止干扰，完全掩盖了卡沃尔打算拍发的内容。如果确实是故意的干扰，为什么让卡沃尔继续发报，却又不让他知道他们在暗地里搞破坏呢？月球人有能力阻止卡沃尔发报，随时可以采用更简单、更方便的手段制止他。这个问题我回答不了。我只能说事情就是这样。介绍月球大王的最后一小段从一句话的中间开始——）

"……十分详尽地刺探了我的秘密。我一会儿便与他们达成谅解，打算最终交代清楚我一直百思不解的疑惑。自从我获知他们掌握了广泛的科学知识以来，我就纳闷他们怎么从来没有发现'卡沃尔素'。他们认为这是一种理论上的物质，但是始终相信不可能制造出来，出于某种原因，月球上没有氦，而氦……"

（涂抹的痕迹再次出现，划过了拼写最后一个单词"氦"的字母。注意"秘密"这个单词，正是以此为根据，也只能如此，我对下一条信息做出了解释。现在我和温迪吉先生相信，下一条信息可能是卡沃尔发给我们的最后一条信息。）

第二十六章

卡沃尔发给地球的最后一条信息

卡沃尔发来的倒数第二条信息就这样断了，实在让人难以满意。我们似乎看见他在朦胧的蓝光下守着机器，专心发报，不仅浑然不知我们之间的联系受到了电波的干扰，而且浑然不知致命的危险已经向他袭来。由于缺乏一般的常识，结果给自己招致了灭顶之灾。他谈到过战争，谈到过人类的种种力量和不合情理的暴力，谈到过他们欲壑难填的侵略行径，以及他们无休无止、徒劳无益的冲突。他已经使整个月球世界对人类产生了这样的印象，而且他竟然承认，至少在一个相当长的时间内，只有依靠他的力量，其他人才有可能登上月球，我想这样的坦白显然最为致命。鉴于月球人冷酷非人的理性，我非常清楚会有怎样的结果。卡沃尔对此先是有些怀疑，后来也许突然意识到了这一点。

我们估计他在月球上到处走动，心里越发感到后悔，知道如此轻率会危及生命。有一段时间，我估计月球大王正在考虑这样的新情况，因为卡沃尔一直可以像以前那样自由走动。然而，在我刚刚发表那条信息之后，他再次受到了某种形式的阻挠，无法使用电磁设备。有几天我们什么也没有收到。也许他正向另一批月球人汇报，话语之间试图回避以前的陈述。谁能猜得出来？

突然，传来最后一条信息，像黑暗中的一声呐喊，像寂静后的一声呼叫。这是最短的片段，两个句子的开头部分支离破碎。

第一句是："我太傻了，竟让月球大王知道——"

也许有一分钟的间隔，我们估计出现了某种形式的外部干涉，他离开了机器。在昏暗的蓝光映照下，隐约可见洞穴堆满了各种器械，他心生恐惧，犹豫不决。突然，他跑回机器跟前，下定了决心，只是这决心下得太晚了。接着，似乎是在匆忙之间拍发的信息："卡沃尔素制作方法如下：用——"

接着是一个单词，一个完全毫无意义的单词："uless"。

就这样完了。

也许在横遭不幸之前，他在匆忙之间试图拼出"useless"（无用）这个单词。我们无法获悉机器旁究竟发生了什么。不管发生了什么，我知道我们永远都不会收到来自月球的另一条信息。至于我，我做了一个真切的梦，如同亲眼看见一样。我看见在蓝光的映照下，一群形如昆虫的月球人抓住了衣衫不整的卡沃尔，他在拼命挣脱束缚。在月球人逼近时，他更加绝望、更加无望，他在挣扎、呼喊、哀告，也许最终进行了最后一战，结果被迫步步后退，直到人类再也听不到他的声音，再也看不到他的模样。他则永远进入了未知的世界——进入了黑暗，进入了无穷无尽的寂静……

H.G. 威尔斯年表

1866 年   9 月 21 日，出生于伦敦肯特郡布罗姆利。

1874 年   进入布罗姆利学院读小学。

1880 年   在温莎一家布店做了一个月的学徒工。
          在萨默塞特一所乡村学校担任很短一段时间的小学老师。

1881 年   在米德赫斯特给一名药剂师当学徒。
          在米德赫斯特语法学校学习。
          在南海镇一个布料市场当学徒。

1883 年   在米德赫斯特语法学校担任小学老师。
          拓宽自学范围，开始广泛学习自然科学和政治经济学。
          为参加全国理科考试做准备。

1884 年   进入伦敦肯辛顿科学师范学校（皇家科学院的前身）学
          习，主修由托马斯·赫胥黎授课的生物学和动物学。

1885 年   在夏季考试中获得一等荣誉，再次获得奖学金。

1886 年   很快对主课失去兴趣，而对文学和政治学兴趣倍增。
          在威廉·莫里斯家里参加社会主义集会。
          撰写有关社会主义的论文并向学校的辩论协会投稿。
          创办《科学学派杂志》（*Science Schools Journal*）并担
          任主编（直至 1887 年 4 月）

1887 年   期末考试地质学不及格，失去奖学金，离开师范学校且
          未能获得学位。

在北威尔士的霍尔特学院任教。

在一场校内足球比赛中遭到撞击，造成肾破碎和肺出血，被迫从霍尔特学院辞职。

全身心投入写作。

1888 年　在伦敦的亨利豪斯学校任教。

《时空长河中的寻金羊毛者》（*The Chronic Argonauts*）在《科学学派杂志》上连载，这也是《时间机器》（*The Time Machine*）的部分初稿。

1890 年　通过伦敦大学的考试，被授予伦敦大学理学学士学位。

获得生物学一等荣誉和地质学二等荣誉。

被选为动物学协会会员。

被大学函授学院聘为生物学专业学生的助教。

1891 年　第一篇学术论文《独特之物的重新发现》（*The Rediscovery of the Unique*）刊登在《半月评》（*Fortnightly Review*）上。

1893 年　出版《生物学教程》（*Text-Book of Biology*），开始职业记者生涯。

肺出血复发，决定放弃教学工作，专攻写作。

开始在伦敦各类刊物上发表短篇故事、小说、剧评以及各类主题的文章。

1894 年　《国家观察家》（*National Observer*）刊登其七篇连载（3 月至 6 月），后整编为作品《时间机器》。

1895 年　《时间机器》在《新评论》（*New Review*）上连载（1 月至 5 月）。5 月，海尼曼公司（Heinemann）将该书出版发行。

出版短篇小说集《与一位大叔的对话选段》（*Select Conversation with an Uncle*）和《失窃的细菌与其他事件》

（*The Stolen Bacillus and Other Incidents*）以及小说《神奇之旅》（*The Wonderful Visit*）。

1896 年　出版第二部科幻小说《莫罗博士岛》（*The Island of Dr. Moreau*）以及家庭小说《机会之轮》（*The Wheels of Chance*）。

1897 年　与阿诺德·本涅特开始了长达一生的通信。

出版《隐身人》（*The Invisible Man*）、《普拉特纳的故事和其他》（*The Plattner and Others*）、《三十个奇怪的故事》（*Thirty Strange Stories*）、《水晶蛋》（*The Crystal Egg*）、《星》（*The Star*）和《某些个人私事》（*Certain Personal Matters*）。

1898 年　见到亨利·詹姆斯、约瑟夫·康拉德、福特·马多克斯·休弗（后称为福特）以及史蒂芬·克雷恩。

出版《世界大战》（*The War of the Worlds*）。

1899 年　出版《昏睡百年》（*When the Sleeper Wakes*）和《时空传说》（*Tales of Space and Time*）。

1900 年　出版《爱情和鲁雅轩》（*Love and Mr. Lewisham*）。

1901 年　出版《月球上的第一批来客》（*The First Men in the Moon*）和社会学著作《预期》（*Anticipations*）。

1902 年　应邀在皇家科学研究所演讲。

出版小说《海上女王》（*The Sea Lady*）和非小说类作品《发现未来》（*The Discovery of the Future*）。

1903 年　加入社会主义团体费边社。

参加了名为"系数"的讨论组。

与乔治·萧伯纳、西德尼·韦博和碧翠斯·韦博兄妹以及弗农·李成为好友。

出版《十二个故事和一场梦》（*Twelve Stories and a*

Dream）和非小说类作品《制造人类》（*Mankind in the Making*）。

1904 年　出版科幻小说《神食》（*The Food of the Gods and How It Came to Earth*）。

1905 年　出版小说《现代乌托邦》（*A Modern Utopia*）和《基普斯》（*Kipps*）。

1906 年　赴美国巡回演讲，见到西奥多·罗斯福、马克西姆·高尔基和布克·T. 华盛顿。

出版科幻小说《彗星来临》（*In the Days of the Comet*）以及非小说类作品《美国的未来》（*The Future in America*）、《社会主义与家庭》（*Socialism and the Family*）。

1908 年　与萧伯纳和韦博兄妹产生分歧并因此离开费边社。

出版科幻小说《大空战》（*The War in the Air*）以及非小说类作品《新世界》（*New Worlds for Old*）、《一劳永逸的事物》（*First and Last Things*）。

1909 年　出版小说《托诺·邦盖》（*Tono-Bungay*）、《安·维罗妮卡》（*Ann Veronica*）。

1910 年　出版《波利先生的故事》（*The History of Mr. Polly*）。

1911 年　出版短篇小说集《盲人乡及其他故事》（*The Country of the Blind and Other Stories*）、《墙上之门及其他故事》（*The Door in the Wall and Other Stories*）、小说《新马基雅维利》（*The New Machiavelli*）和非小说类作品《地面游戏》（*Floor Games*）。

1912 年　出版小说《婚姻》（*Marriage*）和非小说类作品《伟大的国家》（*The Great State*）、《威尔斯的伟大思想》（*Great Thoughts From H. G. Wells*）、《威尔斯的思想》（*Thoughts From H. G. Wells*）。

1913年　出版小说《感情热烈的朋友》（*The Passionate Friends*）和非小说类作品《小型战争》（*Little Wars*）。

1914年　访问俄国。

出版小说《获得自由的世界》（*The World Set Free*）和《哈曼先生的妻子》（*The Wife of Sir Isaac Harman*）以及非小说类作品《一个英国人看世界》（*An Englishman Looks at the World*）、《结束战争的战争》（*The War That Will End War*）。

1915年　出版小说《比尔比》（*Bealby*）、《辉煌的研究》（*The Research Magnificent*）以及非小说类作品《世界的和平》（*The Peace of the World*）、《战争与社会主义》（*The War and Socialism*）。

1916年　出版以第一次世界大战为主题的小说《布特林先生看穿了它》（*Mr. Britling Sees It Through*）以及非小说类作品《世界将要发生什么？》（*What Is Coming?*）和《重建的要素》（*The Elements of Reconstruction*）。

1917年　暂短的宗教信仰经历促成了小说《一位主教的心灵》（*The Soul of a Bishop*）和非小说类作品《上帝是看不见的王》（*God the Invisible King*）的出版。

1918年　受聘于英国信息部，从事战争宣传工作。

加入国际联盟筹建委员会。

出版《第四年：展望世界和平》（*In the Fourth Year: Anticipations of World Peace*）和《英国民族主义与国际联盟》（*British Nationalism and the League of Nations*）。

1919年　出版小说《不灭的火焰》（*The Undying Fire*）。

1920年　出访俄国，见到列宁、托洛茨基、高尔基、莫拉·巴德勃格。

出版《阴影下的俄国》（*Russia in the Shadows*）以及广受好评的畅销书《世界史纲》（*Outline of History*）。

1921 年　访问美国，参加在华盛顿召开的世界裁军大会。

出版《新历史教学》（*The New Teaching of History*）。

1922 年　出版《世界简史》（*A Short History of the World*）和《世界史纲》（*Outline of History*）修订版。

出版《华盛顿与和平的希望》（*Washington and the Hope of Peace*）以及小说《心脏的密所》（*The Secret Places of the Heart*）。

加入劳工党，竞选国会议员失败。

1923 年　竞选国会议员再次失败。

出版小说《神秘世界的人》（*Men Like Gods*）和《梦想》（*The Dream*）、非小说类作品《社会主义与科学动机》（*Socialism and the Scientific Motive*）、《劳工的教育理想》（*The Labour Ideal of Education*）以及传记《一个伟大校长的故事》（*The Story of a Great Schoolmaster*）。

1924 年　《大西洋月刊》（*The Atlantic*）出版《威尔斯作品集》（*The Works of H. G. Wells*）。

1925 年　出版小说《克里斯蒂娜·阿尔贝塔的父亲》（*Christina Alberta's Father*）和非小说类作品《世界事务预测》（*Forecast of the World's Affairs*）。

1926 年　与天主教作家希莱尔·贝洛克就《世界史纲》（*Outline of History*）发生争论。

出版小说《威廉·克里索尔德的世界》（*The World of William Clissold*）。

1927 年　出版《威尔斯短篇小说集》（*The Short Stories of H. G. Wells*）以及小说《与此同时》（*Meanwhile*）和非小说类作品《遭到修正的民主》（*Democracy under Revision*）。

1928 年　出版《凯瑟琳·威尔斯之书》（*The Book of Catherine Wells*）。

出版小说《布莱沃锡先生在兰波岛》（*Mr. Blettworthy on Rampole Island*）以及非小说类作品《世界的走向》（*The Way the World is Going*）、《公开的密谋》（*The Open Conspiracy*）。

1929 年　在德国议会发表演讲，演讲内容被整理成《世界和平的共识》（*The Common-Sense of World Peace*）并出版。

出版了电影剧本《曾是国王的国王》（*The King Who Was a King*）和儿童读物《托米历险记》（*The Adventures of Tommy*）。

1930 年　与其儿子 G.P. 威尔斯以及朱利安·赫胥黎共同出版教科书《生命的科学》（*The Science of Life*）。

出版小说《帕尔厄姆先生的独裁》（*The Autocracy of Mr. Parham*）和非小说类作品《通往世界和平之路》（*The Way to World Peace*）。

1932 年　出版小说《伯尔平顿沦落记》（*The Bulpington of Blup*）、教科书《劳动、财富与人类的幸福》（*The Work, Wealth, and Happiness of Mankind*）和非小说类作品《民主之后》（*After Democracy*）。

1933 年　出版《科幻小说集》（*Scientific Romances*），收录了其七部最受欢迎的作品。

出版小说《未来世界》（*The Shape of Things to Come*）。

担任国际笔会主席。

1934 年　出访苏联和美国，见到约瑟夫·斯大林和富兰克林·罗斯福。

出版《威尔斯自传》（*Experiment in Autobiography*）。

1935 年　与导演亚历山大·柯达合作，制作电影版《未来世界》（*The Shape of Things to Come*），1936 年以《笃定发生》（*Things to Come*）之名发行上映。

1936 年　出版非小说类作品《剖析挫折》（*The Anatomy of Frustration*）和《世界百科全书的设想》（*The Idea of a World Encyclopedia*），小说《槌球手》（*The Croquet Player*）和剧本《创造奇迹的人》（*The Man Who Could Work Miracles*）。

1937 年　担任英国科学促进会 L 分会主席。

出版小说《新人来自火星》（*Star Begotten*）、《布林希尔德》（*Brynhild*）、《剑津之旅》（*The Camford Visitation*）。

1938 年　出版小说《兄弟》（*The Brothers*）、《关于多洛雷斯》（*Apropos of Dolores*）和非小说类作品《世界的大脑》（*World Brain*）。

开始澳大利亚巡回演讲之旅。

1939 年　出版小说《神圣的恐惧》（*The Holy Terror*）和非小说类作品《一位共和激进分子的寻找激流之旅》（*Travels of a Republican Radical in Search of Hot Water*）、《人类的命运》（*The Fate of Homo Sapiens*）、《新世界秩序》（*The New World Order*）。

1940 年　赴美进行巡回演讲。

出版非小说类作品《人的权利》（*The Rights of Man*）、《战争与和平的共识》（*The Common Sense of War and Peace*）、《两个半球还是一个世界？》（*Two Hemispheres or One World?*），以及小说《黑暗树林中的婴孩》（*Babes in the Darkling Wood*）、《驶向阿勒山》（*All Aboard for Ararat*）。

1941 年 出版最后一部小说《小心驶得万年船》（*You Can't Be Too Careful*）以及另一部作品《新世界指南》（*Guide to the New World*）。

1942 年 出版《科学与世界思想》（*Science and the World Mind*）、《征服时间》（*The Conquest of Time*）和《菲尼克斯》（*Phoenix*）。

发表题为《论幻觉在高等后生动物个体生命延续中的特质——兼论智人类》（*On the Quality of Illusion in the Continuity of Individual Life in the Higher Metazoa, with Particular Reference to the Species Homo Sapiens*）的动物学博士论文。

1943 年 被授予博士学位。

出版《克鲁克斯·安萨塔》（*Crux Ansata*）。

1944 年 出版 1942—1944 年的论文集。

1945 年 出版最后两部书《穷途末路的心灵》（*Mind at the End of Its Tether*）和《快乐的转折》（*The Happy Turning*）。

1946 年 8 月 13 日，在伦敦的家中去世。